신발 잃은 소년

1

The Boy with No Shoes
by William Horwood

신발 잃은 소년

2006년 3월 30일 1판 1쇄 인쇄
2006년 4월 5일 1판 1쇄 발행

지은이 윌리엄 호우드
옮긴이 한 진 영
펴낸이 강 찬 석
펴낸곳 도서출판 나노미디어
주 소 121-856 서울시 마포구 신수동 448-6 출판협동조합 내
전 화 02)364-2791 팩 스 02)364-2787
등 록 제8-257호

ISBN 89-89292-24-7 04840
ISBN 89-89292-23-9 04840 (전 2권)

정가 8,500원

잘못된 책은 바꾸어 드립니다.

신발 잃은 소년
The Boy with No Shoes

1

윌리엄 호우드 지음 | 한진영 옮김

나노미디어

이 이야기는 어떤 사람의 삶, 그리고
그와 함께 살았던 사람들의 삶,
특히 제 형인 바너비 마이클 호우드의 삶을 기록한 것입니다.
그는 1999년에 세상을 떠났습니다.
나는 다섯 살 때 그를 빼앗겼지만 이 글을 쓰면서 다시 찾았습니다.

차례

작가의 말

        2년 동안 심하게 앓은 적이 있는데, 어느 날 정말 이상하고도 신비스러운 현상으로 회복의 기미를 보이기 시작했다. 그때가 서른 네 살 되던 해였다. 어느 날 꿈을 꾸다 깼는데 어린 시절의 내 모습이 마치 코닥 필름에 찍은 흑백사진처럼 선명하게 눈앞에 펼쳐지는 것이었다. 자기 말에 귀기울여줄 사람이 한 명도 없는 세상에서 그 어린 소년은 자신의 얘기를 들어줄 사람을 필사적으로 찾고 있었다. 나는 그때 그 시절로 돌아가 내가 직접 그 소년의 말에 귀를 기울여주리라 결심했다. 이 책은 여러 해에 걸쳐 그 소년의 얘기를 듣는다는 생각으로 기록한 것이며 내 마지막 치유법이기도 하다.

  과거의 나였던 그 소년은 내가 아닌 다른 사람처럼 그렸기 때문에 그 아이에게 다른 이름을 붙여주었고, 그 아이에게 좋은 영향이나 나쁜 영향을 받았을 주위 인물들도 다른 이름으로 등장시켰다. 이 방법은 아주 중요하다. 심지어는 내 고향이자 그 소년의 고향도 바꾸었다. 그런 위장법을 채택함으로써 나는 기억의 빈틈을 메꿀 수 있었고 잘

못 기억할 수 있는 부분도 해결할 수 있었으며, 내가 당시 느끼지 못했을 수도 있는 감정의 깊은 부분들까지 찾아낼 수 있었다.

먼저, 이런 방식으로 글을 쓰다 보니 이 이야기에 등장하는 사람들의 존엄성과 무고함을 보호할 수 있다. 그것은 대부분 고인이 된 그 사람들은 같은 사건도 나와는 전혀 다르게 기억하고 있을 수도 있기 때문이다.

또 다른 이유는, 나를 빌리로 기억하고 있는 생존해 계신 분들이 있다 하더라도 이 이야기에 나온 소년은 내가 아니며 그냥 지미라는 아이라고 생각해 주길 바란다.

옥스퍼드에서
윌리엄 호우드

프롤로그

지미는 내 이름이다. 오래 전 형과 누나를 만나기 전보다 그리고 내 암흑시기가 오기 전에, 할머니가 나를 구하러 오기 전보다 먼저 내 인생에는 그 사람이 있었다. 그 사람은 추운 우리집에서 내 손을 잡고 밖으로 나와 널따란 장소로 데리고 갔다. 어떤 간판이 있는 넓은 장소였다.

그곳은 어두침침하고 내부가 깊숙한 곳이었다. 수많은 상자와 온갖 물건들이 쌓여 있었다. 주위는 따뜻했고 먼지들이 조용히 아지랑이처럼 피어오르고 있었다. 그는 내가 햇살에 비친 먼지들을 지켜보도록 가만 두었다. 재촉하거나 소리를 지르지도 않았다.

바로 그 날, 거기에서 그 사람은 내게 신발을 한 켤레 주었다.

그 사람이 줬다.

다른 누구도 아닌 바로 그 사람이었다.

분명히 기억하고 있다.

그것은 내 기억 속에서 가장 먼저 일어난 일이다.

"지미, 이거 가질래?"

그가 몸을 굽히며 내게 신발을 내밀었다.

분명히 그렇게 말한 게 기억난다.

내가 고개를 끄덕이자 그는 미소를 지었다. 그 미소는 내 주변에서 느껴보는 단순한 미소의 느낌이나 그의 얼굴을 기억해서 순간적으로 느끼는 미소가 아니었다. 그 미소의 이름은 사랑이었다.

내가 신발을 받아들자 그는 이렇게 말했다.

"이 끈 매는 법도 배워야 할 거야. 자, 봐!"

나는 그가 한 대로 해보려 했지만 너무 서툴렀다.

"금방 잘 하게 될 거다."

그가 말했다. 그가 끈을 하나씩 매주자 발에 딱 맞는 기분 좋은 착용감이 느껴졌고 나는 경이로움에 차서 내 신발을 내려다봤다.

그는 내게 신발을 사준 사람이었다.

햇살은 따뜻하고 아름다웠으며 모든 것이 행복스러웠다.

그 일은 내 머릿속에서 한 번도 잊혀지지 않았다. 내가 최악의 상황에 처했을 때도 죽어가고 있을 때도 잊혀지지 않았다.

그 사람이 내게 신발을 사주었다.

분명히 기억하건대 그 사람이었다.

그 날은 비가 내렸다. 비가 내 머리를 두드리듯 떨어져 머리카락속으로 스며들 때, 기차가 요란한 기적소리를 앞세우고 증기를 내뿜으며 역으로 미끄러져 들어왔다. 비는 처음 내 티셔츠 위로 떨어지다가 반바지를 흠뻑 적시더니 다리를 타고 흘러내렸다. 나는 얼음처럼 차가워지고 있었다. 나는 움직일 수도, 뛰어갈 수도, 빗속을 뚫고 그가 타고 있는 기차까지 갈 수도 없었다. 이윽고 기차 문이 닫히고 그는 빗물만 흐르는 유리창 저편으로 사라졌다.

비는 내가 뚫고 나갈 수 없는 마굿간의 창살이었다. 더구나 나는 창살을 잡고 흔들 수 있는 손도 하나밖에 없었다. 엄마가 나의 한쪽 손을 뼈가 으스러지도록 꽉 잡고 있었던 것이다. 엄마는 내가 빗줄기로 막힌 마굿간에서 나가지 못하게 떡 버티고 있었다.

"여기 있어, 제발. 이번만은 시키는 대로 해."

그래서 나는 기차가 있는 곳으로 뛰어가 그에게 가지 말라고, 제발 가지 말라고 매달릴 수가 없었다. 내 몸에 떨어지는 빗줄기가 너무 두려워서 나는 꼼짝 할 수가 없었다. 숨이 멎고 심장이 얼어붙는 것 같았다. 그 공포란 비가 그치고 눈물 너머로 기차가 있던 곳을 바라볼 때면, 그 사람은 내 손을 잡고 엄마한테서 나를 안전하게 지켜주기 위해 거기 있지 않으리란 것이었다. 그리하여 나는 영원히, 영원히 외톨이로 남으리란 것이다.

비가 그쳤고 그 사람도 기차와 함께 떠나버렸다. 내가 두려워했던 일이 현실에서 일어날 것임을 나는 직감했다.

이제 내게 남은 것은 신고 있던 신발뿐이었다. 신발을 주던 날 그 사람은 햇살과 피어오르던 먼지를 등진 채 바닥에 무릎을 꿇고 따뜻하게 내 이름을 불러주었었다. 그 후로 그렇게 내 이름을 불러준 사람은 아무도 없었다.

도망

　　　　　　　　제복 차림에 모자를 쓴 공원관리인이 소리를
지르더니 내 귀를 잡아당겼다.

"잔디에 들어가지 말란 말야!"

어찌나 귀에 바짝 대고 고함을 질렀는지 고막이 터질 것 같았다.

"가지 치는 가위로 네 귀를 잘라야겠다. 넌 어차피 듣지도 않으니
까 그 빌어먹을 귀는 잘라서 버려도 되겠구나."

그 말에 나는 절대 들어가면 안 되는 잔디밭을 가로질러 도망치
기 시작했다. 철제 출입문 위쪽은 창을 세워놓은 것처럼 뾰족했고
거미들도 붙어 살고 있었다. 나는 그 출입문을 밀치고 밖으로 뛰쳐
나갔다. 거리를 이리저리 건너고 꺾어 그 뚱뚱한 관리인한테서, 그
가 들고 있는 가지치기 가위한테서 도망쳤다.

끼익 하고 멈춰서는 택시를 지나, 으르렁대다가 내가 지나칠 때
컹컹 짖던 검은색 개를 지나, 나는 더 빨리 도망쳐야 했다. 그 관리
인이 계속 쫓아오고 있었기 때문이다.

"저 빌어먹을 놈의 자식이…."

평소에는 공원 밖까지 쫓아오지 않던 그 관리인이 그 날은 계속 쫓아오자 이번에는 정말로 내 귀가 머리에서 떨어져나가겠다는 생각이 들었다.

덤프턴 가에서 우리집 골목으로 꺾어돌아 골목 입구에 있는 노파의 집을 지났다. 낯익은 벽과 울타리가 있는 집이다. 거기만 지나면 안전지대였다. 그런데 뒤돌아보니 관리인이 아직도 따라오고 있는 게 아닌가.

"네 에미한테 말해서, 네 놈을 기어이…"

엄마는 바쁘니까 만날 수 없을 터였다. 문제는 그 사람이 계속 쫓아오고 있다는 것이었다. 있는 힘을 다해 계속 달리던 나는 숨이 턱에까지 닿고 가슴도 아팠다. 살찐 관리인의 발소리는 내 머릿속에서 북소리처럼 울리고 있었다. 곧 나쁜 일이 닥친다는 것을 암시해주듯이.

나는 콘크리트 골목길 15번지의 커다란 나무대문으로 달려갔다. 가위를 가지고 내 귀를 자르려는 그 남자가 나를 잡기 전에 그 문을 열어야 했다.

대문을 두드리며 엄마를 불렀다. 안에 있는 엄마는 어떤 남자와 무슨 일인가로 바쁘겠지만 그래도 나를 구해줄지 모른다, 구해줄 것이다, 아니 구해줘야 한다.

"엄마! 살려주세요!"

문은 굳게 닫혀 있었다.

"엄마! 엄마아~!"

대문 안쪽에서 뒷문이 열리는 소리가 들렸다. 엄마는 성난 개처럼 으르렁거렸다. 엄마가 화났을 때 내는 소리였다. 하지만 가위보다는 그게 나았다. 머리 위쪽에서 빗장 올라가는 소리가 들리고 대문이 쾅 소리가 나면서 열리더니, 마당에서 엄마의 붉고 거친 손이 나타나 갑자기 내 양쪽 따귀를 번갈아 때렸다. 한 대, 두 대, 석 대, 찰싹! 찰싹! 찰싹!…

"엄마…."

"엄마가 밖에서 놀고 있으라고 했지. 도대체 왜….""

한껏 멋을 내어 차려입은 엄마한테서 파우더와 향수 냄새가 진하게 풍겼고, 얼굴은 달아올라 있었다.

"엄마, 어떤 사람이 저를 ….""

"일찍 들어오지 말라고 몇 번이나 말했어!"

그러더니 나를 밖에 남겨둔 채 대문을 쾅 하고 닫아버렸다. 내가 일찍 돌아온 것은 잘못이었지만, 그것은 가위를 든 남자가 내 귀를 자르려고 했기 때문이다. 그때 남자가 콘크리트 골목에 들어섰다. 대문은 잠겼고 뒷문도 쾅 소리를 내며 닫혔으니 이제 갈 곳이 없었다.

'어떡해야 하지?'

나는 풀썩 주저앉았다. 그리고 따뜻한 나무대문에 손과 뺨을 대고 그것의 거칠면서도 온화한 감촉을 애무하듯이 느껴보았다. 그것이 엄마에게 가장 가까워질 수 있는 방법이었다.

그리고는 머리를 숙였다. 무릎이 콘크리트 바닥에서 짓눌리는 것이 느껴졌다. 하지만 아프지는 않았다. 내 귀를 자르러 오는 관리인의 마지막 발걸음을 기다리는 동안 내 호흡은 고통스러울 정도로 가빠졌다.

나는 내 다리와 발을 내려다보다가 누군가가 갖고 싶어할지도 모르는 것을 발견했다. 카키색 반바지는 아니었다. 그 반바지는 엄마의 다른 아들한테서 물려받은 것이었다. 셔츠도 내 것이 아니라 그 아들 것이었다. 하지만 앞코를 흰 고무로 덧댄 운동화는 내 것이었다. 그 사람이 다시 오면 내가 얼마나 영리한지를 보여주기 위해 끈 매는 법도 배워두었다. 그 신발만은 다른 사람 것이 아닌 내 것이었다. 내 것이라고 할 만한 것은 그것뿐이었다. 엄마의 다른 아들한테서 물려받은 것도 아니고 다른 딸한테서 물려받은 털장갑도 아니었다. 신발만은 분명 내 것이었다.

그것을 깨닫자 귀가 잘리지 않으려면 어떻게 해야 되는지 알 것 같았다. 내 숨소리처럼 손도 떨리고 있었다. 두려움 속에서 나는 내 가장 소중한 신발을 벗어 가지런히 땅위에 놓았다. 마치 공물인 양, 선물인 양, 내가 바쳐야 할 유일한 물건인 양.

내가 그 동안 잔디밭을 짓밟고 다녔으니 신발을 바쳐야 할 것 같았다. 그러고 나서 고개를 들어 올려다봤다. 가슴 속에서 쿵쾅거리는 공포의 소리가 들려왔다. 가위를 든 남자가 내 귀를 자르려고 다가오고 있었기 때문이다.

남자는 두꺼운 입술과 누런 이 사이로 욕설을 내뱉고 있었다.

"넌덜머리난다. 네놈들 때문에 넌덜머리가 난다고. 자 이 가위 보이지…. 날 봐."

나는 시키는 대로 하려고 했지만 고개를 들 수가 없었다. 너무 무서워서 그 남자를 쳐다볼 수가 없었다. 그러자 관리인이 다가와서 내 귀를 잡았다. 그 순간 다른 쪽 귀에서 차가운 금속의 감촉이 느껴졌다.

그때 대문이 벌컥 열리더니 엄마와 함께 있던 남자의 검은색 부츠가 눈에 들어왔다.

"이번에는 이 녀석이 무슨 짓을 한 거요?"

"허구한 날 잔디밭을 밟고 다니잖소. 그래서 이놈 귀를 싹둑 잘라 버릴 참이오."

엄마랑 있던 남자는 내 머리 위쪽에서 껄껄껄 웃었다. 공원관리인 의 바지에서 나는 이상한 냄새가 코에 스며들었다.

"양쪽 다 잘라내 버리쇼. 내 알 바 아니니…."

"엄마…."

나는 남자 뒤쪽에 있을 엄마를 보려고 고개를 쳐들었다. 빨리 나 를 구해주기를 바라면서 말이다. 그때 귀뿌리가 얼얼해지면서 그 남 자들의 웃음소리가 가위소리처럼 크게 들렸다. 내 귀가 잘리기 직전 이었다.

나는 비명을 질렀고 그 순간 한없이 넓고 깜깜한 장소가 섬광처 럼 떠올랐다. 그곳은 암흑시절이라는 공간이었고 지금도 그렇게 남 아있다. 그때 내 귀가 잘려 나가지 않도록 도와주지 않는 엄마라면, 그 후로 어떤 일이 있어도 나를 구해주지 않을 것이라는 사실을 나 는 알고 있었다.

그때 대문이 쾅 닫히고 내 비명소리가 잦아들면서 돌연 주위가 적막해졌다. 용기를 내서 올려다보니 공원 관리인은 가버리고 나만 홀로 남겨져 있었다. 나는 유일하게 내 곁에 있던 신발을 집어들고 품속에 꼭 껴안았다. 그리고 해가 지고 밤이 다가와 추워질 때까지 그곳에 앉아 있었다. 내가 갈 곳은 세상 어디에도 없었기 때문이다.

콘크리트로 된 우리 골목길 밖으로 큰길을 따라 오가는 사람들이 가끔 보였다. 나는 지나가는 사람들의 얼굴을 하나하나 유심히 쳐다 보았다. 어쩌면 나를 두려움이 없는 곳으로 데려갈 그 사람이 행인들 중에 섞여 있을지도 모른다는 생각이 들었던 것이다. 추위가 점점 심해져 몸이 떨렸지만 나는 깜깜해질 때까지 그 자리에 있었다. 그 사람은 끝내 오지 않았지만 그 사람이 내게 줬던 신발은 그 동안 내 품에 꼭 안겨서 위안이 되어 주었다.

그 사람은 내게 신발을 준 사람이다.

분명히 그 사람이었다.

신발을 준 그 사람을 나는 잊지 않고 기억하고 있었다. 암흑시절에도 그 기억은 결코 사라지지 않았다. 나는 그곳에 앉아 떨면서 그 사람이 언젠가는 나를 데리러 와 주기를 기원했다. 내 손을 잡던 그 사람의 손길을 다시 느끼게 해달라고 기원했다. 내가 혼자서도 신발 끈을 맬 수 있을 정도로 영리하다는 것을 언젠가는 보여줄 수 있기를 기원했다.

그런 소원들은 원하는 때 또는 원하는 방식으로는 절대 이루어지지 않는다는 것도 모른 채, 나는 기도를 하다 잠이 들었다.

그 기도와 현실 사이에 혼자 보내야 할 긴 시간과 막막한 암흑시절이 있다는 것을 나는 몰랐다. 그 여로의 끝에 무사히 도달하려면 나를 도와줄 누군가를 찾아야 한다는 것을 그때는 알지 못했다. 어느 누구도 혼자서 그 먼 여행을 할 수는 없었다. 혼자 여행해서 끝까지 살아남는 일은 불가능했다.

밤이 올 때까지 15번지 대문 앞에서 추위에 떨며 잠들었을 때 나는 다섯 살이었다. 그런데 엄마는 내가 밖에 있다는 것도 잊어버렸다. 안에서 그 남자와 바빴기 때문이다. 그때 나는 아무것도 몰랐다. 알고 있는 것이 거의 없었다.

하지만 이것만은 알고 있었다. 나는 내 신발을 갖고 있다는 것, 그리고 내가 그것을 신거나 품고 있는 동안에는 완전한 외톨이가 아니며 항상 안전하다는 것이었다.

나는 그것을 알고 있었다. 하지만 내게 신발을 준 그 사람에 대해서는 아무것도 기억나지 않았다. 기억나는 것은 내 손을 잡은 그 사람의 따뜻한 감촉, 상자들, 창문으로 비쳐 들어오던 햇살, 그리고 햇살 속에서 피어오르던 먼지뿐이었다. 내가 기억하는 것이 하나 더 있었다. 그것은 오래 전 오직 나만의 신발을 받을 만큼 내가 어떤 사람한테서 사랑을 받았다는 사실이다.

암흑시절

암흑시절은 결코 사라지지 않는다. 그것은 나를 무시무시한 심연 속으로 불러들이기 위해 항상 대기하고 있다.

지금도 그렇기 때문에 '대기하고 있었다'가 아니라 '대기하고 있다'라고 한 것이다.

암흑시절은 나를 원하지 않았던 엄마와 그 사람 사이의 심연이며, 어둠 속에서 길을 잃은 공간이며, 나를 아무것도 아닌 존재로 만든 공간이다. 그 공간에서는 그 사람과 그 사람이 준 신발의 기억도 나를 둘러싼 소용돌이 속으로 사라져버린다. 게다가 다시는 그 기억을 찾지 못하고 영원히 나 혼자 남겨질지도 모른다.

한때 나였던 지미 로바는 카키색 반바지와 줄무늬 티셔츠를 입고 스포츠머리를 한, 눈에 띄지 않는 깡마른 아이였다. 그 아이가 무슨 생각을 하고 있는지, 어떤 암흑시절을 버티고 있는지 사람들은 전혀 짐작할 수 없었을 것이다. 암흑시절은 죽음 같은 공간이어서 그곳에서 지내는 동안 나는 내 이름이 지미 로바라는 사실도 기억하지 못했다.

내가 한때 갖고 있던 중요한 것을 상실했지만 그것이 무엇인지 알 수 없고, 그것을 어디서 다시 찾아야 하는지도 알 수 없다는 사실은 엄청난 고뇌를 끊임없이 불러일으켰다. 암흑시절은 영원한 상실감의 공간이며, 끔찍한 고독의 공간이었다.

나는 다섯 살 때 암흑시절이라는 공간에 떨어지기 시작했고 그것은 1년 넘게 지속되었다. 비가 내 머리에 후두둑 후두둑 떨어지며 온몸을 얼게 만들고, 그 사람이 떠나서 절대 돌아오지 않으리라는 공포심을 심어주던 날, 그 날이 암흑시절의 시작이었다.

연일 무더위가 계속되던 어느 날 나는 활과 화살을 들고 장미덤불에 웅크리고 앉아 있었다.

"뭐 하냐?"

그 형이 말했다.

"땅벌 맞히려고."

그 형이 웃었다. 내가 다시 고개를 돌려 바라보니 오전 내내 햇볕을 쬐며 잡으러 다니던 땅벌을 향해 화살로 막 쏘려고 하던 그 순간 날아가 버리고 말았다. 그때 나는 그 형이 오면 즐거움이 사라져 버린다는 사실을 깨달았다.

"형은 누구야?"

내가 물었다. 그 사람이 떠난 후에 나는 뭘 묻는 일이 거의 없었다. 입을 여는 일이 드물었고 읽고 쓸 줄도 몰랐다. 그런데 그 무더운 날 나는 무슨 생각에선지 그 형에게 누구냐고 물은 것이다.

"너는 네 형도 모르냐?"

그 형이 비웃듯이 말했다. 나로서는 생전 처음 듣는 말이었다. 조금이나마 남아 있던 신뢰감이 잦아들다가 완전히 사라졌다. 내 잘못이었다. 그 형이 내 형제라는 사실을 잊어버리다니.

"이름이 뭔데?"

내가 물었다.

"마이클."

형이 대답했다. 그리고 우리는 장미덤불 옆에서 뜨거운 햇볕을 받으며 마주보고 서 있었다. 잠깐 동안, 아주 짧은 순간 내 안에서 한 가닥 희망이 파란 하늘을 향해 뻗어 올랐다.

하지만 그때 형이 말했다.

"… 그치만 너랑 내가 진짜 형제라고 생각하지는 마라. 네 진짜 형제는 한 명도 없어."

그러자 희망은 갑자기 날개가 마비된 새처럼 하늘에서 떨어져 내렸다.

오랜 시간이 지난 후에야 나는 엄마에게 물어봤다.

"엄마, 엄마 …."

"또 뭐야?"

엄마는 콧잔등에 파우더 퍼프를 토닥거리며 대꾸했다. 바닥으로 비쳐드는 햇살에 파우더가루가 소록이 떨어지는 것이 보였다.

"마이클이 제 형이에요?"

"그래."

"아냐."

그때 엄마의 붉고 거친 손이 화장품가루를 날리며 사납게 내 뺨을 때렸고, 나는 놀라서 엄마를 쳐다봤다.

"다시 한번 그런 말 해봐."

⚘

암흑시절이 엄마의 손찌검처럼 갑자기 시작된 것은 아니었다. 그것은 살금살금 그늘을 드리우며 등뒤에서 다가왔고, 결국은 내가 달리는 속도보다 훨씬 빠르게 들이닥쳤다.

마이클 형이라고 불리던 형은 엄마의 핑킹가위를 갖고 있었다. 나는 그 형한테서 도망치지 못할 때가 많았다. 가끔 그 형은 나를 쫓아와 제 코딱지를 내 입에 집어넣기도 했다. 때로는 햇볕 아래서 나를 꼼짝 못하게 찍어 누르고 주먹질을 하기도 했다.

"엄마…."

"어휴, 지미. 제발 징징거리지 좀 마라. 엄마 바쁘단 말야."

손찌검 잘 하는 엄마의 거친 손은 책장을 넘기고 있었고, 그럴 때면 나는 조용히 물러났다.

그 날 그 형은 키 큰 친구를 데려왔다.

"우리 엄마 핑킹가위로 지미 자식 고추를 잘라버리자."

두 사람은 나를 사과나무로 데리고 가서 꼼짝 못하게 붙든 다음, 내 카키색 반바지를 끌어내리고 이어서 팬티도 끌어내렸다. 새로 온 형이 내 고추를 너무 세게 잡아당겨서 고통스러웠다.

공원관리인이 가지고 있던 가위처럼 핑킹가위가 햇빛 아래서 싹둑싹둑 소리를 내자 나는 미친 듯이 비명을 질렀다. 비명으로 이루어진 길고 어두운 복도를 따라 나는 암흑의 시대로 달려가고 있었다.

갑자기 엄마 손이 나타나더니 형과 그 친구를 때렸다. 두 사람의 울음은 점차 훌쩍거림으로 바뀌었다.

"그냥 장난한 거란 말이에요."

형이 말했다. 하지만 눈은 울고 있지 않았다. 잔인한 눈빛이었다.

엄마는 나까지 덤으로 때린 후 핑킹가위를 가지고 가버렸다. 형은 다시 돌아와 비뚤어지고 굽은 이를 드러내며 으르렁거렸다.

"엄마가 안 볼 때 물어뜯어버릴 줄 알아."

그 말에 또 다른 공포의 세계로 들어가는 문이 활짝 열리는 것 같았다.

어느 날 엄마는 내가 신은 신발이 외국에서 만든 진짜 스니커즈라고 했다. 하지만 나는 아무래도 좋았다. 중요한 것은 내가 그 신발의 주인이라는 사실이었다. 신발은 빛바랜 파란색 캔버스 천으로 만들어졌고 앞쪽은 흰 고무로 덧대어져 있었으며 양 옆에는 별이 그려져 있었다.

우리는 해변으로 출발했다. 나와 형, 엄마 그리고 이름이 랄프인 처음 보는 남자였다. 그 날은 몹시 더웠고 썰물이 빠진 후 미끈거리는 초록색 해초가 방파제에 남아 있었다.

나는 방파제에 발을 디뎠다가 신발이 미끄러지는 바람에 아래쪽에서 찰랑거리는 바닷물에 빠져버렸다. 신발을 따라 내 다리와 내 몸도 곧장 물속으로 잠겨버렸다.

아래쪽은 전혀 어둡지 않았다. 온통 초록색 천지였다. 나는 위쪽의 빛을 향해 할 수 있는 한 힘껏 위로 솟구쳤다. 하지만 내 손은 해수면까지 닿지 않았고 발도 바닥에 닿지 않았다.

그래도 나는 두렵지 않았다. 아무도 없는 물속에서 완전한 자유를 느낀 것이다. 신발은 내 발에 안전하게 신겨져 있었고, 내 고추를 자르거나 물어뜯거나 나를 비웃는 형들도 없었다. 그곳에서 나는 내게 손을 내민 자유를 만끽했다.

그러다가 갑자기 아름답게 출렁거리며 햇빛으로 가득 찬 위쪽의 해수면을 가르며 검은 손이 내려오더니 내 머리칼을 움켜쥐었다. 엄마가 랄프라고 부르던 아저씨가 나를 끌어올린 것이다. 나는 떨어질 때보다 더 수직으로 올라가 비웃음의 세계로 되돌아갔다.

그날 좋았던 점이 딱 하나 있었다.

익사 직전까지 갔을 때 나는 바다가 두렵지 않다는 사실을 깨달은 것이다. 해변으로 내려간 나는 다시 물속으로 들어가 금세 수영을 배웠다. 바다에서는 아무런 두려움이 느껴지지 않았다. 바다의 품에 안기면서 그것이 기분 좋은 느낌이라는 사실을 알았기 때문이다.

내가 하는 몸짓은 개헤엄에 불과했다. 그저 내 몸이 바닥에 닿지 않는다는 것이 신통했고 물위에 떠다니는 게 즐거웠을 뿐이다. 하지만 나는 내가 그렇게라도 수영을 할 수 있다는 사실을 아무에게도 말하고 싶지 않았다. 내 고추를 물어뜯어 버리겠다고 한 형이 알게 되면 수영을 하지 못하도록 내 팔을 잘라버릴까 봐 두려웠던 것이다. 하지만 얼마 후 내가 수영을 할 수 있다는 사실을 모두가 알게 되었다.

"지미, 너무 멀리 가지 말아라."

엄마는 지켜보기가 귀찮았는지 그렇게 소리치고는 내버려 두었다. 랄프 아저씨가 형에게 억지로 수영을 가르치는 동안 나는 개헤엄으로 조금씩 멀리 갔다. 형은 수영 배우는 것을 무서워해서 얼굴은 창백해지고 입술은 새파래져 있었다. 그것은 쉽게 볼 수 없는 재 밌는 구경거리였다. 하지만 오래 가지는 않았다.

랄프 아저씨는 엄살떨지 말라고 야단쳤고 마이클 형은 기를 쓰고 버티다가 결국은 울음을 터트렸다. 그것을 보니 이상한 기분이 들었다. 나와 똑같이 마이클 형도 보호가 필요한 나약한 소년이라는 생각이 든 것이다. 그런 깨달음은 거울을 보듯 선명하게 와닿았다.

'마이클은 내 형이다.' 나는 그가 무슨 말을 하고 무슨 행동을 하든 내 형이라는 사실을 받아들이기로 했다. 그 생각은 내 마음의 풍경에 있던 먼 지평선에서 거대한 산처럼 떠올랐고 자연스럽게 받아들여졌다.

그 긴 여름 어느 날, 그 누나를 만났다.

"누구야?"

내가 물었다. 그때까지도 나는 내가 알고 있는 이들 중에 신뢰하는 사람이 없어, 낯선 그녀에게 호감을 느꼈다.

"이 바보는 제 사촌누나도 몰라보네."

그 누나가 내 앞에서 등을 돌리며 말했다. 그녀의 비웃음 소리는 마이클 형의 비웃음보다 더 신랄했고 두 사람의 웃음소리는 견디기 힘든 화음을 만들어냈다. 나는 다시 한번 잘못을 저질렀다. 내게 사촌누나가 있다는 걸 잊어버리다니. 그 사촌누나는 기숙학교에서 나와 잠시 우리집에 놀러온 것이었다.

"지미도 파티에 데려가렴."

엄마가 말했다.

"싫어요."

"어, 저도 오늘 오후에는 싫어요."

엄마의 붉고 거친 손은 부산스러워졌다. 볼화장을 하고 화려한 드레스를 입고는 옷매무새를 가다듬었다. 엄마는 우리가 귀찮게 굴지 않고 다른 데 가서 놀기를 바라고 있었다.

"다섯 시까지만 지미 데리고 놀아. 지미, 신발 신고 형이랑 사촌누나 따라가."

나는 신발을 가지러 갔는데 신발이 보이지 않았다.

나는 항상 신발을 문 옆에 두었었다. 거기가 신발이 사는 곳이었다. 다른 곳에 두면 신발이 죽어버릴 거라 생각했던 것이다.

"저 녀석은 신발이 없으니까 우리랑 같이 갈 수 없을 거야!"

형과 사촌누나가 비웃는 소리가 한층 커졌다.

"지미, 뭐 해! 신발 어딨니?"

"저…."

우물거리는 사이 엄마 손이 먼저 내 따귀를 때렸다.

"신발을 잃어버렸나 봐요, 엄마."

마이클 형이 대답했다.

"휴, 그럼, 이대로 데려가라. 항상 맨발로 살다시피 했으니까. 안 따라가면 혼날 줄 알아!"

집 밖으로 나와 거리로 나서자 마이클 형이 말했다.

"너는 우리한테서 열세 걸음 떨어져서 따라와. 넌 신발도 없으니까 너랑 같이 가는 거 다른 사람이 보면 안 된단 말야. 열두 걸음도 안 되고 열네 걸음도 안 돼. 정확히 열세 걸음이야, 알았어?"

마이클 형은 내가 숫자를 셀 줄 모른다는 사실을 알고 있었지만 열셋이란 숫자만 고집했다. 나는 시키는 대로 하려고 노력했다. 하나, 둘, 다섯 그리고 그 이상. 나는 열셋은 셀 수 없었고 그저 다섯보다 많고 백만보다 적다는 것만 알고 있었다. 그래서 나는 입술을 달싹이며 생각할 수 있는 숫자를 말했다. 가끔 형과 사촌누나는 돌아보며 내가 열세 걸음보다 더 가까워지거나 더 멀어지는지 점검했다. 나는 그 둘과 함께 가고 싶지 않았지만 혼자 있기도 싫었다.

스타힐로 가는 지루한 길이 끝날 무렵 두 사람은 멈춰서서 주위를 돌아보더니 어깨 너머로 외쳤다.

"너무 가깝잖아. 뒤로 물러나, 뒤로!"

나는 걸음 속도를 늦추고 두 사람이 춤추면서 부르는 노래를 비참한 심정으로 듣고 있었다.

"쟤는 신발이 없대요, 쟤는 신발이 없대요."

도로를 맨발로 걷던 나는 발이 아팠지만 계속 숫자를 세려고 애를 썼다.

얼마 후, 내 머릿속은 신발이 어디로 갔을까 하는 궁금증으로 가득 찼다. 그리고는 집에 가서 찾아봐야겠다고 생각했다. 신발도 없이 걷느라 피멍이 든 맨발은 안중에도 없었다. 하지만 집으로 돌아와서 찾아봐도 신발은 보이지 않았다. 신발은 어딘가에서 내 이름을 부르며 죽어가고 있을 터였다. 아무리 찾고 또 찾아도 보이지 않자 나는 신발이 있던 계단에 앉아 울음을 터트렸다.

∽⸰∼

나는 3일 동안 울먹거리며 알고 있는 곳은 하나도 빼놓지 않고 샅샅이 뒤졌다. 마이클 형과 사촌누나는 귀엣말을 하고 능글맞게 웃으며 구경만 할 뿐 한 번도 같이 찾아주지 않았다.

잠에서 깨어나 잠자리에 들 때까지 나는 집안 구석구석을 찾아보았다. 두 사람의 음흉한 웃음에서 실마리를 찾으려 애쓰면서….

하루가 끝날 무렵이면 항상 신발을 놓아두던 자리를 살펴봤다. 내가 다른 곳들을 뒤지는 동안 신발이 돌아와 있지 않을까 기대하면서 말이다.

어느 날 저녁 슬픔에 빠져 잠들기 전 나는 내가 신발을 놓아두던 곳, 즉 신발이 살고 있던 자리에서 옷을 벗었다. 내 신발과 가까이 있던 카키색 반바지를 벗어놓고 그 다음 줄무늬 티셔츠와 팬티도 벗었다. 그리고 그 옷들에게 제발 내 신발이 돌아오게 해달라고 애원했다.

'제발 돌아와'

나는 어둠에 대고 속삭였다.

다음날 아침 다시 형과 사촌누나가 아래층에서 웃으며 정신없이 뛰어다니는 소리가 들려왔다.

"지미, 지미, 네 신발이 집에 돌아왔어! 빨리 와봐!"

그때까지도 나는 두 사람의 말을 믿었다.

나는 기쁨을 주체하지 못하고 아래층으로 곤두박질치듯 달려갔다. 하지만 신발은 없고 두 사람도 사라지고 없었다. 거기에 있는 것은 내 반바지와 셔츠, 팬티뿐이었다. 게다가 방금 싼 개똥을 그 옷들로 닦아놔서 냄새나는 갈색 오물들이 묻어 있었다. 그것을 바라보던 나는 내 심장처럼 숨소리도 거칠고 빨라진다는 것을 느낄 수 있었다.

멀리 떨어진 길가에서는 형과 사촌누나가 신나게 춤추며 노래하고 있었다. 나는 그저 그 옷들을 바라보고만 있었다. 내 안에서 뭔가가 무너지고 죽어가기 시작했다.

진짜 암흑시절이 시작되는 순간이었다.

나는 천천히 몸을 굽혀 물려받은 옷들을 집어들었다. 그리고 개똥으로 범벅이 된 그 옷들을 팬티까지 모두 입었다. 그런 다음 집 밖으로 나가 길을 걷기 시작했다. 형과 사촌누나로부터, 그 집으로부터, 성난 손으로 나를 때리는 엄마로부터 아주아주 멀어지기 위해….

암흑시절은 갑자기 온 사방에서 덮쳐와 영원히 지속되었고 내가 집에 있건 밖에 나가건 달라지지 않았다. 그래서 나는 냄새나는 옷을 걸치고 집을 나섰다. 내가 신발을 찾아서 도망가도록 도와줄 사람이 어딘가에 있지 않을까 하고 말이다. 내가 찾고 있던 사람은 내게 신발을 준 바로 그 사람이었다. 그러다가 나는 뛰기 시작했다. 파랗던 하늘이 갑자기 흐려지더니 큼직한 빗방울이 떨어져 내 머리와 등과 허벅지를 때리기 시작했던 것이다. 나는 살기 위해 뛰었지만 너무 늦었다. 빗줄기로 된 우리는 나를 가뒀고, 나는 겁에 질려 그 자리에서 굳어버렸다.

천둥번개에 둘러싸여 공포에 질린 채 내 몸은 점점 더 젖어갔다. 마침내, 큼직한 모자를 쓰고 은색 단추가 달린 감청색 제복을 입은 경찰관 한 명이 나타났다.

"꼬마야, 너 이름이 뭐냐?"

나는 아무 말도 않고 땅을 내려다본 채 고개를 저었다. 나는 내 이름도 몰랐다. 그래서 신발도 잃어버리고 냄새나는 옷을 입고 있는 것이다.

경찰관은 나를 집으로 데려갔다.

"로바 부인, 아드님이 길을 잃고 헤매고 있더군요. 옷이 엉망이에요. 씻기고 마실 것 좀 준 다음 따뜻한 곳에서 재워야 할 것 같습니다."

경찰관이 돌아가자 엄마는 나를 때리고 위층으로 끌고 올라가더니 골방에 가둬버렸다.

"거기 그대로 있어, 이 더럽고 추접한 놈아!"

조금 후에 잠긴 문의 열쇠구멍을 통해 형과 사촌누나의 웃음소리가 들려왔다. 그들은 놋쇠 손잡이를 달그락거리며 그 소리에 맞춰 노래를 불렀다.

"쟤는 신발이 없대요, 쟤는 신발이 없대요. 지미는 개똥을 좋아한대요."

그 작은 방을 둘러보았지만 눈에 익은 것은 없었다. 아무것도 없었다. 나는 문에 머리를 기대보았다. 오래 전 대문에 기댔을 때처럼…. 하지만 이번에는 엄마를 부르지 않았다. 팬티는 젖었고 따뜻했던 허벅지도 차갑게 식었다. 나는 덜덜 떨면서 오랫동안 골방에 갇혀 있었다.

너무 오래 서있었더니 피곤해졌다. 나는 젖은 반바지를 입은 채 주저앉아 두 손으로 발을 꽉 잡았다. 예전에는 그 발에 신발이 신겨져 있었던 것이다. 하지만 그 기억마저 희미해져 내 신발이 어떻게 생겼었는지, 오래 전에 내 손을 잡아준 사람이 누구였는지 떠오르지 않았다. 심지어는 그 사람이 내 손을 잡아주기는 했었는지조차 가물가물했다. 나는 어둠의 심연에서 울음을 터트렸다. 암흑시절의 절망으로 깊이 빠져든 나는 더 이상 지미가 아니었다.

어둠 속에서 어떤 목소리가 들려왔다.

쉰 듯한 목소리.

빗으로 손가락을 톡톡 두드리는 소리.

형과 사촌누나가 학교에 가려고 준비하고 있다. 사촌누나는 커다란 가방을 가지고 광택이 나는 택시를 타고 기차역까지 갈 것이다. 엄마도 따라간다.

"이젠 됐다."

엄마가 돌아와서는 흡족한 투로 말했다. 엄마는 형과 사촌누나와 헤어져서 기분이 좋았다. 그들을 보내버려서 시원한 것이다.

"엄마, 그 사촌누나 이름이 뭐예요?"

"바보 같기는."

"기억이 안 나요."

"힐러리야."

"어디 갔어요?"

"기숙학교에 다니잖아. 알면서 왜 그래?"

"그럼… 마이클 형은 어딨어요?"

"형도 이제 기숙학교에 들어갔다."

"아아."

"너도 그 나이가 되면, 똑같이…."

나머지 말은 듣고 싶지 않았다. 아무 말도 듣기 싫었다. 난 형이 있다는 것을 모르고 있었다. 사촌누나가 있다는 것도. 내 이름조차 모르고 있었다.

암흑유령이 사는 지하실에서는 탁탁탁 하는 바람소리가 났다. 혼자 집에 있던 나는 그 소리를 묻어버리기 위해 창턱을 탁탁탁 두드리고 있었다.

"불 끄지 마세요, 제발. 문 닫지 마세요, 제발."

"너는 거기 캄캄한 곳에 갇혀 있어야 정신을 차려."

근래에 나한테 접근한 암흑유령은 밤에 지하실 문을 열 수 있었다. 한밤중에 깨어나면 나는 혼자 암흑세상에 남겨졌다는 생각을 하며 두려움에 떨었다.

"엄마, 엄마…."

하지만 나는 마음속으로만 부르고 소리내어 외치지는 않았다. 세상에서 제일 시커먼 암흑유령이 다가와 내 어깨에 손을 얹으면 나는 비명을 질렀다.

아프리카에서 편지 한 통이 왔다.

"지미, 외할머니가 우리집에 오실 거다. 그리고 우리 이사할 거야."

내 머릿속에서는 우리가 이사하면 그땐 정말로 내 신발을 영영 찾을 수 없으리라는 생각뿐이었다.

나무로 된 상자들은 은색 종이띠로 봉했다. 상자 구석에는 차(茶)를 넣었다. 엄마는 정신없이 짐을 싸느라 다른 일은 신경 쓸 여력이 없었다. 마침내 모든 짐들이 이삿짐운반차에 실리고 집안은 텅 비었다.

"지미, 어디 가려고 그래? 아까 엄마 말 못들었니? 얼른 내려와. 다들 기다리잖아!"

"뭘 좀 찾고 있어요."

나는 마지막으로 빈집을 샅샅이 뒤지며 내 신발을 찾았지만 허사였다.

나는 아래층으로 내려가 신발이 살고 있던 현관 앞 계단으로 나가보았지만 거기에도 없었다. 나는 내가 기다릴 만큼 기다렸다는 것을 신발이 알아주기를 바라며 돌 하나를 그 자리에 남겨두었다.

"지미, 얼른 와라."

나는 차에 탔고, 우리집은 뒤에서 점점 멀어지며 내 인생에서 영원히, 영원히 사라져버렸다.

내가 마지막으로 뒤돌아봤을 때, 구름 사이로 나온 해가 그 집의 회색 지붕을 비추고 있었다. 그때 택시의 창유리에 내 얼굴이 비쳤다. 그늘이 드리워진 눈은 생기가 없었다. 석탄처럼 검은 눈 안쪽에는 암흑의 시간이 담겨 있었다. 나는 그것으로부터 벗어날 수가 없었다.

"램스게이트에는 절대로, 절대로 다시 오지 않을 거야. 아주 지긋지긋해."

엄마가 말했다.

새로 이사한 집 근처에서는 아침마다 기상나팔 소리가 들려왔다. 나팔은 오래되고 큰 것 같았다. 그 소리는 하늘 높이 울려퍼졌다. 엄마의 목소리로도 손으로도 닿을 수 없을 만큼 높이. 아무리 키 큰 사람도 그 소리를 훔쳐갈 수가 없었다.

아침마다 들리는 그 나팔소리는 내 친구가 되었다.

"외할머니가 누구예요?"

"엄마의 엄마야."

"외할머니가 아프리카에서 오시는 거예요?"

"아직 안 오셨다. 아프리카에서 오려면 오래 걸려."

"언제 오시는데요?"

형과 사촌누나는 엄마가 없을 때 이렇게 말했다.

"외할머니는 너하고 얘기 안 하실 거야. 너는 네 이름도 모르고 신발도 없고 개똥냄새가 나니까."

"절대로?"

"절대로!"

나는 수영을 할 수 있고, 나팔소리도 들을 수 있었지만 그것만으로는 점점 혹독해지는 암흑시절에서 벗어날 수가 없었다.

가끔 나는 관목 숲에 숨기도 했다.

나는 항상 비정상적으로 행동했다.

저녁에는 따뜻하게 자기 위해 이불에 오줌을 쌌다.

낮에는 가족들이 아무도 신경을 쓰지 않았기 때문에 나 혼자 돌아다니게 되었고, 그러면서 주변의 세상을 알아갔다. 아무도 내가 나갔다가 돌아오는 것을 알아차리지 못했다.

"안녕, 지미."

주위에서 그렇게 인사를 하기도 했지만 나는 별 대꾸를 하지 않았다. 아무 말도 하지 않는 것이 안전했다.

하루에도 몇 번씩 나는 자갈해변에 앉아 바다 저쪽에서 외할머니를 태운 배가 나타나기를 기다렸다. 하지만 언제부터인가 그 배는 절대 오지 않을 거라는 생각이 들기 시작했다. 그리고 그때부터 나는 몸이 떨리고 마음이 약해졌다.

내 몸은 죽을 정도로 아팠다.

나는 바다에서는 수영을 할 수 있었지만 암흑시절이라는 공간에서는 수영을 할 수가 없었다. 그곳의 파도는 위로 솟구쳐 금방이라도 나를 익사시킬 것 같았다.

"지미가 아픈 모양이에요."

빛의 저 위쪽에서 들리는 목소리.

"네, 그런 것 같네요."

작은 가죽 가방을 가지고 버스를 타고 어딘가로 간다.

혼자 남겨진 어떤 방.

파란, 새파란 하늘을 향해 난 창문.

어떤 남자와 테이블, 그리고 구멍 난 카펫과 밤색 장판.

"지미는 정신병원에 간대요."

사촌누나가 웃었고 형도 따라 웃었다.

그래서 내게 여행가방이 필요했던 것이다.

암흑시절은 깊어갔다.

나는 내 몸을 두드리는 침묵 속을 헤매고 있었다. 정신병원엔 절
대 가고 싶지 않았다.

"꼬마야, 너 이름이 뭐냐?"

경찰관이 물었다.

나는 실수를 했다. 내 이름도 몰랐던 것이다.

"너는 지미 로바잖아. 그렇지?"

"제가요?"

내 목소리가 들렸다.

그리고 나서 이렇게 말했다.

"외할머니가 우리집으로 오신대요."

나는 혼자서 겪고 있는 마음속 어둠의 무게를 조금이라도 덜기

위해 희망의 빛줄기를 찾으려 애쓰고 있었다.

"그래?"

"네. 제 신발을 찾아주려고 오시는 거예요."

"정말이니?"

나는 대답하고 싶지 않았다.

'아뇨'가 답이고, '모르겠어요'는 하나마나한 대답이고, '네'는 사실이 아니니까.

"너희 외할머니가 바다를 건너서 오시는 거냐?"

경찰관 아저씨의 다리 사이로 멀리 수평선이 보였다. 수평선에는 들고나는 배들이 떠 있었다. 어떤 배들은 런던으로 갔고, 어떤 배들은 7대양을 향했고, 어떤 배들은 도버로 갔다.

배 한 척이 굴뚝으로 연기를 내뿜으며 들어오고 있었다.

"네, 저 배에 타셨어요."

나는 어둠속에서 빠져나오려고 안간힘을 쓰며 대답했다.

그리고 경찰관 옆에 서서 그 배를 바라보고 있었다.

"자, 꼬마야, 내가 너희 집에 데려다주마."

"언젠가는 외할머니가 오실 거야."

한때 나였던 지미, 신발을 잃은 지미가 중얼거렸다. 그 속삭임을 들어줄 사람은 아무도 없었다. 침묵의 세계에서 말은 별 힘이 없었다.

나는 경찰관의 손을 잡고 뒤돌아서 터벅터벅 암흑시절로 되돌아갔다.

내가 내 것이라고 할 만한 것은 세 가지였다.

나는 수영을 할 수 있다.

나는 내 친구인 나팔소리가 있다.

나는 언젠가 오실 외할머니가 있다.

모두 사실이다. 나는 수영을 할 수 있었다. 기상나팔소리는 매일 아침 6시 15분에 어둠을 뚫고 또렷이 들려왔다. 나에게 일어날 일을 상기시키면서 말이다. 그리고 내 인생의 어느 멋진날, 드디어 외할머니가 검은 연기를 내뿜는 배를 타고 아프리카를 출발하여 7대양을 건너 런던도 아니고 도버도 아닌, 바로 자갈 깔린 이곳 해변으로 곧장 오는 것이다. 그 배는 점점 크게, 아주 거대한 몸집으로 나타날 것이다. 내가 매일 기다리던 그 해변에 요란한 소리를 내며 올라와서 사람들을 놀래주고 나를 구원해줄 것이다.

암흑시절에 빛을 비춰주고 내게 할 일을 가르쳐준 사람은 외할머니였다.

나를 깨워주는 소리

　　　　　　　　우리가 이사한 집은 해병대의 군악대본부에서
가까웠다. 군악대에 소속된 인원은 모두 551명이었다. 그들은 매일
같이 연주를 했고 일요일 아침에는 우리 마을을 가로질러 개리슨
교회까지 행진했다. 왼발, 오른발, 왼발, 오른발, 왼발, 오른발….

　북소리는 둥둥 울렸고 피콜로는 새소리처럼 떨렸다. 맨 앞에서는
악장이 멋진 은색봉을 태양에 닿을 만큼 하늘 높이 던져서 받곤 했
다. 한번도 떨어뜨리지 않고 말이다.

　매일 아침 정확히 6시 15분이 되면, 해병대 나팔수는 반짝거리는
놋쇠 단추가 나란히 달린 제복 차림으로 운동장을 가로질러가서, 밤
새 바람에 덜컹거리던 국기게양대 옆에 반듯이 섰다. 그런 다음 나
팔을 불어 군악대 대원들과 나를 깨웠다.

　때로는 내가 먼저 깨어 추위에 떨며 나팔소리를 기다리기도 했다.
우리집에는 난방장치도 카펫도 없이 얼음장같이 차가운 찢어진 장
판만 있었다. 그것은 맨발로 걸어도 찢어질 정도로 싸구려였다. 나
는 나팔소리를 들으며 내가 그 나팔소리의 멜로디가 되어 하늘로

날아가는 상상을 했다. 게양대 꼭대기보다 훨씬 더 높이 올라가서 우리 마을을 내려다보는 상상 말이다.

내 눈 아래에서 배를 바다로 밀고 있는 어부들이 보였다. 어퍼스 토닝에서는 눈스톤 광산에서 야간작업을 마치고 지친 모습으로 집으로 돌아가는 광부들이 보였다. 스토닝 우유제조장에서 나온 우유를 받아 마차에 싣고 가는 우유배달원도 보였다. 새벽에 가로등을 끄려고 사다리를 들고 주변을 도는 전등관리인의 모습도 보였다. 이것은 오래 전의 풍경이 아니라 거의 상상하기 바로 전날의 풍경이었다.

바다 쪽으로 내민 선창이 있었는데 그 끝에는 바람에 해진 깃발이 매달려 있었다. 가끔은 바람이 너무 세서 말떼가 달리듯 파도소리가 웅장했다. 그 말들은 전속력으로 달려 내가 한 번도 가보지 않았지만 언젠가는 꼭 가보고 싶은 그곳을 향해 질주하는 것 같았다.

우리가 그때 살던 사우스스토닝에는 자갈해변과 바다쪽을 향해 해변 산책로가 있었고, 산책로 옆에는 구명보트가 있었다. 구명보트는 바다에서 위험한 상황이 생기면 언제든 출동할 수 있도록 대기하고 있었다.

해변으로 내려가면 고요한 날에도 자갈이 이리저리 쓸리며 왁자지껄한 소리를 냈고, 두꺼운 웃옷과 장화 차림의 부두 노동자들이 떠내려온 나무나 귀중품을 찾아 위험한 파도 옆을 거닐었다.

어느 날 나는 나팔소리에 잠이 깼지만, 이상하게 그 소리와 함께 하늘로 날아오를 수가 없었다. 눈도 보이지 않았고 머리를 들 수도 없었다. 북이 내 눈 안쪽 깊은 곳을 무자비하게 때리고 있는 듯했다.

쿵, 쿵, 쿵! 깃털베개마저 벽돌처럼 딱딱하게 느껴져 목이 아팠다. 숨을 쉬기도 힘들었다.

너무 아파서 겁이 나자 나는 울음을 터트렸다. 엄마가 올라와서 내 이마를 짚어보더니 테스트 박사님을 불러왔다. 구조선에 소속된 이름난 의사였던 그는 차가운 손가락으로 내 가슴을 여기저기 눌러보고 입을 벌려도 보고 눈도 들여다봤다. 그리고는 내가 디프테리아에 걸렸으니 오래 못 살 것이라고 했다.

하루하루가 가고 몇 주가 흘렀다. 나는 병이 깊어져 잘 보이지도 않고 들리지도 않았다. 나팔수가 나를 깨우려고 부는 나팔소리도 들을 수 없었다. 나는 그렇게 점점 죽어가고 있었다.

어느 날 앰뷸런스가 와서 나를 병원으로 데려갔다. 그때 엄마는 이렇게 말했다.

"네가 퇴원하고 나면 외할머니가 와 계실 거다. 아프리카에서 엘리 이모랑 함께 살다가 여기로 오시는 거야."

"왜요?"

"아무도 외할머니를 모시려고 하지 않으니까. 나도 같이 살기는 싫지만 도리상 어쩔 수 없구나."

"외할머니는 어떻게 생기셨어요?"

"엄마하고 똑같아. 더 늙었다는 것만 빼고."

나는 '그렇다면 외할머니는 창백한 얼굴에 내가 본 사람 중에서 가장 늙은 사람이겠구나' 하고 생각했다.

그 병원에는 벽과 색을 맞추느라 회청색으로 칠한 수많은 철제 침대가 나란히 놓여 있었다. 내 침대 양쪽에는 올렸다내렸다 할 수 있는 보호난간이 달려 있었다. 간호사들은 내가 자는 동안 떨어지지 않도록 그 난간을 위로 올려서 고정시켰다. 엄마가 가버리고 나 혼자 남게 되자 세상이 끝난 것 같은 기분이 들었다.

나는 엉엉 울던 한 남자아이를 기억하고 있다.

지금도 한밤중에 깨어나면 그 남자아이의 울음소리가 들린다. 그리고 그 목소리는 내 목구멍 안에 남아 있다.

흰색 마스크를 쓰고 은색 버클이 달린 벨트를 맨 간호사는 오후 세 시에 창문을 열었다가 여섯 시가 되면 다시 닫았다.

어느 날 저녁 간호사는 창문 닫는 것을 잊어버렸다. 바람이 들어와 커튼이 휘날렸지만 나는 상쾌했다. 바다 냄새가 났고 갈매기 우는 소리가 들려왔다. 신선한 저녁 바람은 내 얼굴과 팔을 어루만졌다. 내 생애에서 가장 기분 좋은 밤이었다.

그러다가 새벽이 왔고 더 멋진 일이 일어났다. 다시 나팔소리가 들려온 것이다. 멀리서 아련히 들려왔지만 항상 듣던 그 소리가 분명했다. 그래서 나는 나팔수가 아직 살아 있고 우리집도 분명히 거기 있다는 것을 실감할 수 있었다.

그날 저녁 나는 간호사에게 부탁했다.

"창문 좀 그대로 열어두면 안 돼요?"

"말도 안 되는 소리."

"제발요."

간호사는 아무 말 없이 창문을 닫았고 벨트에 달린 은색 버클은 주사기바늘처럼 차갑게 빛났다.

새벽이 오자 나는 철제 난간을 넘어 침대 밖으로 내려왔다. 난간이 덜컥거리면서 삐걱거리는 소리가 났다. 나는 너무 쇠약해져 있었기 때문에 그것을 넘는 데도 한참이 걸렸다. 창문을 열려고 손을 뻗었지만 닿지 않았다. 그래서 의자를 가져와 그 위에 올라섰다. 힘없는 다리가 후들거렸고 그때마다 의자가 벽에 콩콩 부딪혔다. 나는 창문을 열고 그 틈으로 귀를 갖다댔다. 차가운 기운에 몸이 움츠러들었지만 바람을 쐬니 기분이 한결 나아졌다.

복도에서는 간호사가 왔다갔다하는 소리가 들렸다.

힘이 없어서 그런 자세로 오래 버틸 수는 없었다. 커튼이 날려 내 얼굴을 덮치는 순간 나를 깨우던 나팔소리가 들려왔다. 마치 나팔수가 자신이 거기 있다고 내게 알리는 것 같았다.

나는 그런 식으로 5일 연속 새벽 나팔소리를 들었는데 결국엔 들키고 말았다. 의자에서 떨어진 내가 너무 힘이 없어서 다시 침대로 돌아가지 못한 것이다. 다시는 그런 행동을 하지 못하도록 간호사들이 의자를 치워버렸기 때문에 나는 더 이상 나팔소리를 들을 수가 없었다.

그 후, 나는 병이 더 깊어졌다. 사람들은 와서 나를 빤히 쳐다보기만 했고 테스트 박사님도 마찬가지였다. 그들은 내 침대 발치에 모여 서서 뭔가를 속삭이다가 복도로 나갔다. 그러면 그들의 낮은 목소리도 사라지고 나만 홀로 남겨졌다.

그날 밤에도 어떤 남자아이가 훌쩍거리는 소리를 들었고 나처럼 나날이 야위어가는 것을 봤다. 그 아이는 내가 아는 아이였고, 바로 신발 잃은 아이였다. 그 애를 생각하며 나도 울었다. 간호사가 다시 의자를 갖다놓는다 해도 이제는 침대 밖으로 나가서 창문을 열 힘이 없었다.

어느 날 간호사가 테스트 박사님과 검은 옷을 입은 어떤 남자와 함께 들어왔다. 그들은 엄마에게 의자를 권했다. 그래서 나는 뭔가 심각한 일이 벌어졌음을 눈치챘다. 그들은 무심한 표정으로 내 몸 여기저기를 찔러보더니 고개를 저었다. 모두 내 잘못이라는 듯이. 엄마는 무슨 말을 해야 할지 어떻게 해야 할지, 모르겠다는 표정이었다. 엄마만 남겨두고 다른 사람은 모두 나갔다. 나는 '엄마도 나가셔도 돼요'하고 말하고 싶었다. 그렇게 되면 나는 천천히 죽어갈 터였다.

밤중에 엄마가 갑자기 일어나 문가로 가더니 조용히 누군가와 얘기를 나눴다. 그리고 엄마는 나가고 누군가가 그 의자에 앉았다.

내 이마를 짚는 손길이 느껴졌고 여름날의 미풍처럼 부드러운 목소리가 들려왔다.

"잘 자라, 내 아기."

그 말은 신비로운 느낌을 주었다.

나는 한밤의 어둠 속에서 깨어났지만 혼자가 아니었다. 나를 안심시키던 그 손이 내 손을 계속 잡고 있었던 것이다. 한 번도 맡아본 적 없는 냄새가 났다. 그것은 나프탈렌 냄새였다. 그것이 외할머니의 냄새였다. 외할머니는 밤새 내 손을 잡고 있었고, 그 다음날 낮에도 밤에도 그렇게 있었다.

외할머니가 누군가에게 말하는 소리가 들렸다.

"지미는 뭔가 붙잡을 것이 있어야 돼. 해변까지 같이 잡고 갈 손이 필요한 거야."

외할머니의 목소리는 노쇠하고 도자기에 금이 간 것처럼 들렸지만, 누구보다 강단이 느껴졌다.

외할머니가 배를 타고 해변에 도착했을 때 누군가 내가 죽어간다고 말했지만 외할머니는 믿지 않았다. 그러고는 코트도 벗지 않고 가방도 열어보지 않고 밥도 먹지 않고 곧장 병원으로 달려왔다. 그리고 따뜻하게 내 손을 잡아주었다.

오랜 시간이 지나고 새벽이 왔을 때 나는 눈을 떴다. 그리고 처음 외할머니를 보았다. 외할머니는 희끗희끗한 머리에 그물모양으로 짠 머릿수건을 두르고 있었다. 검은색 눈에서는 빛이 반짝였다. 블라우스에 은브로치를 달고 있었고, 굽고 부은 듯한 오른쪽 손가락에 가느다란 금반지를 끼고 있었다. 코는 수술바늘처럼 길고 날카로웠다.

"지미, 내가 네 할미란다. 네 몸이 좋아지지가 않는구나. 왜 그러는지 알고 있니? 아무 얘기나 해보렴."

나는 뭐라고 대답해야 할지 몰랐다.

그러자 외할머니가 물었다.

"왜 창문을 쳐다보는 거냐?"

나는 대답하지 않았다. 외할머니가 다시 물었다.

"창문 열어줄까?"

"열지 말래요."

"누가 그러든?"

"간호사가요."

"그랬구나. 뭐 그건 간호사 생각이고 할미 생각은 다르단다."

외할머니는 일어나서 누구도 범접하지 못할 단호한 표정으로 창문을 열고 다시 앉았다.

바다 냄새가 들어왔고 갈매기 소리가 들렸다.

"외할머니, 나팔수가 아직 살아 있어요?"

"어떤 나팔수 말이냐, 아가?"

그때 군악대의 기상나팔소리가 들려왔다. 멀리서 들렸지만 여전히 힘있는 소리였다. 나는 기쁨에 겨워 외할머니 손을 더 세게 잡았다.

매일 밤 창문은 닫히지 않았고 외할머니도 자리를 뜨지 않았다. 외할머니는 침대 옆 의자에서 될 수 있는 한 편안한 자세로 잠을 잤다. 사람들은 외할머니에게 음식을 갖다주면서도 수군거렸지만 외할머니는 그 자리에서 꼼짝하지 않았다. 외할머니는 내게 살아온 얘기를 들려주기도 했다. 하지만 내 몸은 나아지지가 않았다.

어느 날 외할머니가 물었다.

"세상에서 가장 갖고 싶은 게 뭐냐?"

나는 가슴이 철렁했다. 외할머니가 나한테 선물을 사주고 영영 떠나려 한다고 생각했기 때문이다.

"외할머니, 아프리카에 있는 엘리 이모한테 가시는 거예요?"

"아니다. 절대 안 간다. 백만금을 준다고 해도 안 간다. 이제 너희 집이 내 집이고 앞으로도 계속 그럴 게야. 자, 이제 말해보렴. 세상에서 가장 갖고 싶은 게 뭔지."

"모르겠어요."

"그걸 알아야지, 안 그러면 그걸 가질 수도 없는 게야. 그러니까 생각해 두었다가 내일 내가 다시 오면 말해라."

그리고는 은브로치를 떼어내어 나한테 줬다. 집에 가서 눈 좀 붙이고 올 테니 외할머니 손 대신 그걸 쥐고 있으라는 것이었다. 외할머니는 그때까지 나를 지키느라 6일 밤낮을 침대 옆에서 보냈다.

외할머니가 돌아왔을 때 내가 물었다.

"외할머니, 이 세상에 있는 건 뭐든지 구해주실 수 있어요?"

"아니, 아가, 무엇이든 구해준다고는 못하겠구나. 내가 얻을 수 있는 거면 너는 원하지도 않았을 거 아니냐. 하지만 너한테 더 좋은 걸 해줄 수는 있단다. 그것만은 약속할 수 있다."

"갖고 싶은 게 있어요."

"말해봐라."

"하지만, 외할머니가 해주실 수 없어요."

외할머니는 듣고만 있었다.

"제 소원은 군악대 나팔수가 제 방에서 나팔을 불어주는 거예요."

나는 외할머니에게 군악대에 대해 내가 알고 있는 것을 모두 얘기해 주었다. 그리고 아프기 전에는 매일 아침 군악대의 기상나팔 소리를 들었다는 얘기도 했다. 그때 처음으로 모든 걸 외할머니한테 털어놓았던 것 같다.

내 얘기를 다 들은 외할머니는 일어나서 머릿수건을 쓰고 코트를 입고 지팡이를 들었다. 창문을 열 때의 결연한 표정이 다시 살아났다.

"외할머니, 어디 가시게요?"

"누구랑 얘기 좀 하고 오마."

외할머니는 다음날도, 그 다음날도 오지 않았다. 하지만 곧 돌아오겠다는 전갈을 보냈다.

오후가 지나고, 저녁이 지났다. 밤이 되자 바람이 일어 파도소리와 자갈소리가 내 침대 발치까지 들려왔다. 커튼이 휘날리며 여기저기 부딪혔지만 간호사는 창문을 닫지 않았다. 외할머니가 노발대발

할까 봐 두려웠던 것이다. 외할머니가 반드시 돌아오리라 믿었기 때문에 나는 편한 마음으로 잠들었다.

그런데 얼마 후 씩씩한 발걸음 소리가 들려왔다.

왼발 오른발, 왼발 오른발, 왼발 오른발!

왼발 오른발, 왼발 오른발, 왼발 오른발!

그러더니, 내가 눈을 뜨기도 전에 나팔소리가 들렸다. 그것은 내 병실, 바로 내 눈앞에서 들리는 소리였다.

내 평생 그렇게 놀라보기는 처음이었다.

나팔수는 키가 어찌나 큰지 천장에 닿을 것 같았다. 덩치도 커서 병실 절반을 차지하는 것 같았다. 그의 빛나는 나팔에서 아침 햇빛이 반사되고 있었다. 놋쇠 단추도 햇빛에 반짝엿다.

나팔수가 나팔을 불자 그 소리는 방 여기저기에 부딪혀 튀어올랐고 침대 위로 넘어와 내 머리에서도 울렸다. 한쪽 귀로 들어가서 다른쪽 귀로 흘러나왔다가 다시 되돌아갔다.

"젊은 친구, 이제 일어날 시간이네."

나팔을 다 불고 그 소리가 메아리처럼 사방에서 울리는 동안 그가 말했다.

"하지만 저는 아픈걸요."

"군악대는 게으름 피우거나 변명하면 안 돼."

그리고는 두번째로 놀라운 일이 벌어졌다.

그가 나팔을 침대 옆에 두고, 나를 안고 창가로 데려간 것이다. 그리고는 창문을 활짝 열고 나를 들어올려 창밖을 보여주었다.

"자, 들어봐!"

나는 귀를 기울였지만 아무 소리도 안 들렸다.

"아무 것도 안 들리는데요."

"맞아. 내가 운동장이 아니라 여기 있으니까 당연하지. 오늘 아침 기상나팔소리 없이 일어날 사람이 551명이나 된단다. 그럼 어떻게 될 것 같니?"

"모르겠어요."

"알게 되거든 나한테 편지로 알려주렴."

"그럴게요."

나는 빛나는 나팔을 바라보며 대답했다.

"나팔을 한 번 더 불어서 병원 사람들을 모두 깨울까?"

"네, 그래 주세요."

나팔수는 다시 한번 요란하게 나팔을 불었다. 소리가 어찌나 크던지 나는 귀를 막아야 했다.

나팔을 다 불고 난 그가 말했다.

"이제 가봐야겠구나. 나팔은 여기 두고 갈 수는 없으니까 대신 이걸 주마."

내가 세번째로 놀랄 일이 기다리고 있었다.

그가 제복에 달린 놋쇠 단추 하나를 확 떼어내어 그것을 내게 준 것이다.

"만일 551명이 나팔소리 없이도 일어날 수 있게 되면, 나는 네 전용 나팔수가 되는 거야! 그게 내가 기다리던 답이었다. 하지만 그보다 더 좋은 답이 생각나거든 내게 편지로 알려주거라."

"네, 그럴게요."

그는 나팔을 팔 아래에 끼고 차려 자세로 서서 경례를 한 다음, 행진하듯이 밖으로 나갔다. 그리고 복도를 따라 계속 걸어갔다.

왼발, 오른발, 왼발, 오른발, 왼발, 오른발….

외할머니는 그 다음날 왔다.

"어땠니?"

외할머니가 물었다.

나는 나팔수가 내 병실에 온 얘기를 해주고, 그것을 증명하기 위해 빛나는 놋쇠 단추를 보여주었다.

"저 언제 집에 가요?"

내가 물었다.

"몸이 좋아지면."

"지금 좋아지고 있어요."

나는 2주 뒤에 퇴원했다. 외할머니가 집에서 나를 맞아주었다.

"외할머니, 편지 써야 되는데, 전 쓸 줄도 읽을 줄도 몰라요."

내가 말했다.

"금방 배울 수 있단다."

외할머니가 확신에 찬 어조로 말했다.

"그래도 그림은 그릴 수 있잖니."

나는 국기게양대 옆에 서 있는 나팔수 아저씨를 그렸다. 나에게 다녀간 후의 모습을 그렸기 때문에 그의 제복에는 단추 하나가 없었다. 그것을 집 앞에 있는 원통형 우체통에 넣었다.

일주일 후에 나는 답장을 받았다. 편지봉투 안에는 검은색 글씨가 인쇄된 흰색 카드가 들어 있었다. 그것은 외할머니와 나에게 온 군악대 연주회 초대장이었다. 리처드 마퀀드 대령이 보낸 것으로서,

카드 안에는 파란색 펜으로 쓴 글씨가 적혀 있었다. 외할머니는 그 것을 읽고 활짝 웃었다. 평소에는 잘 웃지 않던 분이 말이다.

"너한테 온 거란다. 이렇게 적혀 있구나. '몸이 좋아졌다니 다행이 구나. 네가 외할머니를 모시고 우리 음악회에 와줬으면 좋겠다. 여 자들은 남자를 대동하지 않으면 들어올 수가 없거든'"

음악회에 가기 전날 밤엔 잠이 오지 않았다. 내가 눈을 떴을 때는 6시 15분이어서 나팔소리가 들려왔다. 나는 입원하기 전에 그랬던 것처럼 귀를 기울여 들었다. 그리고 다시 한번 그 선율을 타고 하늘 높이 날아올랐다.

나는 우리 동네를 모두 내려다보았다. 어부와 광부들도 보이고 부 두에서 일하는 인부들도 보였다. 선창도 보이고 바다에서 달리기 경 주를 하는 해마들도 보였다. 달라진 게 있다면 머릿수건을 쓰고 외 투를 걸친 채 지팡이를 짚고 산책로를 걷는 외할머니 모습이었다.

기상나팔 소리가 끝나자 나는 마지막 곡조를 타고 다시 침대로 내려왔다. 그리고 찢어진 장판을 가로질러 복도로 달려나가 외할머 니 침실로 향했다.

"외할머니, 오늘은 할 일이 많으니까 지금 일어나야 돼요. 나팔소 리 들었어요?"

"나이를 먹으니 잘 안 들리는구나. 이제부터 나팔소리가 들리면 나한테 와서 말해주겠니? 할미가 긴 밤이 지나고 아침이 되었다는 걸 알도록 말이다. 그렇게 해줄 수 있니?"

나는 그러겠다고 대답했다. 그리고 우리가 그 집을 떠날 때까지 그 약속을 지켰다.

내 이야기를 들어준 교장선생님

　　7월 어느 날, 외할머니와 엄마는 처음으로 한 가지 일에 의견일치를 봤는데, 그것은 내 교육문제였다.

　그때는 여름학기가 끝날 무렵이었고 학교에서 보낸 생활기록표에는 읽고 쓸 줄을 모른다는 이유를 들어 내가 학력부진이며 유년반에 1년 더 다녀야 한다고 적혀 있었다. 엄마는 그게 무슨 뜻인지 이해했지만 외할머니는 그러지 못했다. 하지만 두 사람 모두 내가 1년 더 유년반에 다닌다고 해도 상황이 나아지지 않을 거라는 점에서는 생각이 같았다.

　엄마는 피곤하고 생각할 것도 많았기 때문에 외할머니가 톰슨 교장선생님과 면담하러 갔다. 외할머니는 나를 데려가면서 물어보기 전에는 아무 말도 하지 말고 있으라고 당부했다. 사실은 당부할 필요도 없었다. 나는 거의 말이 없었고 말을 하더라도 외할머니한테만 했기 때문이다.

　"제 손자는 바보가 아닙니다."

　외할머니가 말했다.

"읽고 쓸 줄 모르는데 새 학년으로 올라가봤자 득 될 게 없습니다."

톰슨 선생님은 서류철을 덮고 일어서면서 이렇게 말했다. 선생님은 바빠서 외할머니를 빨리 보내고 싶어했지만 외할머니는 쉽게 포기하지 않았다.

"왜 안 되는 겁니까?"

외할머니는 미동도 없이 교장선생님을 다시 앉히며 이렇게 물었다. "그리고 죄송하지만 '득'이란 게 정확히 무슨 뜻입니까? 이 애도 새 학년이 되어 더 배우게 되면 훨씬 나아질 겁니다."

"외할머니가 교육전문가이십니까?"

교장선생님이 외할머니에게 물었다.

"저는 침례교인입니다. 그것이 더 중요한 겁니다."

외할머니는 물러서지 않았다.

"그리고 저는 아프리카에서 살다 왔지요. 거기에서는 많은 사람들이 읽고 쓸 줄 모르지만 나이가 들수록 훨씬 더 현명해집니다. 영국에서 자란 사람들보다 더요."

"원주민을 말씀하시는 건가요?"

톰슨 선생님이 물었다.

"토착민을 말하는 겁니다."

외할머니가 대답했다.

"그 사람들은 현명해서 읽기나 쓰기, 셰익스피어, 의회, 영국의 군주정치 그리고 영국국교회를 그리 대단치 않게 생각한답니다."

"그렇군요. 하지만 할머님 손자가 읽지도 못하고 쓰지도 못하고 말도 못하는데, 새 학년으로 올려보내야 한다니 납득하기가 어렵군요."

톰슨 선생님이 말했다. 이런 말은 외할머니의 화를 더욱 돋우었다. 다른 사람이 말할 때도 마찬가지였다.

"만일 제가 선생님을 납득시킨다면 저 애를 상급반으로 올려보내겠습니까?"

톰슨 선생님은 한숨을 쉬더니 그렇게 할 수도 있다고 했다.

"나이에 맞는 학년으로 말이지요?"

외할머니가 재차 확인했다. 포기란 걸 모르는 분이었다.

"제가 보기에는 할머님의 손자가 석 달 내에 나이에 맞는 학년으로 올라갈 만한 능력을 보여줄 것 같지가 않군요. 하지만 그렇게만된다면 저로서도 두 손 들고 환영할 일이지요."

"정말입니까?"

외할머니가 물었다.

"그럼요. 유급한 아이들은 제멋대로 구는 경우가 많거든요."

"지미는 말수가 너무 적지만 제멋대로 군 적은 없는 걸로 압니다."

외할머니가 말했다.

"그건 사실입니다."

톰슨 선생님은 마지막 수업을 위해 일어났다.

"하지만 가을학기가 시작되기 전 금요일까지는 이 아이가 진급할만한 능력이 있다는 것을 증명해주셔야 합니다. 그때 진급할 학생들명부를 최종적으로 작성하거든요. 9월 셋째 주입니다."

"어떻게든 방법을 찾을 수 있을 겁니다."

외할머니가 결연한 표정으로 말했다.

"그렇지, 지미?"

"어…. 네."

내가 대답했다. 톰슨 선생님은 내 목소리를 그때 처음 들었다.

그해 여름에 외할머니는 당분간 육식을 하지 않기로 결심했다. 외할머니는 채식 모임에 참여하면서 당근을 끓여먹고 상추도 기르기 시작했는데 엄마는 그런 일에 짜증을 냈다.

"우리는 이가 있는 육식동물이잖아요."

"나는 이제 틀니를 쓰잖니. 고기를 먹는 건 비도덕적일 뿐 아니라 내가 힘들어."

두 사람은 서로의 차이를 인정하기로 하고 나를 어떻게 진급시킬 것인지를 의논하기 시작했다. 하지만 엄마는 금세 포기했다.

"아유, 모르겠어요. 저는 일하러 가야 돼요. 엄마가 시작한 일이니까 엄마가 해결하세요."

"잘 하는 짓이다!"

외할머니가 혀를 찼다.

엄마가 일하러 가는 데 열을 내는 이유는 윙햄의 농장주 자디 씨의 비서가 되었기 때문이다. 양쪽 뺨에 수염을 기르는 자디 씨는 가축들을 기르고 있었다. 그는 아내와 사별했는데, 엄마는 밤늦게 들어올 때가 많았다. 그가 엄마를 너무 부려먹었던 것이다.

"잘 하는 짓이다!"

그해 여름에 엄마가 볼화장을 하고 향수 냄새를 풍길 때면 외할머니는 늘 그렇게 핀잔을 줬다.

봄이 무척 덥더니 여름이 되자 완전히 찌는 듯한 날씨가 계속 됐다. 어찌나 뜨거운지 도로의 타르가 녹아서 외할머니 신발에 엉겨붙을 정도였다. 가끔 나는 신발을 신지 않고 다녔기 때문에 타르는 발가락 사이까지 늘어붙어서 테레빈유로 그것을 떼어내야 했다.

나를 침울하게 하는 비가 몇 주 동안 내리지 않아서 나는 행복했다. 해변산책로 옆의 잔디밭 풀은 누렇게 말라죽어 땅바닥이 다 드러났다. 온실 속에서 자라던 야채들도 물이 부족해 모두 죽어버렸다. 외할머니가 키우던 상추도 시들어 죽었고 토마토만 겨우 살아 있었다. 외할머니가 틀니를 담아두는 그릇으로 새벽마다 물을 퍼줬기 때문이다.

시원하게 지낼 수 있는 곳은 바다뿐이어서 마을 사람들은 모두 아침부터 점심, 저녁까지 바다에서 시간을 보냈다. 엄마도 짜디짠 계란 샌드위치와 집에서 만든 생강음료를 가지고 자갈해변으로 나갔다.

내 기억으로는 그 해에 맥스 삼촌이 처음 우리집을 방문했던 것 같다. 그는 과학자로서 런던에 살고 있었는데 엄마 말로는 그곳이 우리가 살던 스토닝보다 더 덥다고 했다. 삼촌은 엄마의 권유로 여름 동안 함께 지내려고 내려온 것이었다. 삼촌은 새로 사귄 약혼녀 안토니아를 새 차에 태우고 왔다. 그녀는 항상 머리와 손톱 등 화장을 영화배우처럼 하고 다녔다.

나는 카키색 반바지만 입고 다녔고 얼굴도 타서 갈색이 다 되었다. 반면 마이클 형은 백짓장처럼 희멀건 얼굴이었다. 힐러리 누나는 앉으나 서나 우아하게 움직였고 아무리 더워도 껴입은 옷들을 벗으려 하지 않았다. 사촌누나는 쉽게 흥분하고 화도 잘 냈다.

사람들은 모두 그렇게 더운 여름은 생전 처음이라며, 놀 수 있을 때 맘껏 놀자고 했다.

주말이면 관광객들이 런던에서 기차를 타고 왔다. 그들은 영국에서 가장 유명한 젤라토 아이스크림과 솜사탕을 사먹었다. 머리에 손수건을 얹은 채 자갈해변에 앉아 있기도 했고, 썰물 때 갯벌에 나가 작은 새우를 잡기도 했다. 남자들은 셔츠의 단추를 풀고 다녔고 여자들은 카디건과 블라우스를 벗고 브래지어만 입고 다녔다. 치마는 걷어올려 허벅지를 다 드러냈다.

그들은 바닷가재를 벌겋게 구워먹었고, 세인트존 응급처치 요원들은 기절한 여자나 부모 잃은 아이들을 실어나르며 하루 종일 분주했다. 넬슨 가에서는 어떤 미친 개가 이스트 켄트로드 운수회사의 80번 버스에 달려들어 타이어를 물어뜯었다.

그러던 어느 날 죽은 백상어가 해변에 나타나 휴양지는 난리가 났다. 그 백상어는 우리집 맞은 편 해변에 떠밀려왔는데, 너무 크고 무거워서 아무도 옮길 수가 없었다.

그뿐만이 아니었다. 뜨거운 햇볕에 그 백상어가 썩기 시작하자 스토닝 전체에 악취가 퍼지기 시작한 것이다. 어디를 가든지 그 지독한 냄새를 피할 수가 없었다.

또한, 바닷속에 살아있는 상어가 또 있을지 모르기 때문에 수영을 하면 안 된다는 말도 들렸다. 엄마도 우리를 바다에 나가지 못하게 했기 때문에, 이제 냄새에서도 더위에서도 벗어날 수가 없을 것 같았다. 모두 그 백상어 때문이었다.

하지만 나는 벗어날 곳을 한 군데 찾아냈다. 상어가 있는 자리에서 바람이 불어오는 쪽으로 거슬러 올라간 곳이었다. 그곳은 평상시에 물이 차 있지 않기 때문에 외할머니는 그곳에 상어가 살 리가 없다고 했다. 나는 자주 그곳에서 놀면서 상어가 점점 더 썩어가는 것을 지켜보았다. 사람들이 그것을 처다보면서 코를 움켜쥐는 모습도 봤다.

외할머니는 아프리카 해안에서 상어를 본 적이 있기 때문에 내게 상어 이야기를 많이 해줬다.

"한 번은 해안으로 올라와 사람들을 잡아먹은 놈이 있었지. 너희 엘리 이모도 겁에 질려서 거의 초주검이 됐단다. 바보같이."

"어쩌다가요?"

내가 물었다.

"내 말을 안 들어서 그런 거지."

외할머니는 못마땅하다는 듯이 얼굴을 찡그렸다.

"왜 사람들한테 그 상어를 죽여버리라고 하지 않았어요?"

"상어들도 우리처럼 살아갈 권리가 있으니까. 하지만 그 녀석들이 성질을 못 이기고 사람들을 잡아먹기도 하지. 그러면 안 되는데 말야. 그런 행동들이 잘못이라는 걸 못 배워서 그런 거야."

나는 죽은 상어가 불쌍하다는 생각이 들기 시작했다. 상어는 외할머니 말을 듣지 못해서 자기 행동이 잘못됐다는 것을 몰랐고, 그래서 사람들을 잡아먹었을 테니 말이다. 만약 상어가 외할머니 말을 들었으면 지금 살아있을 텐데.

바다에서 놀던 나는 죽은 상어를 보다가 갑자기 어떤 생각이 떠올라 집으로 뛰어들어갔다.

"외할머니, 연필하고 도화지 좀 주세요. 상어를 그리고 싶어요."

"그래, 좋은 생각이구나."

그 후 나는 그 죽은 상어와 비슷한 상어들을 쉬지 않고 그려댔다. 해변에서 놀면서도 그랬고, 아이스크림을 먹으면서도 그랬고, 마당에서 외할머니와 차를 마시면서도 그랬다. 크게도 그리고 작게도 그렸다. 하지만 대부분은 바다에서 헤엄치는 상어, 뭔가를 먹고 있는 상어였다. 상어들이 옛날에 외할머니 말을 듣고 잘못된 행동을 하지 않았으면 죽지 않고 그렇게 살았을 것이다.

"외할머니, 도화지 다 썼어요."

외할머니는 도화지와 크레용과 목탄을 더 많이 사줬다. 그해 여름에 나는 그림에 푹 빠져 지냈고 그림에는 항상 상어가 등장했다. 가끔은 내가 아는 사람을 그리기도 했다. 군악대도 그랬고, 상어를 어떻게 옮길 것인지 고심하던 군인들도 그랬고, 외할머니와 얘기하는 것을 좋아하던 구명보트 책임자 프레디 하멜 아저씨도 그랬다. 하지만 그런 그림에도 항상 상어가 있었다. 살아있는 상어가….

어느 날, 피츠로이 광장의 담 사이로 테니스 경기를 구경하다 해변에 와보니 소방대원들이 상어를 옮기기 위해 와 있었다. 검은색 고무옷을 입고 마스크를 쓴 사람들은 상어 위로 올라가 도끼로 그것을 내리치고 있었다. 한때는 살아서 숨쉬던 상어를 그들은 마치 장작을 패듯 도끼로 찍고 있었다.

그들은 상어의 머리와 지느러미 그리고 나머지 부위를 화물차에 싣고 상어가 있던 자리에는 소독약을 뿌렸다. 그들이 가버리자 가슴속에 메울 수 없는 커다란 구멍이 생긴 것 같았다. 나는 슬퍼졌다.

그날 저녁 외할머니가 물었다.

"무슨 일 있니?"

나는 이제 그릴 것이 없다고 했다. 상어에게 작별인사도 하지 못했다고 했다. 그리고… 그리고 나는 울음을 터트렸다. 친구를 잃어 버린 기분이었다.

그걸 보고 마이클 형이 핀잔을 주었다.

"그런 냄새나는 고깃덩어리 때문에 질질 짜다니 너도 참 멍청하다. 그러니까 네가 읽지도 못하고 쓰지도 못하는 거야. 이제 더러운 냄새도 안 나고 여기저기 널려있는 그림을 안 봐도 되겠구나."

나는 한동안 그림을 그리지 않았다.

며칠 후 외할머니가 말했다.

"네가 그릴 것은 많이 있잖니, 지미. 네가 마음만 바꾸면…"

3일 후 나는 마음을 바꾸었다. 다른 좋은 생각이 머릿속에 떠올랐던 것이다. 나는 도화지와 크레용을 가지고 키 큰 관목이 자라는 해변가로 갔다. 그곳에는 아무도 모르는 비밀장소가 있었는데, 나는 그곳으로 기어들어가 머릿속에 있는 것을 그리기 시작했다. 그리고 내가 그린 그림들에 '외할머니와 백상어'라는 제목을 붙였다. 거기에 1부터 번호를 매겼는데 30번이 넘었다.

나는 그림들을 관목숲에 있는 내 비밀굴에 나란히 놓아두었다. 마치 『비노』나 『댄디』 같은 만화책처럼. 그리고 생각날 때마다 그곳으로 가서 그림들을 일렬로 늘어놓고 바라봤다. 그러다가 이야기를 좀더 다듬어야겠다는 생각이 들면 그림을 더 그려서 사이에 끼워넣곤 했다.

"오늘은 뭐하고 지냈니? 어디 가서 놀았어?"

엄마는 퇴근해서 집에 오면 그렇게 묻곤 했다. 하지만 그림 이야기를 어떻게 설명해야 될지 몰라서 해변에서 놀았다고만 했다.

외할머니도 그림에 대해서는 모르고 있었다. 아는 사람은 오직 나뿐이었다.

   지독하게 덥고 비도 오지 않았던 그해 여름, 외할머니는 나를 진급시키기 위해 읽기를 가르치려고 했다. 하지만 나는 배워지지가 않았다. 왠지 할 수가 없었다. 종이에 인쇄된 글씨가 나에게는 알아먹을 수 없는 암호 같았다. 나는 외할머니와 엄마 그리고 맥스 삼촌의 얘기를 듣는 것이 더 좋았다. 프레디 하멜 아저씨와 다른 어부들의 얘기를 듣는 것도 좋았다. 외할머니는 내가 그 사람들과 함께 있어도 좋다고 했고 그 사람들도 내가 조용히 옆에 있는 것을 개의치 않았다.
   그러다가 9월이 왔고 외할머니는 이렇게 말했다.
   "아이고, 아가, 여름 내내 아무것도 안 하고 이 상어그림만 그렸으니 선생님한테 뭐라고 해야 할지 걱정이 태산이구나. 그래도 이거라도 가지고 가서 얘길 잘 해봐야지 어쩌겠니. 가자."
   우리는 학교에 갔고, 외할머니가 교장선생님에게 내 그림을 보여주었다. 놀랍게도 교장선생님은 그 그림들에 관심을 보이더니 미술선생님을 불러왔다. 두 선생님은 새 학년에 올라갈 학생들의 명단을 작성하기 위해 그날 학교에 나와 있었다.
   미술선생님과 교장선생님은 내 그림들을 보고 또 보면서 내게 몇 가지 질문을 던졌다. 나는 뭐라고 대답해야 할지 몰라서 거의 아무 말도 하지 못했다. 그들은 내가 그것들을 그렸다는 것을 믿지 못하는 것 같았다. 그래서 나는 질문을 받을수록 말수가 줄었다.
   "시간을 더 주면 이 애가 대답할 수 있을 겁니다."
   외할머니가 말했다. 그때 외할머니는 사나운 매한테서 새끼들을 지키려는 바다새 같았다. 하지만 소용이 없었다.

"이 그림 말고 더 보여줄 것이 있으면 좋을 텐데…, 그러니까… 이 그림들을 보면 어린 나이에 관찰력과 집중력이 뛰어난 것 같지만 이것만으로는… 죄송합니다만 이 애는 한 학기 더 배워야 될 것 같군요. 아마 다음 학기에는…."

교장선생님의 말이었다.

나는 외할머니가 무척 실망했음을 눈치챘다. 지기 싫어하는 외할머니지만 그런 상황에서 뭘 어떻게 하겠는가?

그런데 그때 무슨 말을 해야 할지가 떠올랐다. 학교에서 내가 자발적으로 얘기한 것은 그때가 처음이었을 것이다.

"제가 그린 그림이 더 있어요. 많이요."

"뭐라고?"

미술선생님이 물었다.

"그림이 더 있다고요. 아주 많이 그렸어요."

"어디에 있는데?"

흥미를 느낀 미술선생님이 교장선생님을 힐끗 쳐다보며 물었다.

"그것들을 좀 보고 싶구나."

"지미, 그게 어디에 있니?"

외할머니가 물었다.

"바닷가 제 비밀굴에 있으니까 제가 가지러 가야 돼요. 덤불 속에 있어서 저 말고는 아무도 거길 모르거든요. 거짓말 하는 거 아니에요. 외할머니한테 보여드릴 수도 있어요."

"내가 문제가 아니야, 지미."

외할머니가 말했다.

교장선생님이 시계를 보더니 이렇게 말했다.

"11시에 회의가 있어서 시간이 없군요. 하지만 거기가 너무 멀지 않으면…"

외할머니는 처음으로 감사의 표정을 지었다. 교장선생님이 얘기를 계속했다.

"제가 지미 로바를 알게 된 뒤로 이 애가 뭔가를 자발적으로 한 건 이번이 처음인 것 같군요. 우리 아이들이 이야기할 때 귀를 기울이는 것이 선생이 할 일이죠. 저는 새 선생님이 오면 항상 그렇게 말합니다. 그러니 제가 가르친 대로 저도 실천해야지요. 일단 이 애가 한 말을 믿고 그림을 보도록 하죠. 회의에는 저 대신 다른 사람을 보내도 되니까요."

교장선생님과 나는 해변까지 가서 우리집을 지나고, 스토닝 성 방향으로 가다가 드디어 내 비밀장소에 도달했다. 외할머니와 미술선생님도 따라왔다.

"제 굴은 좁아서 기어들어가야 돼요."

비밀굴로 통하는 덤불 속 터널에 도착했을 때 내가 말했다.

관목들은 선생님들보다 훨씬 크고 철조망보다 훨씬 촘촘하게 자라 있었다. 교장선생님은 더 젊고 날씬한 미술선생님에게 먼저 보라고 했다. 미술선생님은 나를 따라 기어들어와서 내 그림을 잠깐 보더니 이렇게 말했다.

"지미, 여기서 잠깐만 기다려라. 교장선생님도 들어오시라 하고… 기어서 들어오시라고 해야 될 것 같구나."

두 사람이 밖에서 얘기를 나누는 소리가 들렸다. 그리고 교장선생님이 바닥에 무릎을 꿇고 입구에서 내 굴을 들여다보았다. 우리는 서로를 쳐다보았다. 교장선생님이 입을 열었다.

"나는 살이 찌고 몸이 뻣뻣한 데다 기어서 들어가기에는 나이가 좀 많은 것 같구나, 지미."

"어렵지 않아요. 좀더 낮게 몸을 굽히시고 나무에 난 가시는 너무 신경쓰지 마세요."

"어, 그래."

교장선생님은 이렇게 대답하고는 가쁜 숨을 쉬며 밀고 들어왔다. 나는 교장선생님이 기어들어오는 동안 머리와 재킷에 걸리적거리는 관목 가지들을 치워주었다. 마침내 내 굴에 들어온 교장선생님은 씩 웃고는 사방을 둘러싸고 있는 관목들을 올려다보았다.

"어떻게 나가야 될지 엄두가 안 나는구나! 그래… 이것들이 네가 그린 그림들이구나?"

교장선생님이 아무 말 없이 그림을 하나하나 살펴보았다.

"제가 설명해 드릴까요?"

내가 말했다.

교장선생님은 그러면 고맙겠다고 했다.

"오래 걸릴지도 몰라요."

교장선생님은 괜찮다고 했다.

"이건 한 편의 이야기예요. 제가 만들었어요."

"난 이야기를 좋아한단다. 회의는 내가 없는 편이 훨씬 나을 거다. 나중에 해도 되는 일이 있고 당장 해야 되는 일이 있는데, 이건 지금 당장 해야 되는 일인 것 같구나. 그런데 이 상어는 올 여름에 스토닝 마을의 해변에 밀려올라온 상어 같은데, 그렇지?"

나는 고개를 끄덕였다.

"저는 그 상어가 안 죽었으면 했어요. 저도 옛날에 한번 거의 죽을 뻔했는데 정말 무서웠거든요. 가끔은…."

"가끔은 뭐?"

교장선생님 말투에서 나는 선생님이 내 편이라는 것을 느꼈다. 교장선생님이 내 비밀굴에 쪼그리고 앉아 있는 모습은 우스웠지만 나는 기분이 좋았다. 그동안 내 비밀장소에 데리고 와서 물건들을 보여줄 친구가 없었던 것이다. 외할머니는 친구와는 좀 달랐다.

나는 교장선생님에게 그동안 수집한 부싯돌을 보여주고 외할머니한테서 들은 대로 부싯돌이 어떻게 만들어지는지를 얘기해 주었다. 해변에서 주운 나무토막도 보여주었고, 붉은 개미가 어디에 있는지 그리고 그것들이 썩은 나무열매들을 어디로 옮기는지도 말해 주었다. 프레디 하멜 아저씨가 내게 가르쳐준 밧줄 매듭들을 보여주며 그것들의 이름과 사용법도 가르쳐 주었다. 또한 자동차의 발전기에 대해서도 삼촌한테서 들은 대로 얘기해 주었다. 내가 알고 있는 것들은 모두 얘기한 것 같다.

"자, 지미 이제 네가 그린 상어 그림 얘기를 듣고 싶구나."

이윽고 교장선생님이 말했다.

"네, 처음 어떻게 시작하느냐면요."

나는 맨 처음 그림을 가리키며 이야기를 시작했다. 교장선생님은 재촉하지 않고 내 말에 귀를 기울여줬기 때문에 나는 외할머니에게 하듯이 조목조목 얘기할 수가 있었다. 교장선생님은 가끔 질문을 하기도 했지만 대부분은 조용히 듣고 있었다.

"어, 제가 너무 얘기를 많이 했나요?"

거의 끝나갈 무렵에 내가 물었다.

"아니야, 전혀. 그러니까 아까 이 그림까지 얘기했던가?"

선생님은 참을성 있게 마지막 그림까지 열심히 들어주었다. 교장선생님이 나를 쳐다보았고 나는 교장선생님을 쳐다보았다.

"얘기 다 했어요. 이게 끝이에요."

"그렇구나. 지미, 상어 일로 네 마음이 아팠겠구나."

나는 고개를 끄덕이며 그랬다고 대답했다. 그러고 나서 잠깐 생각하고는 이렇게 말했다.

"하지만 지금은 괜찮아요. 교장선생님한테 얘기를 다 했으니까요. 이젠 아무렇지도 않아요."

교장선생님은 내 걱정을 하는 것 같았다. 하지만 나는 상어가 죽고 냄새를 풍기며 실려간 것보다 더 가슴 아픈 일들을 겪어온 터였다.

우리가 내 비밀굴에서 나와 해변으로 갔을 때는 벌써 한 시간 반이 지나 있었다. 외할머니와 미술선생님은 해변 산책로에 있는 벤치에 앉아 있었다.

"나는 저 굴에 그렇게 기어서는 못 갈 것 같은데… 그래도 꼭 들어가야 한다면 어떻게든…."

할머니가 관목덤불을 돌아보더니 치마를 추켜올리며 말했다.

"그러실 필요없습니다. 제가 다 보고 얘기도 들었습니다. 그리고 지미가 한 얘기들을 생각해봤습니다. 제 생각에 지미를 위해서라면…."

내 심장이 덜컹 내려앉았다.

"다음 학년으로 올라가는 게 좋을 것 같습니다. 지미는 배울 것이 많이 있지만 같은 반 학생들한테 도움이 될 만한 것들도 많이 알고 있더군요. 제가 생각했던 것보다 훨씬 더 많아요. 올 여름에 지미가 그린 그림에 다 들어 있습니다. 제가 지미를 다음 학년으로 진급시키자고 건의하겠습니다. 때가 되면 읽고 쓰는 법을 자기 방식대로 배우게 될 테니까요. 그래도 다른 부분에서는 열심히, 아주 열심히 공부해야 합니다."

외할머니가 몹시 대견해하고 기뻐하는 모습을 보자 나도 가슴이 뿌듯해졌다.

"두 선생님들, 제 손자가 그린 그림들을 좀 꺼내와 주시겠습니까. 곧 비가 올 것 같으니 집으로 갖다놔야 되겠어요."

교장선생님과 나는 서로를 쳐다보며 씩 웃었다. 내 그림 연작 중에서 마지막이 상어가 죽고 비가 내리는 풍경이었던 것이다. '굵고 검은 비 기둥은 철창이나 암흑시절 같았고 나는 거기 갇혀 있던 상어를 구해서, 내 그림속 세계로 데리고 왔다. 그곳에서 상어는 영원히 자유롭게 노닐게 되었다.' 내 이야기는 이렇게 끝났다.

그림은 내가 가지고 왔다. 그런데 해변 산책로로 돌아가고 있을 때 하늘이 어두워지더니 비가 내리기 시작했고 나는 두려움에 사로잡혔다. 교장선생님과 미술선생님은 서둘러 떠났고 외할머니는 선생님들이 비에 많이 젖을까 봐 걱정했다.

외할머니는 내가 비를 무서워하는 것을 알고 있었다. 그래서 우리는 비가 잦아들 때까지 어떤 집 처마 밑에서 좀 쉬다가 집으로 갔다. 외할머니는 내 진급을 축하하는 의미로 코코아를 만들어 주었고 새 비스킷 상자도 하나 개봉했다. 내가 비밀굴에서 가져온 그림들을 하나하나 찬찬히 들여다보던 외할머니가 물었다.

"자, 이제 이 그림들이 어떤 내용들인지 나한테 자세히 얘기해 줄 수 있지?"

그래서 나는 교장선생님에게 한 것처럼 외할머니에게도 그림 내용을 모두 설명해 주었다. 하지만 다 듣고 난 다음에 외할머니가 한 말은 선생님과 달랐다.

"지미, 너 왜 비를 무서워하게 됐는지 알고 있니?"

나는 고개를 저었다. 옛날 일을 거의 기억나지 않았다. 그 사람과 내가 갖고 있던 신발만 기억날 뿐이었다. 나는 옛날 일을 생각하고 싶지 않았다. 외할머니가 뭔가를 알고 있다고 해도 나한테 얘기해주지 않기를 바랐다.

비가 다시 내리면서 유리창에 빗방울이 부딪히고 있었다.

"저도 무서워하는 게 싫어요, 외할머니. 하지만…."

나는 창문을 쳐다봤다. 바다 건너 하늘에는 구름이 걷히고 있어 비는 하늘빛을 받으며 쏟아졌고 빗줄기는 철창을 만들었다.

"하지만 뭐, 지미?"

외할머니는 말끝을 흐리는 것을 싫어했다. 생각이 흐리멍덩하니까 말까지도 흐리멍덩하다는 것이다.

"제가 상어를 다시 살려 자유롭게 헤엄치게 했듯이, 저도 그렇게 사는 방법을 찾고 싶어요."

"다른 사람들도 대부분 그걸 찾고 싶어한단다."

외할머니가 웃으며 내 팔을 어루만졌다.

"하지만 찾은 사람은 정말 드물지."

"외할머니는 찾았어요?"

"바로 코 앞에 있더구나."

엄마의 남자

크리스마스나 휴가 때 달리 갈 곳이 없으면 우리집에 오는 한 남자가 있었다.

그는 옥스퍼드에서 기차를 타고 책과 술병이 가득 들어 있어 딸그락 소리를 내는 낡은 갈색 여행가방을 들고 왔다. 암흑시절 전에 그를 한 번 본 적이 있었다. 그때는 카키색 제복에 모자를 쓰고 장교용 벨트를 매고 있었다. 윤기가 흐르는 가죽 벨트였는데 세례명이 새겨진 벨트를 보기는 그때가 처음이었다.

그는 내게 키스를 한 적은 없지만 가끔 자신의 거친 볼을 심술궂게 내 볼에 비볐다. 정말 사포처럼 거칠었다. 지금도 술과 담배 냄새, 그리고 그의 팔꿈치와 다리에서 떨어지던 마른 살비듬이 기억난다. 그것들은 카펫 여기저기에 떨어져 흔적을 남겼다. 그때 우리 또래에서 '건선'이라는 말을 아는 사람은 별로 없었다.

그가 언제 올지는 알 수 없었다. 해나 달이나 밀물, 썰물과는 달리 그는 어쩌다 한 번씩 예기치 않게 왔다. 겨울의 눈보라나 여름의 소나기 혹은 엄마의 신경질처럼 말이다. 그가 온다고 하면 엄마는 항상 미장원에 가서 머리를 새로 하고, 정성들여 화장을 하고, 음식에 부쩍 신경을 썼다. 그러다가도 안절부절 못하고 느닷없이 화를 내기도 했다.

그는 엄마에게도 키스를 자주 해주지 않았다. 하지만 외할머니 방 옆에 있는 바다가 보이는 가장 좋은 방에 묵었다. 다른 사람들은 그 방을 아빠 방이라고 했지만 나는 그러지 않았다.

그는 내게 아빠가 아니었기 때문이다.

그의 이름은 하워드 스커플이었는데 엄마는 스컵이라고 불렀다. 그는 엄마의 남편이었고 엄마도 그렇게 말했지만 엄마는 스커플이 아니라 로바라는 성을 썼다. 마이클 형과 힐러리 누나도 스커플이라는 성을 썼는데, 왜 엄마와 나만 로바를 성으로 썼는지 그 이유는 아무도 설명해주지 않았다.

"왜 성이 달라요?"

"그냥."

그래서 나는 내 성이 어디서 왔는지 모르고 지냈다. 내가 아는 것은 내 성은 스커플은 아니라는 것이고 그것이 다행이라는 것이다.

하워드 스커플이 캠프장에서 마이클 형을 데리고 찍은 사진이 있었는데 그때 그의 머리는 검은색이었다.

그는 나랑은 절대 캠핑을 가지 않았다. 현관 앞에 있는 큰단풍나무에도 절대 올라갔지 않았다. 그래서 그의 손에서는 이끼 냄새가 나지 않았다.

그는 해변에 나가 납작한 돌로 물수제비를 뜨지도 않았다. 운동회에 온 적도 없었다. 그래서 내가 크리켓 공을 던질 수 있다는 사실도 몰랐다.

그는 한 번도 나와 함께 나란히 앉아 파도를 구경하지 않았다. 그래서 내가 알고 있는 많은 것들을 이야기해줄 수가 없었다.

그의 방 ― 가족들이 아빠 방이라고 불렀던 ― 에는 책상이 하나 있었는데, 거기에서 그는 읽고 쓰고 마셨다. 오른쪽 맨 아래칸 서랍에는 손잡이가 밤색 나무로 되고 잡는 부분에 십자표시가 새겨진 콜트식 자동권총이 있었다. 어두운 색 몸통에서는 광택이 났다.

다른 서랍에는 골판지로 된 상자가 있었는데 그 안에는 코팅종이에 싸인 총알들이 들어 있었다. 나는 총알이 발사된다는 것은 알고 있었지만 권총에 넣어야 한다는 것은 모르고 있었다.

내가 아빠라고 불렀지만 내 아빠가 아닌 그 사람은 목소리가 자갈 해변에서 나는 소리처럼 그르렁거렸고 호탕하게 웃기보다는 킬킬거리는 편이었다. 그는 얼마든지 오랫 동안 재밌게 얘기할 수 있었지만, 나는 아무 관심이 없었다.

저녁이면 그는 가끔 진을 마셨는데, 그러면 눈이 눈 같지가 않고 딴딴한 점 같았다. 불속에서 벌겋게 달구어지다가 쩍 갈라진 자갈 같기도 했다.

그는 마시면서 쉼 없이 얘기를 했지만 그다지 자주 웃는 편은 아니었다. 나는 듣고만 있었다. 내가 말을 하면 그가 놀리며 크게 웃었고, 그것은 내 암흑시절 당시의 모욕감을 불러일으켰기 때문이다. 그의 입에서는 말이 낯선 적군처럼 쏟아져 나왔고, 책들은 담배냄새가 찌든 그의 성을 지키는 보초병 같았다.

한번은 심심해서 그의 열린 방문을 들여다봤더니 담배를 입에 문 채 뭔가를 쓰고 있는 그의 모습이 보였다. 옆에는 술이 담긴 잔이 햇빛을 받아 빛나고 있었다. 그가 앉아 있는 모습은 고드름처럼 날카롭고 선명했다.

그를 지켜보다가 용기를 내어 들어가려고 하자 심장이 두근거리기 시작했다.

"뭐 쓰세요?"

용기를 내어 물었다.

"시."

그가 대답했다. 그때 그의 입이 무정하고 심술궂게 웃었다.

"세가 뭐예요?"

나는 다시 묻고 대답을 기다렸지만 그는 잠깐 동안 아무 대꾸가 없었다.

"시라니까!"

엄마처럼 짜증 섞인 말투였다. 그는 찡그리면서 술잔으로 손을 뻗었다. 나를 방에서 내쫓고 싶어하는 것 같았다.

"저도 아는 시가 있어요."

내가 조심스레 말했다.

"그래?"

그가 마지못해 대꾸했다. 하지만 무섭고 냉랭한 그의 눈을 보자 그 시의 첫 행도 기억나지 않았다. 나는 슬그머니 방에서 나왔고 그 후로는 한 번도 그와 시에 대해 얘기하지 않았다.

바비는 1실링이 있었어요
틀림없는 자기 돈이었지요.
바비는 호루라기를 살까요,
아이스크림을 살까요?

내가 그 사람에게 들려주려던 시였다.

그 사람은 항상 우리가 모든 준비를 마친 크리스마스 전날 저녁
에 왔다. 그래서 쇼핑한 물건들을 들여오는 것도, 23일에 칠면조가
배달되는 것도 본 적이 없었다. 엄마가 그의 선물을 사기 위해 아끼
고 아껴서 저축한다는 것도 알지 못했고, 크리스마스를 어떻게 보낼
지 꿈꾸듯이 얘기하는 엄마의 반짝이는 눈도 보지 못했다. 하지만
엄마가 꿈꾸던 크리스마스는 한 번도 오지 않았다.

그는 24일 저녁에 최대한 늦게 도착하려 했다. 내 눈에는 그렇게
보였다. 마지막 기차를 타고 술병과 일감이 가득 들어 있는 커다란
여행가방을 들고서 말이다. 그리고는 곧장 자기 방으로 가서 중요하
다는 일을 시작했다.

나는 그를 아빠라고 불렀지만 친아빠가 아니란 사실을 알고 있었
다. 처음부터 사랑이 없었으니 사랑을 잃어버렸다고 할 수도 없었다.

여왕의 신년 연설이 끝나고 나면 그는 마치 산타클로스라도 되는
양 크리스마스 트리 아래서 선물을 나눠주면서 거기에 적힌 이름을
말해줬다. 그리고 선물을 보낸 사람에게 소리 내서 감사의 인사를
하라고 했다.

"감사합니다. 맥스 삼촌."

그것은 진심이었다.

"감사합니다. 크레블 아줌마. 1파운드 지폐 잘 쓰겠습니다."

나는 그렇게 말하며 그분이 어떻게 생겼을까 궁금해했다. 크레블
아줌마는 내 대모였지만 몇 년 후에야 처음 만나봤다. 그 아줌마도
아빠와 마찬가지로 나랑 해변 산책을 간 적이 한 번도 없었다.

"감사합니다. 로디지아의 솔즈베리에 계신 엘리 이모."

나는 크리스마스 때마다 이런 식으로 감사의 인사를 해야 했다. 내가 엘리 이모의 이름을 말한 순간 외할머니는 못마땅한 얼굴로 입을 삐죽거렸지만 엄마는 무표정했다.

"감사합니다. 소여 아저씨, 빳빳한 5파운드 지폐를 주셔서요."

나는 그 인사를 딱 한 번밖에 못했다. 그 후로는 연락이 끊겼기 때문이다. 세실 소여 아저씨는 내 대부였지만 나랑 해질녘에 연안에 정박해 있는 불 밝힌 배를 구경하러 간 적이 한 번도 없었다.

내 아빠가 아닌 그 사람이 크리스마스 때 집에 오면 항상 언쟁이 일어났다. 항상 그랬다. 어느 해에는 그가 선물상자를 연 후 어색한 침묵에 휩싸인 적도 있었다. 옥스퍼드에서 함께 살고 있는 친구들이 보낸 그 선물은 목욕가운이었는데 끈까지 실크를 꼬아 만든 것이었다. 난로불빛에 반짝이는 그 가운은 무척 아름다웠다. 우리집에서는 항상 옷을 만들어 입고 고쳐입었는데 그런 옷들은 볼품이 없었다.

다음에 열어볼 선물은 엄마가 그동안 농장 비서일을 하면서 아끼고 아껴서 사온 선물이었기 때문에 모두들 숨을 죽이고 기다렸다. 엄마는 그 사람이 좋아할 만한 목록을 만들어보고는 마침내 막스앤스펜서에서 하나를 샀다. 그런데 공교롭게 그것도 목욕가운이었다. 거기에도 끈이 있었고 그 끝에 술이 달려 있었다. 하지만 실크가 아니었기 때문에 난로불빛에도 반짝이지 않았다.

"뭐…."

내 아빠가 아닌 그 사람은 갑작스러운 침묵을 깨며 말했다.

"하나는 여기 두고 하나는 옥스퍼드에 두면 되겠네…."

그 날 우리집에서는 크리스마스의 화목함이 전혀 느껴지지 않았다.

가끔 엄마는 식탁의 상석에 앉아 있는 그 사람에게 가서 포옹을 했다. 그 포옹이 끝나면 그는 항상 '이제 풀려났군' 하는 표정을 짓곤 했다. 항상 그랬다.

크리스마스를 보내고 그가 떠난 지 아주 오랜 시간이 지난 어느 날, 나는 길에서 구슬 하나를 주웠다. 뿌연 파란색에 붉은색 점이 박혀 있는 구슬이었는데 길에서 굴러다녀서 거칠게 닳아 있었다. 나는 그것을 내 반바지 주머니에 넣었다. 그리고 혼자서 해변의 자갈을 그 구슬의 동지와 적으로 나누어놓고 놀곤 했다. 두 편으로 나누어 한 쪽이 다른 쪽을 마구 공격하다가 다음에는 다른 편이 상대편을 공격하는 것이다. 그렇게 몇 시간을 혼자서 놀았다.

어느 날, 뉴잉 아저씨네 가게에 내가 갖고 싶어하던 딩키 자동차가 새로 들어와서 나는 돈이 좀 필요했다. 나는 팔 것이 없나 찾아보다가 그 구슬을 찾아냈다. 하지만 아무도 그런 걸 가지고 놀지 않았기 때문에 사려는 사람이 없었다.

내 책 『바비는 1실링이 있어요』를 팔려고도 해봤지만, 아무도 사가지 않았다.

그러다가 나는 내 아빠가 아닌 그 사람이 집에 없다는 것을 떠올리고는 그의 방으로 들어가 책상서랍에 있는 총알상자를 꺼내왔다.

나는 그것을 팔기 전에 제대로 작동하는지부터 실험해보기로 했다. 다음에는 그럴 기회가 없을지도 모르니까 말이다. 나는 벽돌 두 개를 구해와 2층으로 쌓고 그 사이에 총알을 넣고 벽돌 위에 올라섰다. 그리고는 녹슨 못을 찾아 그 끝을 총알의 머리쪽에 댔다. 총알이 어떻게 발사되는지 들은 얘기를 떠올리며 나는 못을 그렇게 대고 돌로 여러 번 쳤다. 하지만 내 몸무게가 얼마 되지 않아서 세게 칠 때마다 총알은 벽돌 사이에서 이리저리 움직이기만 할 뿐 터지지가 않았다.

그 후에 나는 그 총알상자를 가지고 뒷골목에 가서 1.5페니를 받고 아이들한테 팔았다. 그런데 아버지가 해병대원인 어떤 애가 이 사실을 자기 아빠한테 이르겠다고 했다. 큰일 나겠다 싶어 나는 딩키 자동차를 살 돈이 모이기도 전에 그 일을 그만두었다. 그 자동차는 파란색이었고 창문과 범퍼도 있었으며 문 두 짝은 너무 작아서 손톱으로만 겨우 열 수 있었다. 뉴잉 아저씨가 한번 만져보라고 해서 알게 된 것이다.

그날 저녁 아줌마 몇 명이 엄마를 만나러 왔다. 그들은 대학까지 나오고 안경을 쓰던 엄마를 무서워했기 때문에 대표를 뽑아 찾아온 것이다. 응접실에서 심각한 표정으로 오랫동안 큰소리로 얘기하던 그들은 나를 불러 몇 가지 질문을 했다.

외할머니도 거기 있었는데, 다른 사람들보다 더 심각한 표정으로 가장 비싼 중국산 찻잔에 차를 따르고 있었다.

나는 엄마한테 매를 맞거나 침실로 올려보내질 줄 알았는데 그러진 않았다. 다만 내가 뭔가를 잘못한 것 같다는 생각이 들었다. 엄마는 갑자기 차를 마시는 것도, 하릴없이 앉아 있는 것도, 공손하게 대하는 것도 못 참겠다는 듯이 큰소리로 외쳤다.

"그놈의 총, 이제 넌덜머리나요! 전쟁은 오래 전에 끝났잖아요! 우리 여자들이 평화를 지켜야 해요. 남자들은 절대 안 할 테니까요. 잠깐 기다려 봐요!"

거기 있던 아줌마들은 무척 놀란 것 같았다. 엄마가 우당탕탕 위층으로 올라가 그 남자의 방으로 가는 동안 그들은 차를 홀짝거리고 있었다. 엄마가 갑자가 총을 들고 나타나자 엄마가 너무 화가 난 나머지 자신들을 쏘려 한다고 생각한 그들은 벌떡 일어났다.

하지만 엄마는 이렇게 외쳤다.

"나를 따라와요!"

모두 번개처럼 엄마를 따라 나섰고 거기에는 외할머니도 끼어 있었다. 엄마는 우리집 맞은편에 있는 풀밭으로 나갔다.

엄마가 누구를 쏘려고 하는 건지 궁금했다. 내 아빠가 아닌 그 사람은 분명 아니었다. 옥스퍼드로 돌아가서 실크 목욕가운을 선물로 준 그 친구들이랑 살고 있었으니까. 나를 쏠 리도 없었다. 알고 보니 누구를 쏘려고 한 것이 아니었다. 그날 엄마는 살인보다 훨씬 훌륭한 행동을 했다.

뒤따르는 우리를 이끌고 총을 높이 치켜든 엄마는 곧장 해변으로 가서 파도를 향해 달렸다.

이런 일은 엄마에게 흔치 않은 일이었다. 엄마는 파도에 대해 뭘 모르기 때문이다. 파도가 어떻게 밀려와서 어떻게 빠지는지, 어떤 것이 먼 데서 부서지고 어떤 것이 해변 가까이까지 오는지.

파도에 대해서는 내가 한 수 위라는 사실을 엄마는 모르고 있었다. 밀려드는 파도 너머로 뭔가를 던지는 일은 결코 쉬운 일이 아니다. 그 이유는 먼저, 파도는 보이는 것보다 멀리 있어서 타이밍이 맞지 않으면 그것은 파도에 걸려 다시 해안으로 떠밀려오기 때문이다. 낡은 자전거가 파도에 밀려 해안으로 올라오는 것을 본 적도 있다. 그래서 나는 엄마가 제대로 던지지 않으면 그 총도 별로 멀리 못 가리라는 것을, 그리고 그날 거기 있던 사람들 중에서 제대로 던질 수 있는 사람은 나밖에 없다는 것을 알고 있었다.

"엄마…."

내가 입을 열었다. 나는 크리켓 공을 던질 수 있으니까 어쩌면 총도 던질 수 있을 거라고 얘기하고 싶었던 것이다. 그러나 흥분한 엄마는 누구의 말도 들으려 하지 않았다. 그러고는 파도에 가까이 다가가 총을 바다에 던지려고 팔을 뒤로 치켜들었다.

여자들은 남자보다 던지기를 잘 못한다. 원래 팔 힘이 약하기 때문이다. 올림픽 경기의 기록을 보면 알 수 있다. 스토닝 해변의 파도 너머로 뭔가를 던지려면 한 가지 방법밖에 없다. 그 방법을 쓰려면 발을 적셔야 한다.

방법은 이렇다. 파도가 들어올 때 되도록이면 멀리까지 따라나갈 준비를 하고 있어야 한다. 그런 다음 파도가 세차게 다시 밀려들어와 발을 적실 때, 들고 있던 것을 파도 너머로 힘껏 던지고 돌아서서 해변으로 달려나와야 한다. 그래야 살 수 있다. 그것이 몇 년 동안 해변에서 살다시피 한 내가 찾은 효과적인 방법이다.

엄마는 잘 알지도 못하면서 내 말을 들으려 하지 않았다. 그래서 파도에서 멀찌감치 선 채 적절한 때를 기다리지 않고 무작정 총을 던졌다. 총은 파도가 밀려올 때만 잠깐 물에 잠기는 자갈해변에 떨어졌다.

보고 있던 아줌마들이 외쳤다.

"좀더 멀리 던져야겠어요!"

그러더니 다른 두 명이 총을 집어 다시 던져보았다.

나는 큰 파도가 오고 있으니 그러지 말라고 했지만 그 사람들은 내 말을 듣지 않고 밀려오는 파도를 향해 곧장 달려나갔다. 그러더니 결국 높은 구두를 신은 그들은 총과 함께 파도에 휩쓸려 쓰러지고 말았다.

서로 구하고 어쩌고 야단법석을 하는 동안 나는 밀려오고 밀려가는 파도를 지켜보았는데, 그러는 사이에 총은 점차 자갈에 묻히고 말았다.

그들은 한참 총을 찾아다녔지만 허사였다. 바다는 그들보다 더 똑똑한 데다가 벌써 밀물이 들어올 시간이었기 때문이다.

차라리 총을 선창에서 떨어뜨리거나 경찰에 자진 반납하는 것이 나았을 것이다. 하지만 총과 총알에 대한 엄마의 단호한 태도를 본 사람들은 내가 총알을 팔러 다닌 일을 덮고 넘어가기로 했다.

나는 침대로 보내졌고 총알 판 돈을 돌려줘야 했다. 그리고 2주일 동안 용돈 없이 지내야 했다. 엄마는 바다에 물건 던지는 것이 만만치 않다는 것을 알고 총알은 마침 그곳에 있던 해병대 보급대원에게 넘겼다.

다음 크리스마스 며칠 전에 엄마가 물었다.

"아빠가 크리스마스 선물로 뭘 사오셨으면 좋겠니?"

나는 엄마에게 딩키 자동차 얘기를 했다.

크리스마스 날 아침 눈을 뜬 나는 선물 생각에 가슴이 두근거렸다. 하지만 그 사람이 내게 열어보라고 내민 상자는 딩키 자동차라고 하기에는 너무 컸다. 목욕가운도 들어갈 정도로 컸다.

상자 안에 든 것은 실망스러웠다. 그것은 자동차와는 아무 상관도 없는, 부속품이 거의 천 개나 되는 웰링턴 폭격기 모형이었다. 엄마는 상자 옆에 '수준급 모형제작자용'이라고 적혀 있다고 했다. 그는 아무 생각도 없이 사온 것이었다. 내 아빠가 아닌 그 사람은 항상 가게 문 닫을 시간에 들어가 급하게 선물을 샀다. 받을 사람이 원하는 것이 아니라 자기 눈에 가장 좋아 보이는 선물을….

나는 '감사합니다'라고 말하고 부품들을 자세히 들여다보았다. 엄마가 총을 바다 멀리 던지는 것이 그토록 어려웠듯이, 내가 그 폭격기를 조립하는 것은 너무 어려워 보였다. 그날 밤 나는 모형상자를 옷장 꼭대기에 올려놓았다. 그렇게 하면 폭격기 그림은 볼 수 있었으니까.

나라면 그 돈으로 할 수 있는 일이 너무 많을 것 같았다. 내가 뭘 갖고 싶은지 물어보기라도 할 것이지. 하지만 그 사람은 내가 바라지도 않은 선물을 사다주고는 실크로 된 목욕가운을 입고 친구들과 진을 마시기 위해 옥스퍼드로 돌아가 버렸다.

크리스마스 휴가가 끝나 그 사람이 떠나자 집안은 다시 예전으로 되돌아갔다.

어느 날 눈보라가 휘몰아쳤고 파도는 높이 솟아올랐다. 서풍이 불었던 것이다. 나는 웰링턴 폭격기를 내려서 다시 상자 안을 들여다봤다. 거기에는 부속품뿐 아니라 칼과 풀도 들어있었지만 꺼내지 않고 내버려 두었다.

뭔가를 파도 너머로 보내는 방법을 한 가지 더 알고 있었는데, 그러려면 그것이 가벼워야 하고 바람은 바다 쪽으로 불어줘야 했다.

나는 모형폭격기를 나무 상자에 넣어 해변으로 가지고 가서 적당한 때를 기다렸다. 그러다가 커다란 파도가 몰려왔다가 물러갈 때

폭격기 부속품이 든 상자를 조심히 그 위에 놓았다.

상자는 내 손을 떠나 뒤에서 밀려오는 파도쪽으로 흘러갔다. 그것이 점점 멀어져갈 때 새 파도가 높이 솟구치면서 해안으로 달려오기 시작했다.

웰링턴 폭격기는 정면으로 그 파도를 만나 위로 점점 솟구치더니 제때 꼭대기로 올라탔고, 파도가 부서지기 전에 뒤쪽의 긴 내리받이 사면을 타고 내려갔다.

그 파도가 해변으로 밀려왔을 때 상자가 다음에 밀려오는 파도와 만나는 것이 보였다. 상자가 다시 위로 솟구쳤고 거기서도 살아남았다. 그 다음에도 매번 바람을 타고 바다쪽으로 나아갔다.

내가 마지막으로 봤을 때 폭격기는 험난한 파도를 넘어 굿윈 사주(砂洲)를 향해 가고 있었다. 그것이 멀어져 가는 것을 보자 서운하기보다는 오히려 후련했다.

하워드 스커플은 크리스마스 때마다 왔고 항상 똑같은 일이 반복됐다. 그가 내게 준 선물은 웰링턴 폭격기밖에 생각나지 않는다. 만약 그가 한 번이라도 해변에 서서 바람과 파도에 대해 내가 하는 얘기를 들어주었더라면 그 폭격기 선물은 잊어버릴 수도 있었다. 하지만 그는 한 번도 그러지 않았다.

그가 신발과 양말, 셔츠를 벗고 건선으로 생긴 딱지를 드러내며 나랑 수영을 했더라도 폭격기의 기억은 잊어줄 수가 있었다. 하지만 그는 그런 적이 없었다. 그가 애정 어린 얼굴로 내 손을 잡아주었다면 나는 그의 딱지 앉은 팔을 씻어줄 수도 있었다. 하지만 그는 그런 내 마음을 몰라줬다.

그가 자신의 어린 시절 얘기나 마이클 형에게 해준 얘기 - 그것은 그 지역에 피는 온갖 꽃들의 이름이었다. 수레국화꽃에서 체꽃, 양귀비, 앨릭젠더스, 회향, 버드풋 트레포일까지 - 를 왜 나한테는 해주지 않는지 그 이유를 말해주었더라면 잊어줄 수도 있는 일이었다. 그런 꽃이름을 알고 있으면서 왜 내게는 가르쳐주지 않는지 도무지 알 수가 없었다.

나는 그에게 누가 어디서 그런 꽃이름을 가르쳐 주었는지 묻고 싶었다. 하지만 그는 감히 물어볼 엄두도 못 내게 나를 냉랭하게 대했다. 분명 그의 아버지가 가르쳐주었으리라.

엄마가 하워드 스커플이라고 불렀고 내가 아버지 아닌 사람이라고 불렀던 그는 학자였고 교사였지만 급하게 산 웰링턴 폭격기보다는 배려와 사랑의 마음으로 산 딩키 자동차가 내게는 훨씬 소중하다는 것을 몰랐다. 그렇긴 하지만 아빠가 없었던 내게는 하워드 스커플이 그나마 아빠와 가장 비슷한 사람이었다.

징 박힌 부츠

그 날이 기억에 생생한 이유는 세 가지 일 때문이다.

첫째는, 맥스 삼촌이 휴가를 보내기 위해 우리집에 온 일이다. 그는 새로 사귄 약혼녀와 함께 왔는데 그 약혼녀 이름은 피오나였다.

피오나 숙모는 온종일 빨간색 립스틱에 볼화장한 얼굴로 다녔다. 구두도 높은 걸 신어서 마치 발끝으로 서 있는 것 같았다. 피오나 숙모를 본 순간 외할머니는 못마땅한 듯이 입술을 오므리고는 방으로 들어가 버렸다. 외할머니는 그럴 땐 머리가 아프다는 핑계를 댔다.

삼촌이랑 결혼해줄 사람은 없을 거라고 하던 엄마는 맥스 삼촌의 약혼녀를 좋아했다.

"맛있는 차 드릴게요."

엄마는 이마에 흘러내린 머리를 손등으로 쓸어올리며 말했다. 손가락에 밀가루반죽이 묻어있었던 것이다.

엄마는 뾰족하고 높은 구두가 없었고 화장도 오직 루즈뿐이었으며, 그 남자가 오거나 혼자 외출할 때만 깨끗한 드레스를 입었다. 엄마에게는 그런 옷차림이 우스워보였고 짜증도 잘 냈지만, 피오나 숙모는 아름다워 보였다. 피츠로이 광장에서 크로켓이나 테니스를 하는 여자들처럼 피오나 숙모에게서는 향수 냄새가 났다.

"자, 지미는 차를 따르고 조용히 앉아 있거라. 어른들이 이야기할 때 들어두는 것도 너한테 좋을 거다. 나도 오랜만에 이런 자리에 함께 하게 돼서 좋구나."

다과상을 차린 엄마가 앉으며 말했다. 그리고 나서 엄마는 피오나 숙모에게 은근한 투로 물었다.

"하는 일이 정확히 뭐예요?"

그런 말투는 엄마가 대답을 미리 예상해 봤을 때 쓰는 것이었다.

맥스 삼촌의 이전 약혼녀는 시청 사무관이었고, 그 전 약혼녀는 런던버스 기사였는데 증명서도 갖고 있었다. 또다른 전 약혼녀는 미용사 수습생이었다. 그 전에 사귀었던 사람은 내가 기억하는 약혼녀 중 처음인데 ― 하지만 삼촌의 첫 약혼녀라는 뜻은 아니다 ― 그 사람은 호텔접수원이었다. 엄마 말로는 '어쨌든 자기가 그렇다'고 했다.

피오나 숙모는 무슨 일을 하고 있느냐는 엄마의 어려운 질문에 차분하게 대답했다.

"비행기를 조종해요."

나는 너무 놀라서 차를 엎질렀지만 엄마는 눈도 깜빡 하지 않았다. 그리고는 이렇게 물었다.

"자기 비행기요, 아니면 남의 비행기요?"

돌같이 차가운 말투였다.

"영국해외항공사의 조종사로 있어요. 전쟁 중에 배웠죠."

그리고는 웃으면서 이렇게 말했다.

"제 얘기는 그만 하고, 형님 얘기를 듣고 싶어요."

"나는 애들 키우는 일로 지긋지긋해요. 지미 말고 다른 애 둘은 엄격하게 가르치는 기숙학교에 보내서 방학 때만 집에 와요. 난 윙햄에서 농장주 비서로 일하는데 여기서 15킬로미터 정도 떨어진 곳에 있죠."

"나중에 이스트켄트 상공에서 비행할 때 한번 찾아볼게요."

피오나 숙모가 천연덕스럽게 말했다. 그 말에 모두 웃음을 터트리고 한참을 웃어댔다. 그 후 수년 동안, 스토닝 하늘을 지나가는 비행기를 볼 때마다 나는 피오나 숙모가 비행기 안에서 엄마 사무실을 찾고 있을지도 모른다고 생각했다.

내가 그 날을 잊지 못하는 두번째 이유는, 그날 웨스트민스터 사원에서 여왕 즉위식이 있었기 때문이다. 우리는 모두 텔레비전이 있는 이웃집에 몰려가서 종교의식 장면이 나올 때까지 꼼짝 않고 지켜보았다. 그런데 의식을 행하는 사람들이 여왕을 가려서 우리는 여왕의 앞모습을 볼 수가 없었다. 그때였다. 외할머니가 일어나면서 이렇게 말하는 것이었다.

"다 미친 짓이야."

나 말고는 반응을 보이지 않자 이렇게 덧붙였다.

"어쨌든 나는 공화국 시민이라구. 내가 왜 왕이나 여왕을 떠받들어? 그런 무뢰한들을."

피오나 숙모가 그 말을 받아 말했다.

"맞아요! 우리 저런 왕정주의자는 독재나 하게 내버려두고 바람이나 쐬러 나가요. 세상 사람들에게 웨스트민스터 사원이나 버킹엄

궁전에서 무슨 일이 벌어지든 삶은 계속된다는 걸 보여 주자구요."

그때부터 외할머니와 피오나 숙모는 가장 친한 사이가 됐다. 그래서 외할머니는 맥스 삼촌이 나를 처음으로 등산에 데리고 가는 것도 허락했다. 피오나 숙모도 따라간다고 했기 때문이다.

"나는 맥스가 무슨 말을 해도 안 믿지만, 피오나 너는 현명해서 네가 따라가면 우리 지미가 아무 일 없을 테니까 보내는 거야."

외할머니의 말이었다. 그 말을 듣고 나는 이상해서 물었다.

"저한테 무슨 일이 있겠어요? 산은 위험하지도 않잖아요?"

등산 이야기가 나온 것은 뉴질랜드에서 온 에드문드 힐러리와 티벳 출신 안내인 텐싱이 세계에서 가장 높은 산에 올랐다는 뉴스 때문이었다. 그 날을 잊지 못하는 세번째 이유가 그것이었다. 그 두 사람 전에는 아무도 그 산의 정상에 오르지 못했던 것이다.

맥스 삼촌이 말했다.

"오늘은 대영제국에 의미 있는 날이군."

그 말을 듣고 외할머니가 말했다.

"내가 보기에 뉴질랜드와 티벳에게 의미있는 날이고 에베레스트 산에게는 운수 나쁜 날이구나. 하지만 영국과는 아무 상관도 없는 일이야. 여왕은 말할 것도 없고."

맥스 삼촌은 말머리를 돌렸다.

"뭐, 어쨌든 저걸 보니 지미를 산에 데리고 가고 싶어지는데요. 피오나랑 지미랑 북웨일즈에 갔다올게요."

내가 신나서 말했다.

"아무도 안 올라본 산에 오르고 싶어요."

외할머니는 쉬운 곳부터 시작해야 한다고 했다.

"엄마가 뭘 아신다고!"

엄마가 핀잔을 줬다.

그러자 외할머니가 발끈했다.

"네가 내 젊은 시절을 다 아니? 이래봬도 여대생연합 알프스등반 팀의 대장이었단 말이다."

우리는 이 말에 모두 깜짝 놀랐다. 외할머니가 할아버지를 비롯한 다른 회원들과 알프스 암벽등반한 일 회상하며 눈빛이 아련해지자 엄마는 입을 다물었다. 외할머니는 당시 할아버지가 산양처럼 대담 하고 날렵했다고 했다. 결혼하면서 완전히 바뀌었지만 말이다.

"그땐 할아버지가 금주운동에 동참하기 전이었지. 그 후로는 피켈 을 한 번도 손에 잡지 않았으니까."

맥스 삼촌은 외할머니에게 북웨일스의 산에 올라가본 적이 있느 냐고 물었다. 우리 셋이 오르려고 하는 곳 말이다.

"구스타프랑 한 번 같이 간 적이 있지."

외할머니가 대답했다.

"내가 가본 곳 중에서 가장 무서운 곳이었다. 알프스보다 더 무서 웠지. 바람은 잠시도 그치지 않고 불어오지, 항상 젖어 있는 바위는 미끄럽지. 그러니 걷는 게 쉬웠겠니. 피오나, 그런 높은 신을 신고 가 면 안 돼. 얼굴에 바른 분도 다 날아갈 정도로 바람이 세단다."

"화장보다는 머리가 걱정이네요. 스카프를 쓰고 가야겠어요."

"웨일스의 바람을 버티려면 잘 생각했다!"

우리는 가을에 가기로 그 자리에서 결정했다. 먼저 해야 할 일은 내 신발을 사는 것이었다.

"저는 부츠가 없어요. 산에 오르려면 부츠가 있어야 하는데."

내 말을 듣고 삼촌은 징이 박힌 부츠를 하나 구해주겠다고 했다. 근처에서 부츠를 구할 수 있느냐고 물어보자, 외할머니는 전쟁이 끝나서 주체할 수 없이 남아 있다고 했다. 군수품 할인매장에서 부츠를 산더미처럼 쌓아놓고 판다는 것이다. 하지만 안타깝게도 스토닝에는 그런 데가 없었다.

나는 해병대원들이 전쟁에 참전했으며 검은색 군화를 신고 다녔다는 것이 생각났다. 그래서 나는 피오나 숙모에게 외할머니랑 나는 그 사람들과 아는 사이니까 혹시 하나쯤 얻을 수 있을지도 모른다고 했다.

피오나 숙모가 웃으며 말했다.

"그럼 가서 부탁해 보렴."

나는 외할머니에게 부츠가 없으면 산에 오를 수가 없고 해병대 본부에 가야 부츠를 구할 수 있으니 같이 거기에 가달라고 부탁했다.

"나는 정문 초소까지만 가주마. 혼자서 일을 해결해야 할 때가 있는데 내가 보기에는 이번이 좋은 기회인 것 같구나."

나는 두근거리는 가슴을 안고 외할머니와 함께 도버 가를 걸어갔다. 상점들을 지나고 해병대 수영장을 지나 정문에 다다랐다. 뾰족한 창을 세워놓은 듯한 정문은 번쩍거리는 검은색 철문이었고, 정문 양쪽에 보초병들이 차려 자세로 서있었다. 가로등보다 더 높았고 양쪽으로는 높은 담이 수킬로미터나 펼쳐져 있었다.

나는 갑자기 주눅이 들엇다.

"외할머니, 저 혼자 들어가기 싫어요. 밖으로 못 나오면 어떡해요."

외할머니는 내 손을 꼭 잡고 말했다.

"나는 여기 초소에서 기다리마. 이 사람들은 항상 따뜻한 차를 타 주니까 그걸 마시고 있으마."

보초병이 오더니 외할머니와 얘기를 했다. 서로 아는 사이 같았다. 나를 보고 씩 웃는 두 사람을 보니 혼자 들어가도 괜찮을 것 같은 예감이 들었다.

얼마 후 보초병이 내게 다가왔다. 왼발, 오른발, 왼발, 오른발. 그리고 이렇게 말했다.

"안녕! 우리 대영제국의 해병대가 뭘 도와줄까?"

"저기… 등산할 때 신을 부츠가 필요해요."

"부츠?"

"징이 박힌 부츠요."

"징을 배급하기는 하지만 각자 박는 거란다. 하지만 부츠를 신으려면 반드시 해병대에 들어와야 되는데. 잠깐만. 그동안 그 신발은 벗어야 된다."

"하지만…."

나는 주위를 둘러보며 외할머니를 찾았지만 보이지 않았다. 정문도 닫혀 버려서 나갈 수가 없었다. 내 심장은 콩닥콩닥 뛰었고 호흡도 가빠졌다. 시키는 대로 나는 신발과 양말을 벗고 포장도로 위에서서 기다렸다.

자리를 떴던 보초병은 다른 해병대원과 함께 돌아왔고 함께 온 대원은 차려 자세로 멈춰섰다.

"호턴 일병, 여기 누가 있나?"

"어린 소년입니다."

"그것뿐인가? 내 인내력을 시험하지 말게."

"신발이 없는 소년입니다!"

"잘 봤네. 아직 희망이 있군. 하지만 이 신발 없는 소년은 보통 소년이 아니라 현재 저 담당보초와 차를 마시고 있는 부인의 손자라네. 따라서 그 부인을 방해하지 않아야 하고 그 동안 이 소년은 내 책임 아래 있네."

"알겠습니다."

"아니, 아직 충분히 모르고 있을 거네, 호턴 일병. 그러니까 특별히 귀를 기울여서 잘 듣게. 이 소년의 외할머니는 하느님과 동급인 우리 부대 사령관의 각별한 친구분이시네."

"네, 알겠습니다!"

"또한 신발 없는 이 소년은 우리 부대 나팔수의 친구라는 것도 잊지 말게. 자네가 목숨 바쳐서 이 아이를 보호하지 않으면 그분은 자네를 가만두지 않을 걸세."

"알겠습니다."

호턴 일병은 작은 소리로 대답했다.

"호턴 일병, 자네가 뭘 해야 될지 알겠나?"

"네?"

"자네는 이 신발 없는 소년을 데리고 보급창고에 가서 트레너 장교를 찾아보게."

"네, 알겠습니다."

"그리고 이 소년에게 부츠가 필요하며, 이 소년은 고위층에 친구가 있다는 사실을 알려주게. 그러면 그 사람이 알아서 할 거네. 자네는 그 사람이 시키는 대로만 하게."

"네, 알겠습니다."

"이제 자네 임무의 중요성을 알겠나?"

"네, 알겠습니다!"

"실시!"

호턴 일병은 대답과 함께 나를 데리고 출발했는데, 걸음이 어찌나 빠른지 나는 거의 뛰다시피 해야 따라잡을 수 있었다.

잿빛을 띤 붉은색 벽돌로 된 건물들에는 광택 있는 파란색 문이 수없이 많았다. 문에 적힌 글씨만 다를 뿐 모양은 모두 똑같았다. 건물들 사이의 공간에는 줄지어 선 대원들, 흰색 반바지와 운동화를 신은 대원들, 방울다다기양배추를 옮기고 있는 대원들, 물구나무서기를 하고 있는 대원들, 그리고 벽을 향한 채 차려 자세로 서 있는 대원들도 있었다.

가끔 파란색이나 붉은색 옷을 입은 장교들도 보였는데, 그 중 한 명이 우리를 불러세웠다. 그는 몸을 굽히고 내 눈을 들여다보더니 씩 웃었다. 그것을 보니 그 사람도 나를 아는 것 같았다.

"네가 연주회에 왔던 애구나."

나는 그렇다고 대답했다.

"너 스토닝 병원에 입원했었지?"

"네, 지금은 나았어요."

"정말 그런 것 같구나. 너 해병대에 지원하러 온 거냐?"

"아니에요. 저는 북웨일즈에 있는 산을 오르기 위해 징이 박힌 부츠를 얻으러 온 거예요."

그는 자신도 훈련을 받으러 북웨일즈에 간 적이 있으며 다시 한번 갈 생각이라고 했다.

"스노든 산은 에드먼드 힐러리가 에베레스트 산 등반을 위해 연습하던 산인데 너도 들어봤겠지?"

나는 그것 때문에 맥스 삼촌이 등반 계획을 세운 거라고 얘기해 줬다.

"삼촌은 등반 훈련을 받았니?"

나는 그 분야에 대해서는 피오나 숙모가 좀 알고 맥스 삼촌은 자동차에 대해 많이 안다고 대답했다.

"호턴 일병."

"네!"

"병참 장교에게 이 소년이 등반할 때 필요한 정확한 측량 지도를 내주고 내 이름을 적어두라고 전하게."

"알겠습니다."

장교는 내게 잘 가라고 인사를 하고 잊었다는 듯이 물었다.

"너희 피오나 숙모가 등반훈련을 받았다고 했지?"

"비행기 조종도 해요."

그는 차를 엎지를 정도는 아니었지만 눈을 크게 깜박였다. 얼마 안 있어 우리는 창고에 도착해서 병참장교인 트레너를 찾았다.

트레너는 땅딸막하고 대머리인 나이든 장교였다.

그는 호턴 일병이 전하는 말을 묵묵히 듣더니 내게 말했다.

"부츠와 지도를 주기 전에 네가 해병대원 자격이 있는지 봐야겠구나. 이걸 가지고 나를 따라오너라."

그 말과 함께 그는 커다란 비를 내밀었다. 자루가 어찌나 긴지 정문 꼭대기까지 닿을 것 같았고 쓰는 부분은 버스 폭만했다.

"집합!"

그가 외치자 우리는 반대 쪽 문으로 달려갔는데, 그 문 안쪽은 내가 본 곳 중에서 가장 넓고 메아리도 웅장했다. 거기에는 끝을 가죽으로 덧댄 밧줄들이 천장에서 내려뜨려져 있었고, 나무 평형대와 굉장히 넓은 매트, 그리고 온갖 종류의 기구들이 비치되어 있었다.

거기는 해병대 체육관이었던 것이다.

"여기 바닥을 깨끗이 쓸어야 한다. 바닥에 떨어진 음식을 주워먹어도 아무 탈 없을 정도로 말이다. 할 수 있겠지? 부츠하고 연한 자주색으로 '국가기밀' 이라고 적혀 있는 측량 지도를 얻으려면 해볼 만한 일이지?"

나는 체육관 입구에서 안쪽 끝까지 쳐다보았다. 그리고 내가 서있는 곳에서 양쪽 벽까지의 폭을 가늠해보았다. 한 가지 다행스러운 것은 어디를 봐도 먼지 한 점 보이지 않는다는 것이었다. 나는 엄마가 항상 더럽게 쓰던 우리집 부엌 바닥이 싫었다. 이 체육관에는 말라붙은 양배추조각이나 회색 머리카락이 하나도 없었다.

나는 부츠와 지도를 생각하며 대답했다.

"네, 하겠습니다."

"여기 이 일병이 도와줄 거다. 어제 저녁 넬슨 체육관에서 훈련성적이 시원치 않았기 때문에 오늘 아침에 그 벌로 당직을 서는 건데, 청소를 하는 것도 도움이 되겠지."

그가 자리를 뜨자 호턴 일병과 나는 체육관을 청소했다. 하지만 누군가 벌써 청소를 해놓았기 때문에 우리가 비로 쓸어모은 먼지는 찻숟가락 하나만큼도 되지 않았다.

"이제 저한테 부츠가 나오나요?"

내가 물었다.

"병참 장교님이 어떻게 나올지는 아무도 몰라. 하지만 여기 해병대에 그걸 부탁했다가 빈손으로 간 사람들도 많았지."

호턴 일병의 대답이었다.

예상한 대로 우리가 병참장교에게 갔을 때 그는 내 부츠를 준비해 두지 않았다. 대신 그는 통화하고 있던 초록색 수화기를 내려놓더니 이렇게 말했다.

"생각해 봤는데, 우리 해병대 신입들은 기본훈련을 받아야 할 것 같아. 딱 맞는 부츠를 받으려면 말야."

"네, 알겠습니다."

호턴 일병이 외쳤다.

"호턴 일병, 자네가 이 소년에게 우리 돌격훈련이 어떻게 진행되는지를 보여줘야겠네. 최고 속도로 다섯 바퀴를 돌아보게."

"네, 알겠습니다!"

운동장으로 향하면서 나는 호턴 일병이 처음의 유쾌한 기분이 많이 가라앉았다는 것을 눈치챘다.

호턴 일병은 곧장 시범에 돌입했다. 훈련코스에는 밧줄로 엮인 그물, 떨어지면 큰일날 것 같은 높은 평형대, 밑으로 기어가게 되어 있는 위장용 그물, 기어 올라가야 하는 2층 높이의 목제 담, 철봉에 매달린 상태에서 통과해야 하는 고무타이어가 있었다.

그 코스를 모두 통과한 그는 말도 제대로 하지 못할 정도로 지쳤다. 당연한 일이었다.

"이제 네 번만 더 하면 돼. 그럼 너는 부츠를 갖게 되는 거야."

그는 헐떡거리며 말했다.

"아저씨 혼자서 그렇게 돌아야 한다면 저는 부츠 안 가져도 돼요. 저도 아저씨랑 함께 돌까요?"

"용감하구나. 하지만…."

나는 벌써 시작했다. 그물에 오르는 데는 도가 텄기 때문이다. 사우스다운의 오래된 방어시설에서 그것을 여러 번 해봤다. 몸집이 작은 나는 타이어를 통과하는 것도 유리했다.

하지만 높은 평형대를 지날 때는 겁이 났고 그것을 본 호턴 일병은 내가 무사히 통과하도록 아래서 격려를 해줬다. 목제 담을 넘을 때는 제일 높은 곳까지 나를 들어줬다. 한 바퀴를 다 돌고 호흡을 가라앉히고 있다가 내가 말했다.

"우리 세계기록에 도전해요."

"도전이야 할 수 있겠지만…."

그는 의심스러운 표정이었다.

내가 시위를 떠난 화살처럼 출발한 지 얼마 안 됐을 때, 흰 반바지와 파란색 줄무늬 상의를 입은 해병대원이 몇 명 들어왔다.

"호턴 일병, 저 애 뭐하는 거야?"

그들이 물었다.

"세계신기록에 도전하고 있습니다."

호턴 일병이 대답했다.

"무슨 소리야."

그 중 가장 키가 크고 건장한 해병대원이 말했다. 그의 팔에는 문신이 새겨져 있었다.

"이 맨발의 꼬마가, 네 무릎밖에 안 닿는 꼬마가 이 돌격코스 세계신기록을 세우겠다고?"

"그렇습니다."

호턴 일병이 내게 윙크를 하며 말했다.

"누가 조금만 도와주면, 그리고 트레이너 장교님이 여기서 벌어지는 일을 안 본다면 말입니다."

그는 자신이 벌칙으로 다섯 바퀴를 돌아야 한다고 설명했다.

"여기 있는 사람들은 자네가 다섯 바퀴 도는 걸 다 봤잖아. 안 그런가?"

처음 나섰던 덩치 큰 해병대원이 주위를 둘러보며 말했다. 흰색 조끼에는 붉은 글씨로 '교관'이라는 글씨가 수놓아져 있었다.

거기 있던 해병대원들은 모두 일어서서 외쳤다.

"봤습니다!"

"하지만 세계신기록은 아직 몰라. 내가 알기로는 이 돌격코스에서는 한 번도 공식적인 기록이 없었거든."

"맞습니다."

호턴 일병이 큰소리로 대답했다.

"그러니까 여기서 우리가 기록을 세워보자 이거야. 공식적으로 시간을 재는 사람, 심판, 심사위원은 내가 맡지. 이 맨발의 소년은 출발 신호원이자 심사위원 보조가 될 거야. 다들 알겠나?"

"네, 알겠습니다!"

그는 은색 초시계를 주머니에서 꺼내더니 나보고 자기 옆에 서라고 했다. 그의 손이 내 어깨에 묵직하게 얹혔는데 바위처럼 강건한 느낌이었다.

해병대원들은 한 사람씩 차례로 코스를 돌았다. 느린 사람도 있고, 빠른 사람도 있고, 더 빠른 사람도 있었다.

"자네 차례네, 호턴 일병."

그는 다른 누구보다 빨랐고 그가 도는 동안 나는 생전 처음으로 목청껏 응원했다. 거기 있던 해병대원 한두 명도 호턴이 다 끝내자 칭찬해줬다.

"호턴, 잘 했어!"

그걸 보니 모두들 호턴 일병을 좋아하는 것 같았다.

전원이 코스돌기를 마치자 교관이 말했다.

"음···. 호턴 일병이 공식 세계신기록을 수립한 것 같군. 3분 26초야. 하지만 아직 축하하기는 일러. 아직 공식적으로 시간을 재지 않은 사람이 호턴 일병을 이길 수도 있거든. 안 그런가?"

"맞습니다!"

그들은 모두 나를 쳐다봤고 나는 다시 심장이 뛰기 시작했다. 그때쯤엔 무슨 일인가 하고 구경하러 들어온 해병대원들이 상당히 늘어나 있었기 때문에 나는 더욱 부담스러웠다.

"하지만 이 소년은 맨발이어서 부츠를 신은 사람보다 불리하다. 게다가 다른 사람들보다 키가 작다. 그래서 공정을 기하기 위해 우리 모두 이 소년을 도와주기로 한다. 알겠나?"

"네, 알겠습니다!"

그들의 목소리는 천둥소리처럼 울렸다.

그들은 짝을 지어 각 코스 옆에 자리를 잡고 나를 도와줄 태세를 갖췄다.

"자, 꼬마 해병대원, 이제 내 말을 잘 들어라. 내가 보기에 이 돌격 코스에서 다른 해병대원들이 도와주는 것보다 너 혼자 하는 것이 더 나은 곳은 세 군데다. 출발지점에서 첫 장애물까지, 높은 평형대, 그리고 마지막 장애물에서 도착지점까지다. 그건 혼자 할 수 있겠나?"

"높은 평형대는 좀 무서웠어요."

나는 그것을 올려다보며 대답했다. 폭이 좁고 길어서 떨어질까 봐 겁이 났던 것이다.

"하지만 한번 해보겠어요."

내 말에 그들은 모두 함성을 질렀고, 그 함성을 듣자 나는 정말 해낼 수 있을 것 같은 자신감이 생겼다.

"좋다. 다들 이 맨발의 소년이 하는 말 들었나. 한번 해보겠다고 했다. 한 마디 하자면 이 친구는 성공할 것이다. 왜 그런 줄 아나?"

침묵이 흘렀다.

"여기 있는 이 친구는 심장에 '영국해병대'라는 금색 글씨가 새겨져 있기 때문이다. 그것이 이유다. 그렇지 않나, 꼬마 해병대원?"

나는 정말 그런지 확신이 안 섰지만 어쩌면 사실일지도 모른다는 생각이 들었다.

"자, 그럼 시작하자. 잊지 마라. 저 평형대 위에 닿기만 하면 쏜살같이 달려야 한다. 그것이 너에게 세계신기록을 안겨줄 코스니까."

나는 출발선에 섰다. 막 출발하려고 할 때 처음에 내게 말을 걸었던 장교가 들어왔다. 내 친구인 나팔수도 보였다. 그리고 운동장 저쪽에서 사령관과 함께 서 있는 외할머니도 보였다. 하지만 여자는 해병대원 훈련장에 입장할 수 없기 때문에 가까이 오지는 않았다.

"마지막으로 여러분들에게 한 마디 하겠다. 만일 맨발의 소년, 즉 심장에 '영국해병대'라는 글자가 새겨진 이 친구가 멍이 들거나 베이거나 찧거나 삐면, 그러니까 머리카락 한 올이라도 다친다면 그 코스 담당은 평생 후회하게 될 것이다. 만일 이 소년이 다치지 않고 무사히 이 코스를 끝내면 나는 오늘 밤 이 넬슨 체육관에서 역사에 남을 만한 일을 한 것이고, 그것을 축하하는 의미에서 모두에게 빵을 하나씩 돌린다. 알겠나?”

“네, 알겠습니다!”

그 말과 함께 그는 초시계를 높이 들고 외쳤다.

“준비, 출발!”

나는 출발했다.

먼저 죽을 힘을 다해 커다란 그물망을 향해 뛰어갔다. 두 사람이 나를 꼭대기까지 들어올렸고 곧이어 반대편으로 내려놓았다. 그 다음에는 타이어를 향해 뛰어갔다. 대원들은 모두 나를 옮겨주면서 격려했고 나를 담 위로 올려줄 때나 반대편으로 내려줄 때는 거의 내던지다시피 했다.

바닥이 내 발 아래서 휙휙 지나갔고, 밧줄을 잡은 내 손바닥이 타는 듯했다. 대원들이 외치는 소리가 들렸다.

“잘 한다, 계속 힘내!”

저 멀리서 외할머니가 나를 응원하는 소리도 분명히 들었다.

평행대가 시작되는 곳에서 갑자기 내 몸이 솟구쳤다. 그러자 온 세상이 내 아래 있었고, 수많은 얼굴들이 위를 올려다보고 있었다. 그 높은 평형대는 너무 좁고 길었다. 발을 잘못 디디면 어디로 떨어질지 알 수 없었다. 게다가 그 코스에는 나를 도와줄 사람도 없었다.

그때 아래서 씩 웃으며 올려다보고 있는 호턴 일병이 보였다. 그러자 만약 내가 떨어지더라도 분명히 그가 나를 받아줄 거라는 생각이 들었다. 그래서 나는 모든 걱정을 떨쳐버리고 무작정 달렸다. 세계 신기록을 위해 미친 듯이 달렸다.

평행대 끝에는 대원 두 명이 기다리고 있었고 나는 그들을 향해 점점 더 빨리 달렸다. 교관의 은색 초시계가 햇빛에 반짝이며 시간이 없다고 재촉하고 있었기 때문이다.

나는 두 사람의 팔로 달려들었고 그들은 나를 받아 아래쪽에서 기다리고 있던 손에 던졌다. 나는 위장 그물 아래서 밀쳐지고 당겨지며 힘겹게 빠져나왔고 드디어 일어섰다. 숨통이 터지기 일보직전이었다.

마지막 코스의 끝에서 해병대원들이 기다리고 있는 것이 보였다.

"자, 어서, 조금만 더!"

그들이 소리치고 있었다.

나는 그때 처음으로 깨달았다. 내가 빨리 달릴 수 있다는 것을, 아주 빠르게, 화살처럼 빠르게 말이다.

나는 오늘이 마지막이라는 듯이 달렸다.
공기를 가르며 날듯이 달렸다.
세계 기록을 향해 달렸다.

내 호흡이 정상으로 돌아오고 음료수 두 잔을 비울 때쯤에는 모두가 내 주위로 몰려들었다. 그때 체육교관이 말했다.

"모두 들어라. 이것은 역사적인 사건이다. 나는 우리의 신참 해병대원이자 가장 어리고, 가장 키가 작고, 복무기간도 가장 짧은 이 맨발의 임시대원이 세계신기록을 달성했음을 기쁜 마음으로 선포한다. 기록은 2분 58초로서 소리 속도보다 빠르고 거의 빛의 속도에 가까운 것이다. 이 신기록 수립을 공인하는 의미에서 나는 이 소년에게 부츠와 지도를 수여하라는 명령를 받았다. 지금 시상식을 거행

하겠다."

내가 앞으로 나서서 상을 받아들자 사람들은 환호성을 올렸다.

"우리는 이 코스 옆에 공고문을 붙일 것이다. 누구든 이 기록에 도전할 수 있다. 우리 해병대원이어도 좋고 육군, 해군, 공군처럼 우리보다 한 수 아래인 군인들도 가능하다. 만일 도전자가 실패하면 도전자는 체육관을 청소하고 우리는 돌격코스를 한 바퀴씩 돈다!"

그들은 모두 함성을 지르며 나를 목말을 태워 사령관과 함께 기다리고 있던 외할머니에게 데리고 갔다.

체육교관은 약속을 지켰다.

돌격훈련 코스 옆에 공고문이 붙었고 외부에서 온 팀과 해병대가 스포츠 시합을 하는 날이면 항상 마지막에는 모두가 돌격코스 완주 시합을 했다. '영국해병대 일병 맨발대원'에 의해 수립된 최고기록을 깨기 위해서 말이다. 사람들은 가끔 '맨발대원'이 무슨 뜻이냐고 물었지만 스토닝의 해병대원들은 그것을 절대 발설하지 않았다.

방이 천 개인 집

어느 날 2층으로 올라간 나는 내 침대가 더 이상 내 것이 아니라는 것을 알게 되었다. 프랑스에서 온 어떤 부인이 차지하게 된 것이다. 외국에서 온 손님들을 대상으로 숙박업을 하기로 한 엄마는 내 물건들을 커다란 상자에 넣어 골방에 처넣고는 나도 거기서 지내라고 했다.

자기 물건들을 다른 사람이 어지럽게 섞어 놓으면 낯설어 보인다. 예전의 느낌이 전혀 아니다. 돌, 동전, 끝에 지우개가 달린 노란색 연필, 멋진 타이어가 세 개 달린 딩키 자동차, 상상의 세계로 안내하던 여러 가지 물건들.

엄마는 그런 물건들로 이루어진 소중한 세계를 부숴서 커다란 상자에 집어넣어 버렸다. 나는 잠잘 때도 상자를 안고 자고, 안에 있는 것들을 절대 꺼내지 않았다. 새로운 물건들을 그 안에 넣기만 했지 버린 적이 없었다. 밤색 골판지로 된 그 상자는 내가 벌 받을 때 갇혀 있던 골방에 던져졌지만 엄마가 부숴버릴까 두려워 나는 감히 가지고 내려오지 못했다.

어느 더운 여름날 가족들이 모두 숨바꼭질을 했다. 나는 손님한테 빼앗긴 내 침실로 기어들어가 옷장 안에 숨었다. 누군가가 나를 찾아내기를 바라며 숨도 제대로 쉬지 못하고 기다리고 기다렸다. 내가 이길 수 있는 게임은 별로 많지 않았지만, 분명히 내가 이겼다고 생각될 정도로 오랫동안 숨어있었다. 그러다가 내가 이겼다고 하려고 아래층으로 내려갔다. 하지만 거기에는 아무도 없었고 괴괴한 집안은 휑하니 넓어 보이기만 했다. 방은 모두 비어 있었고 아무도 보이지 않았다. 결국 그 집에 혼자만 남겨진 것이다.

때는 여름이었지만 내가 서 있는 곳은 얼어붙을 듯이 추웠다. 어디를 가나 나를 따라다녔던 그것은 바로 외로움이었다. 나는 갈 곳이 없어 그대로 서있었다. 외할머니마저 가버렸다. 그들은 내가 함께 숨바꼭질을 하고 있었다는 것도 잊어버리고 소풍을 가버린 것이다.

함께 게임을 하다가 다른 사람에게 잊혀질 정도로 하찮은 사람이라면 그 사람이 게임에서 이기는 것은 불가능하다.

나는 그 날 이 방 저 방을 돌아다녔다. 파리들이 유일한 친구였다. 그것들은 불이 켜진 곳이면 어디든 앵앵거리며 날고 있었다. 외할머니 방만이 예외였는데 그곳에는 소용돌이 모양의 끈끈이가 걸려 있었기 때문이다. 다리나 날개가 달라붙은 파리들은 떨어져 나오려고 발버둥치다가 다른 부위까지 붙게 되어 결국 죽어갔다.

나는 방을 모두 돌아다녔는데 무서움을 느낀 때는 딱 한 번이었다. 그것은 암흑유령이 저 아래 지하실에서 파이프를 두드릴 때였다.

나를 두고 가족들이 떠나버린 시간에 내 안에서는 무언가가 죽어버렸다. 나는 온실 속에 갇힌 찌르레기처럼 나가는 길을 찾아 여기저기 부딪치면서 헤매고 다녔다. 하지만 아무도 그 소리를 듣지 못했다.

엄마의 옷장에는 옷들이 죽은 동물들처럼 걸려 있었다. 베이지색, 밤색, 그 밖의 요란한 색들. 나는 그 옷들을 쳐다보기만 하고 손대지는 않았다. 나는 그날 내가 엄마를 좋아하지 않는다는 사실을 깨달았다.

외할머니 물건들은 깔끔하고 브로치처럼 빛났다. 하지만 외할머니 방은 외할머니가 없어서 그런지 낯선 느낌이었다. 그래서 옷장문도 열어보지 않고 얼른 나왔다.

나는 가끔 긴 의자에 앉아 집안에서 나는 소리를 들었다. 외할머니의 시계소리, 암흑유령이 두드리는 소리, 파이프에서 나는 보글보글 소리, 담쟁이넝쿨이 창문을 긁는 소리 같은 것. 거기 앉아서 나는 생각했다. '한 가지 좋은 점은 있네. 내가 아무것도 하지 않고 가만히 있는 걸 아무도 방해하지 않는다는 거.'

좋은 점이 한 가지 더 있었다.

외국에서 온 어떤 부인이 가져온 여행가방이 보이길래 그것을 열어보았다. 거기에서는 여자의 향취가 났다. 기분 좋은 냄새였다. 나는 안쪽에 손을 넣어 그 부인의 물건들을 만져봤다. 그리고 그녀의 속치마를 꺼내 내 얼굴에 대고 침대에 앉아 있었다. 눈을 감자 암흑시절이 닥치기 전에 느꼈던 평온함이 밀려왔다. 그 옛날에 속치마를 입고 있던 그 여인은 나를 꼭 껴안아주었다. 방이 천 개나 되는 그 집 그 침대에 웅크리고 있으니 그때 기억이 되살아났다. 암흑시절 전에 나를 사랑해줬던 그 여인의 이름이 무엇이었던가, 애타게 기억을 더듬어보았다. 나는 그 여인이 다시 돌아와 주기를 갈구하며 그 여인을 만나러 가는 길을 애타게 찾았다. 신발을 사주고 떠난 후 한 번도 만나지 못했던 그 사람처럼 한때 나를 사랑해준 사람이 있었음을 깨달은 것은 그때가 처음이었다.

부엌은 식기실과 어둡고 눅눅한 방들과 함께 집 뒤쪽에 있었다. 배가 고팠던 나는 빵 몇 조각과 흰색 그릇에 담긴 소고기 요리를 찾아냈다. 나는 가족들이 앉아 소리치고 서로 상처를 주던 식탁에 앉아 왜 항상 나는 잘못만 하는지 생각해봤다. 나는 그날 온전히 혼자였다. 다 먹고 난 다음에는 그 자리를 닦고 또 닦았다. 뒤에 아무런 흔적을 남기고 싶지 않았다.

기나긴 어린시절 동안 내가 집에서 평화로운 마음으로 밥을 먹은 것은 단 한 번 그때뿐이다.

창턱에 뚜껑이 열린 음료수병이 보이길래, 나는 그것을 입에 대고 마셨다. 그런데 그 안에 살아있는 말벌이 들어있었다. 나는 황급히 입 속으로 들어온 벌들을 식탁에 내뱉었다. 방금 내가 깨끗이 닦아놓은 식탁에 말이다. 벌들은 필사적으로 기어가려고 했는데 날개가 흠뻑 젖은 탓에 질질 끌듯 움직일 때마다 뒤에 호와 원 자국이 남았다.

그것들을 지켜보고 있는데 한 마리가 바닥으로 떨어졌다. 나는 숟가락을 가져와 그 벌을 떠서 부엌문 쪽으로 갔다. 그리고 벌만 밖으로 내보냈다. 벌은 태양을 향해, 자유를 향해, 그리고 몸의 물기를 말려 원래의 생활로 되돌아가기 위해 기어나갔다. 나는 다른 놈들도 똑같이 내보내며, 그것들이 기력을 회복하다가 일순간 날개를 펴서 날아가는 것을 지켜보았다. 그것들은 한 마리씩 차례로 파란 하늘을 향해 날아가 버렸다. 내 입안으로 기어들어왔던 말벌들이 다시 자유롭게 날아가는 데는 10초밖에 걸리지 않았지만 내게는 10년이 걸렸다.

그때 외할머니의 커다란 시계가 종을 쳤다. 딩, 동, 딩, 동. 혼자 남겨진 그날 나는 우리집에 방이 몇 개나 있는지 알아보기 위해 돌아다니며 하나씩 세어봤다. 그것들은 추억의 방이었다.

딩, 동, 나는 사람들이 춤을 추던 거실에 도착했다. 형과 사촌누나가 주로 췄고 가끔은 모두 함께 추기도 했다. 거실의 벽지는 모리스가 디자인한 뾰족뾰족한 잎들의 세계였다. 서로 얽히고 설킨 초록색과 밤색 잎사귀, 흰색과 초록색의 잎맥은 내가 그린 것들 - 둥그스름한 다섯 장의 꽃잎과 그 중심에 별이나 동그라미가 있는 - 과 비슷했다. 가까운 녹색 줄기와 멀리 있는 회색 줄기도 한데 엉켜서 몸부림치고 있었다.

엄마는 다른 사람의 도움을 받아 그 벽지를 도배하는 동안 내게 나가 있으라고 소리쳤다. 나는 뭔가의 일부가 되고 싶었다. 있으나 마나한 존재는 싫었다.

집안을 돌아다니다보니 속이 비어 있는 어두컴컴한 벽난로가 눈에 띄었다. 어느 겨울날, 난로에서 불꽃이 춤추고 있을 때, 마이클 형이 말했다.

"내가 다 읽고 나면 이거 『이글』^{(1950년대에 영국에서 발행되던 만화주간지 : 역}^{주)} 빌려줄게. 단 거기 조용히 앉아서 아무 말도 하지 않아야 돼. 한마디도 하면 안 돼."

이 기억이 떠오를 때마다 나는 외로움의 상처와 슬픔을 절규하듯 토해내고 싶은 충동이 인다.

나는 앉아서 형이 『이글』에 연재되는 「댄 대어」^{(공상과학만화의 제목이자} ^{우주선 조종사인 주인공 이름 : 역주)}를 읽고 그것을 다시 천천히 읽는 것을 지켜보았다. 페이지가 한 장씩 넘어갔다. 나는 긴 의자에서 불길이 타오르는 걸 지켜보며 손가락 하나 까딱 하지 않고 기다렸다. 장작이 갈라지고 재로 변해가면서 조금씩 무너지는 소리가 났다.

"석탄 좀 더 넣을까?"

내가 물었다.

"암말 하지 마. 안 그럼 알지?"

형의 목소리는 그 남자의 목소리처럼 냉혹했다. 나는 내 차례가 돌아올 때를 기다리며 하늘로 날려주고 싶은 『이글』과 함께 조용히 앉아있었다. '댄 대어' 와 '딕비'(댄 데어의 부하 : 역주)도 내 형이 자신들을 다 읽어주기를 함께 기다렸다.

페이지가 한 장씩 넘어가더니 드디어 마지막 장이 넘어갔다.

형은 나를 곁눈질했다. 암흑시절에 본 눈빛이었다. 그러더니 그는 처음부터 다시 읽기 시작했다. 이번에는 킥킥 웃으면서 말이다. 내가 알아먹지 못할 우스운 내용이었을 것이다. 나는 글을 읽지 못했지만 「댄 데어」와 「딕비」는 이해할 수 있을 것 같았다.

허락을 받고 그 책을 볼 때면 그림들이 참 좋았다. 그 방을 벗어나 다른 곳으로 여행하는 기분이 들었던 것이다.

그래서 나는 불이 다 꺼져가는 소리가 들릴 때까지, 멀리 외할머니 방 시계에서 종소리가 날 때까지 잠자코 기다렸다.

마침내 형이 다 읽고 앞장으로 돌아가더니 『이글』을 반으로 접고 다시 뒤로 접었다. 형의 이름이 박힌 『이글』은 매주 그렇게 접혀서 배달되었다.

형이 『이글』을 손에 들고 일어났다. 나도 이제 내 것이 될 그 책을 받기 위해 앞으로 몸을 기울였다.

"이제 내가 읽어도 돼?"

내가 물었다.

그러자 형은 뒤돌아가서 난로 안으로 책을 던져 버렸다. 그리고는 얼이 나간 표정으로 그것을 바라보던 나를 힐끗 봤다. 나는 말리지도 못하고 그저 '딕비'가 죽고 '댄 데어'가 시커멓게 변해가면서 굴뚝 속으로 날아올라가는 것을, 『이글』이 불꽃에 사여 몸부림치는 것을 지켜볼 뿐이었다.

"내가 아무 말도 하지 말라고 했잖아."

형은 그렇게 말하고 방에서 나가버렸다. 나는 '딕비'와 '댄 데어'가 마지막 숨을 몰아쉬고 비명을 지르며 재가 되어가는 것을 속절없이 바라보고만 있었다. 그 날 그 방에서 『이글』은 나 대신 죽었다. 암흑시절은 아직 끝나지 않았다. 나는 창가로 가서 바다의 움직임을 망연히 바라보았다.

말벌을 살려주던 그날, 가족들이 나만 남겨두고 나갔던 날, 나는 다시 창가로 가서 이번에는 바다를 바라보았다. 프랑스의 석회암 절벽이 빨랫줄에 널려 바람에 휘날리는 손수건처럼 새하얗게 빛나는 쾌청한 날이었다. 그곳은 따뜻하고 환해 보였다. 나는 바다 건너에도 나 같은 소년이 창문을 통해 이쪽을 바라보고 있지 않을까 하는 생각을 해봤다. 여기보다는 거기가 나을 거라 여기면서.

나는 거실 한가운데로 가서 주위를 둘러보았다. 난로와 테이블, 벽지도 그대로였다. 하지만 집에는 인기척이 없었고, 나 혼자뿐이었다. 나는 내가 한 일을 알고 있었지만 그것이 무엇을 의미하는지를 몰랐다.

옅은 참나무색의 2단 장롱이 있었다. 나는 그 장롱 서랍을 열어 안을 들여다봤다. 분명히 기억난다.

거실에는 가족들이 춤출 때 틀었던 축음기도 있었다. 나는 손잡이를 돌린 다음 레코드 하나를 그 위에 얹고 사람들이 빙빙 돌며 춤추던 자리에 섰다.

내 아빠가 아닌 남자가 좋아했고 가끔 흥얼거리기도 했던 그 음악을 들으며 나는 혼자 서 있었다.

"이제 연주가 시작됩니다. 즐거운 바이올린 곡에 맞춰…."

나는 바늘로 레코드 가장자리에 흠을 내서 그 부분만 계속 반복시켰다.

"이제 연주자… 이제 연주자… 이제 연주자… 이제 연주자…."

그렇게 틀어놓으면 언제까지고 반복될 것이다. 하지만 나는 레코드를 원래의 자리에 되돌려놓고 턴테이블의 갈색 펠트가 돌다가 천천히 멈추는 것을 지켜보았다.

축음기 모서리 쪽에는 작은 은색 서랍이 달려 있었고, 서랍 안에는 바늘이 들어있었는데 꺼내기가 힘들었다. 나는 바늘이 내는 부드러운 소리를 듣고 수많은 미세한 빛들을 바라보며 서랍을 열었다 닫았다 했다. 그러다가 결국 그것을 닫고는 손잡이를 감고 축음기가 레코드 없이 돌아가도록 두었다. 그리고 뚜껑을 닫았다.

그것은 소리 없이 계속 돌아갔다. 아무도 없는 집안의 방을 여기저기 돌아다니는 나처럼.

그 집에는 다락방도 하나 있었는데 화장실 바로 바깥쪽 천장에서 위로 열리는 문을 통해 들어가게 되어 있었다. 나는 의자를 디뎌야 가까스로 손이 닿았기 때문에 키가 자라기 전에는 문을 1~2인치 정도 밀어올려 그 안에 물건들을 숨겨두기만 했다.

내가 훔친 것들, 한 번도 가지고 놀지 못했던 뉴잉 아저씨네 가게에서 훔쳐온 장난감, 일부러 부숴버린 물건들, 깨뜨려버린 탁구공….

왜 넣어두었는지 나도 이해할 수 없었던 것도 있었다. 나는 그날 그 여자 손님의 속치마를 다락방 문틈으로 밀어넣고는 그 사실을 잊어버렸다. 암흑시절이었던 당시 위안을 주던 속치마였다. 하지만 그 위안에는 대가가 따랐다.

혼자서 빈 방을 돌아다니던 날을 잊어버렸을 즈음, 마이클 형이 소리쳤다.

"지미, 엄마가 너 와 보래. 아빠 방에 계셔."

내가 힘없이 발을 끌며 위층에 있는 그 방으로 갔더니 엄마는 머리가 숯처럼 새까만 그 프랑스 부인과 함께 나를 기다리고 있었다. 내 아빠가 아닌 그 사람은 그때 집에 없었다. 있었다면 함께 그 자리에 있었을 테니까.

책상 위에는 그 장난감과 탁구공, 그리고 흰색 속치마가 놓여 있었다. 그것을 본 순간 심장이 멎는 듯했다. 나는 창피해서 고개를 떨궜다. 더러운 카펫이 눈에 들어왔다. 그 집의 카펫은 항상 더러웠다.

"어떻게 된 거니?"

나를 구해줄 사람은 아무도 없었다.

"어떻게 된 거냐니까!"

엄마의 말투는 독이 묻은 날카로운 톱니 같았다.

나는 창피해서 어찌할 바를 모른 채 서 있었다. 엄마는 장난감을 훔친 벌로 내 손마디를 때렸다. 그런 다음 탁구공을 으스러뜨려 바구니에 던져넣었다. 아빠 아닌 그 사람이 시를 쓰다 망치면 그 바구니에 버리곤 했다.

하지만, 최악의 상황은 엄마가 그 속치마를 치켜들고 옆에 있던 부인을 한번 쳐다본 다음 이렇게 말한 것이었다.

"이거 입어."

그 여자 손님은 눈을 깜빡이더니 입을 쩍 벌렸다. 그녀의 누런 이가 내게도 보일 정도였다.

"입으라니까!"

나는 창피해서 죽고 싶은 심정이었다. 게다가 문 쪽에서는 형과 사촌누나가 낄낄대는 소리가 났다. 다락방에 닿을 만큼 키가 컸던 그들이 내 비밀물건들을 꺼내와 사람들에게 보여주며 일러바친 것이다.

나는 그날 끈끈이에 붙은 파리처럼 죽어가고 있었다. 엄마가 들고 있던 속치마는 내게 평안을 주었을 뿐 부끄러워할 것은 아니었다. 침대에 앉아 그것을 얼굴에 대고 냄새를 맡으면 기분이 좋아졌다는 것을 어떻게 설명해야 할지 나는 알지 못했다. 그 속치마는 암흑시절이 오기 전, 그 사람이 있었고 한 여인이 나를 꼭 껴안아주던 그때로 나를 데려갔다는 것을 엄마에게 설명할 수가 없었다.

"입으라는 말 안 들려!"

나는 고개를 저었다. 사람들 앞에서 그런 걸 입느니 죽는 편이 낫다고 생각했다.

언젠가 길가에서 죽어가는 새를 본 적이 있었다. 날개는 가녀리게 파닥이고 있었고, 부리는 벌어진 채 아무 소리도 내지 못했다. 그때 나는 그 새와 같은 처지였다.

반쯤 열린 문 뒤에서 나던 웃음소리가 갑자기 그쳤다. 문이 벌컥 열리고 팔 하나가 다가와 내 팔을 잡았다. 나프탈렌 냄새가 났다.

"그만 하면 됐다. 웬만큼 해라!"

나를 곤경에서 구해준 사람은 외할머니였다.

외할머니는 나를 데리고 외할머니 방으로 들어갔다. 나는 외할머니 눈을 쳐다볼 수가 없어 다른 곳으로 눈을 돌린 채 꼼짝 않고 벙어리처럼 서 있었다. 너무 창피해서 울음도 나오지 않았다. 그때 외할머니가 나를 꼭 끌어안아 주었다. 그렇게 안아주는 건 처음이었다. 외할머니는 무릎을 꿇고 앉았다. 관절염을 앓던 외할머니가 그렇게 앉는 것은 쉽지 않았을 것이다. 속치마에서 얻을 수 없었던 것을 외할머니는 내게 줬다. 그것은 내 수치심을 울음으로 풀어버릴 장소였다. 나는 외로움을 터놓고 호소하려 했지만 숨이 꺽꺽 막혔다. 그러다가 결국 외할머니 품속에서 엉엉 소리내어 울고 말았다.

잠시 후에 외할머니는 가스난로에 핫케이크를 구웠다. 나는 그것을 지켜보다가 외할머니 코가 정말로 길다고 생각했다.

"외할머니."

"왜, 아가."

"여기 아무도 없으면 외할머니가 문을 잠그고 불 옆에 앉아서 코로 핫케이크를 찔러본다는 게 사실이에요?"

"누가 그런 말을 하던?"

"마이클 형이요. 정말 그래요?"

"속치마를 가져가는 일이 창피한 일이 아니듯이 그런 일도 사실이 아니란다. 내가 만일 하멜 아저씨의 속바지를 빌려왔다면 너는 할미를 어떻게 생각하겠니?"

"우습다고 생각할 거예요."

내가 대답했다.

"그래, 그것뿐이야."

외할머니는 말하면서 습관대로 물건들을 제자리에 정돈했다.

"자, 버터만 발라줄까 아니면 마마이트도 발라줄까?"

그 길었던 날, 내가 방이 천 개나 되는 그 집안을 헤매다닌 이유는 방 하나를 찾기 위해서였다. 암흑시절 이전 그 사람과 그 여인과 함께 살았던 그 방 말이다. 하지만 한때는 존재했던 그 방이 그 집에는 없었다.

그 방은 따뜻하고 밝았으며 모든 것이 제자리에 있었다. 하지만 넘치지는 않았다. 침대의 이불은 정갈하게 정돈되어 있었고 베개에서는 신선한 여름바다 냄새가 났다. 그리고 테이블 위에는 작은 향수병이 있었고 바닥에는 외국어 꼬리표가 달린 갈색 가죽가방이 있었다.

나는 천 번이나 그 방에 앉아봤지만 그 방은 항상 눈을 뜨는 순간 사라져버렸다. 그리고 내가 만나고 싶은 그 여인, 내가 가져온 속치마의 향기가 나던 여인, 암흑시절이 시작되기 오래 전에 나를 안아주며 평온함을 주었던… 아, 그 여인은 결코 돌아오지 않았다.

하지만 '그들'은 내 평화를 해치며 돌아왔다. 숨바꼭질을 한 후 나를 잊어버리고 자기들끼리 갔던 소풍에서 돌아온 것이다. 나는 형과 사촌누나, 외할머니, 맥스 삼촌, 그리고 그 손님이 차례로 들어오는 소리를 들었다. 그들은 모두 넓은 현관을 통해 돌아오는 침입자였다.

나는 그 아름다운 방을 얼른 내 마음 속에 감추었다. 그 안에 품고 있으면 아무도 망칠 수 없었다. 그리고 내 방을 나가 복도를 가로지른 다음, 형의 침실을 지나쳐 좁은 문으로 살금살금 다가갔다. 그리고 초록색 계단으로 통하는 문의 빗장을 올렸다.

유령처럼 계단을 조용히 내려가 부엌을 통과하여 뒷문으로 나간 나는 침입자들이 다시 그 방들을 정복하는 동안 늦은 오후의 대기 속으로 빠져나갔다. 그들이 부엌에 들어오더라도 나를 보지 못하도록 뒷문까지 네 발로 기다시피 했다.

일단 뒷문을 열고 나간 후에는 그들이 듣거나 말거나 문을 쾅 하고 닫았다. 그때부터는 달리고 달리고 또 달렸다. 내 집이 아닌 그 집에서 멀리멀리 달아나기 위해서.

리버풀 가에 접어들고 브리스톨 가를 지나 피츠로이 광장에 이르렀다.

신선한 공기와 자유를 흠뻑 들이마시며 쉬지 않고 달렸다. 운동장에서 테니스 공이 라켓과 바닥에 맞는 소리가 들려왔다. 멈춰선 나는 숨을 고르며 뒤를 돌아보았다. 그리고 나를 쫓아오는 것은 그 방들이라고 상상해보았다. 10개씩, 100개씩 혹은 1000개의 방이 한꺼번에.

다시 앞을 향해 웃으며 달렸다. 마크우드를 벗어나 그랜빌 가에서 왼쪽으로 꺾었다. 하나, 둘, 셋 하면서 낡아빠진 철제 울타리를 뛰어넘고, 쇠똥을 지나쳐 성 근처의 연못에 이르렀다.

한숨을 내쉬고 이어서 거친 호흡을 고르면서 잔잔한 수면을 바라봤다. 연못가에는 도롱뇽이 자유롭게 기어다니고 있었다. 아마 그 연못에도 천 개의 방이 있었을 것이다.

나는 해질녘에 집에 돌아왔다. 그때 마침 엄마가 외치는 소리가 들렸다.

"지미는 어디 있니? 저녁 준비 다 됐다고 해라. 어, 너 왔구나. 어디 갔었니? 날이 추워지는데."

내가 어디 있었느냐고? 엄마는 그것이 알고 싶은 게 아니었다. 절대 아니다. 그렇게 묻고는 내가 대답하기도 전에 몸을 돌렸던 것이다. 항상 그랬다. 몸을 돌린 엄마는 민박손님에게 표준영어로 이야기하기 시작했다. 그 손님들은 우리가 쓰는 언어와 풍속을 배우기 위해 돈을 내고 있었으니까.

"사냥하러 갔었어요."

내가 대답했다. '암흑시절 이전에 제가 살던 방이요. 이 집에는 없거든요' 하지만 아무도 내 말을 듣지 않았다. 내 말은 공허하게 울리며 이 집에 있는 999개의 방에서 하나씩 사라져갔다.

하지만 방 하나에서만은 그 말들이 살아 있었다. 나는 속치마를 입은 여인이 다시 돌아오기를 간절히 바랐다. 옆에 그 사람, 즉 내아빠를 데리고 말이다. 아빠는 내게 소중한 신발 - 다른 사람이 훔쳐가 버렸지만 - 을 사줬었다. 그리고 향수병을 가지고 있었고 속치마를 입고 나를 꼭 안아주던 여인, 내게 나 자신의 존재를 느끼게 해줬던 그 여인의 사랑을 받은 사람도 아빠였다.

"뭘 사냥했는데?"

엄마는 다른 사람들에게 눈길을 주며 이렇게 물었다. 마치 이렇게 말하는 듯한 표정이었다. '이 집이나 저런 풀밭에서 뭘 사냥하겠어? 기린? 코끼리? 악어?'

"방이요."

내가 대답했다. '그건 내 마음 속에 있는 유일한 방이에요. 하지만 내 신발을 절대 찾을 수 없었던 것처럼 그 방으로 가는 문도 못 찾겠어요.'

"기가 막혀서!"

엄마가 어이없다는 투로 말했다.

나는 그 방에서 빠져나와 밖으로 나갔다. 그리고는 풀밭에 서서 소금기가 밴 공기를 들이마시며 프랑스의 흰색 절벽을 바라보았다. 해가 지면서 흰색 절벽이 점점 닳아 아무것도 남지 않을 때까지.

아더 미 박사의 백과사전

어느 날 드디어 나는 읽는 법을 배우게 되었다.

우리 반 아이들은 누구나 읽는 법을 알았고 어떤 애들은 책 한 권을 모두 읽기도 했다. 하지만 나는 그렇지 못했다. 책을 펴보면 보이는 건 구부러진 철사뿐이었다. 나는 그 철사로 만들어진 감옥에서 밖으로 빠져나가지 못할 것 같았다. 거기를 빠져나가야 단어의 의미를 이해할 수 있는데 말이다.

나는 내 알파벳 하나만 알고 있었는데 그것은 D였다. 교실 구석에 서있는 바보(Dunce)를 의미하는 것이다.

외할머니는 엄마가 나한테 두손 들었다고 했다. 엄마는 차를 마실 때면 항상 코가 책에 닿을 정도로 몰두해서 읽었다. 그것은 엄마가 네 살 때부터 생긴 습관이라고 했다.

엄마는 이렇게 말하곤 했다.

"지미, 네가 읽기를 배우고 나면 엄마가 왜 그러는지를 알게 될 거다. 네가 쩝쩝거리고 발장난하는 소리에 왜 그렇게 엄마가 화내는지도 알게 될 거고. 그러니까 조용히 하든지 나가버리든지 해."

하지만 그 말을 듣고도 나는 읽기를 배우고 싶은 생각이 들지 않았다.

외할머니는 이렇게 말했다.

"지미, 읽기는 정신 발달에 좋단다. 사람들의 정신이 발달한다면 말이다. 하지만 나는 사람들이 말하는 거나 하는 짓들을 보면 과연 정신이 발달하기는 하는지 확신이 서지 않는구나. 그래도 이제는 너도 읽고 쓰는 걸 배워야 할 것 같구나. 네가 항상 맨 꼴찌잖니."

하지만 그 말도 배우고 싶은 욕구를 자극하지 못했다.

"읽기는 말야, 여러 가지 상황에 쓸모가 있어. 특히 시간을 죽일 때."

외할머니한테서 나를 설득해보라는 말을 듣고 삼촌은 그렇게 말했다.

"어떤 시간?"

"예를 들면, 캐논 가로 가는 열차를 기다릴 때."

"왜 이름이 캐논 가야?"

"지금 그게 중요한 게 아니야. 아무 상관없는 얘기를 왜 물어."

맥스 삼촌은 답답하다는 듯이 말했다.

"어디 가려고?"

어느 날 내가 집에서 빠져나가려고 할 때 엄마가 물었다.

"제가 할 일은 다 했어요."

나는 문 쪽으로 걸어가면서 대답했다.

밤새 거친 파도가 쳤으니 해변을 따라 건질 만한 것도 많을 테고, 재갈매기도 구경하고 싶었다.

"그럼 이제…."

그때 마이클 형이 부엌 싱크대에서 조각난 신문으로 불장난을 하고 있었는데, 그 냄새를 맡은 엄마는 그쪽에 신경이 쓰이는 듯했다.

"너는 집에는 5분도 안 붙어 있고 허구헌 날…."

엄마가 소리쳤고, 곧이어 형을 손바닥으로 철썩 때리는 소리가 들렸다.

나는 해변 공터로 나갔다. 바람이 세서 재킷의 지퍼를 올리고 몸을 움츠린 채 해변으로 내려갔는데 거기에는 아무도 없었다. 오직 나밖에 없었다. 나 자신, 내 생각, 그리고 내가 탐험하려고 하는 해변밖에 없었다.

젖은 자갈해변과 밀물이 빠지면서 내는 쏴 하는 소리뿐이었다. 그곳에는 나보고 읽기를 배우라고 강요하는 사람이 없었다. 거기서 나는 오징어 껍질과 엉클어진 그물조각, 공처럼 둥근 타르덩어리, 그리고 초록색 병 9개를 발견했다.

쓸만한 물건이 없나 찾아다니다가 사우스다운을 따라 한참을 걸어 우리집이 보이지 않는 곳까지 가게 되었다. 얼마나 걸었을까. 재갈매기 떼가 모여서 뭔가를 쪼아먹는 것을 보고 나는 걸음을 멈췄다. 인기척을 들은 재갈매기들은 옷더미 같은 것에서 날카로운 소리를 지르며 날아올라 그 주변을 빙빙 돌았다.

나는 그것이 뭔지 보려고 다가갔다가 깜짝 놀랐다. 거기에는 얼굴이 공처럼 부풀어오른 남자가 누워 있었던 것이다. 물고기배처럼 하얗게 된 그의 눈은 뭔가를 노려보고 있었다. 셔츠 단추 사이사이로 창백한 푸른 살이 보였고 셔츠도 터질 듯이 부풀어 있었다. 가슴에는 털이 나 있었다.

남자의 한쪽 손은 젖은 자갈 사이에 약간 묻혀 있었고 나머지 손은 깨진 오렌지 상자 옆에 놓여 있었다. 그 상자에는 알 수 없는 검은색 글자가 찍혀 있었다.

내가 읽기를 배우게 된 것은 그것 때문이었다.

나는 죽은 그 사람의 눈을 외면한 채 그 상자만 집어들었다. 그리고 천둥소리를 내며 세차게 밀려왔다 밀려내려가는 파도가 그 죽은 사람의 눈동자를 내 머릿속에서 지워버릴 만큼 먼 곳까지 걸어갔다.

파도는 쉬지 않고 밀려왔다 밀려나갔다. 밀려오고 밀려나가고, 밀려오고 밀려나가고… .

끊임없는 바다의 움직임이 나에게 평안을 주었고 모든 것을 잊게 만들었다. 해변에서 죽은 사람을 봤던 일도 점차 잊어갔다.

바람을 받은 상자가 내 손에서 빠져나가 굴러갔다. 내가 뛰어가 그것을 잡자 반듯하게 섰다. 나는 쪼그리고 앉아 상자에 적힌 글자를 들여다보았다. 그러다가 구부러진 철사를 통과하여 그 단어의 의미와 만나는 방법을 가르쳐줄 사람이 문득 떠올랐다.

외할머니는 아니었다.

엄마도 아니었다.

맥스 삼촌도 아니었다. 나는 자갈해변을 따라 오래오래 걸었다. 우리집 근처의 잔디밭을 지나 밀려오고 밀려나가는 파도를 보며 자박자박 걸었다. 그러는 동안 더워져서 나는 재킷의 지퍼를 내리고 열을 식혔다. 얼마 후 내 눈에 스토닝 성의 깃발이 들어왔다.

보이스 아저씨는 그 성의 관리인이자 내 친구였다. 나는 그 성의 잔디밭 울타리를 검게 칠하는 것을 도와주었었다. 성문을 닫을 무렵,그 날의 입장권이 몇 장인지를 내가 세어보기도 했다. 또한 그가 입장객들에게 성에 대해 설명해주는 동안 나도 따라다니며 들었다. 하지만 관광부에서는 그가 성에 대해 설명하는 일을 금지했다. 자격증이 없기 때문이라고 했다. 로마의 줄리어스 시저가 군대를 이끌고 이 땅에 발을 디딘 때부터 지금까지 스토닝의 역사를 그가 제대로 설명할 수 없다고 판단한 것이다. 스토닝 성은 시저가 상륙한 후 1500년도 더 지난 후에 그들이 처음 발 디딘 곳에서 멀지 않은 곳에 지어졌다.

보이스 아저씨는 내가 날짜와 사건들을 기억할 수만 있다면 읽기를 시작해볼 수 있다고 했었다.

"지미, 네가 침입하려는 읽기 지방은 어떤 성이 둘러싸고 있단다."

보이스 아저씨는 그렇게 얘기를 시작했다.

"그런데 어떤 성이든 약한 부분이 있게 마련이지. 끈질긴 병사라면 찾아내서 침입할 수 있는 부분 말이다. 어느 날 너는 그 약한 부분을 찾아내고 로마 군대처럼 네 머릿속의 읽기지방으로 뚫고 들어갈 수 있을 거야."

그는 자주 그런 식으로 설명해주었다. 내가 죽은 사람을 만나고 나무상자를 얻은 그날 읽기를 가르쳐줄 가장 적합한 사람으로 보이스 아저씨를 떠올린 것도 그것 때문이었다.

나는 자갈해변을 올라가 성 정문에 다다랐다. 거기서 보이스 아저씨를 보자 갑자기 눈물이 났다.

"아저씨…."

"어, 지미, 무슨 일이냐? 이건 뭐고…?"

나는 울면서, 해변에서 죽은 사람을 발견했는데 그 사람이 눈을 뜨고 나를 쫓아올까봐 사우스다운에서 여기까지 한 번도 뒤돌아보지 않고 왔다는 얘기를 했다.

"경찰에 전화를 해야겠구나."

나는 더 크게 울었다. 오래 전 외할머니가 내 손을 잡아주기 전에 나를 암흑시절로 다시 데려간 사람도 경찰이었기 때문이다. 보이스 아저씨가 전화하는 소리가 들렸다.

"괜찮습니다. 애한테 코코아를 좀 먹이겠습니다. … 아시는군요. 괜찮습니다. 애 외할머니한테 애가 여기 있다고 전해주십시오. 좀 진정하면 제가 집으로 데려가지요. … 아닙니다. 지금은 저랑 있는 게 나을 겁니다."

내가 읽기를 배우기 시작하던 그 날 보이스 아저씨는 성문을 다른 때보다 일찍 닫았다. 그 와중에서도 나는 오렌지 상자를 놓지 않고 있었다.

"그 상자는 뭐냐?"

차를 마시고 나서 담배 파이프에 불을 붙인 후 뭔가를 생각하고 있던 아저씨가 물었다.

"죽은 사람 거예요. 글씨도 적혀 있어요."

그러고 나서 궁금한 것을 물었다.

"뭐라고 적혀 있어요?"

그는 글씨를 보더니 이렇게 대답했다.

"나도 모르겠다."

이 말은 내 인생을 바꿀 마법의 말이었다.

"아저씨는 읽을 줄 아시잖아요."

"누구나 읽을 수 있지. 자기가 아는 글자로 씌어 있다면 말야. 하지만 모르는 글자로 씌어 있으면 읽을 수가 없어. 내 생각에 이건 한때 우리 적이었던 스페인 사람들이 쓰는 글자 같구나."

"아르마다."

내가 기억을 더듬으며 중얼거렸다.

"그래. 내가 너한테 얘기했던가?"

그가 웃으며 물었다.

나는 고개를 끄덕였다. 그가 여러 번 얘기해줬었다. 그리고는 다시 궁금한 마음에 상자에 적힌 글자를 들여다봤다.

"아저씨도 못 읽는다구요?"

"못 읽어."

나처럼 글을 못 읽는 어른은 그 아저씨가 처음이었다. 그러고 나서 그는 내 인생의 문을 열어줄 황금열쇠 같은 말을 했다.

"우리 같이 노력해서 그걸 읽어보자. 어떠냐?"

나는 고개를 끄덕였다. 그 아저씨를 따라하면 구부러진 철사를 뚫고 나가는 법을 배울 수 있을지도 모른다는 생각이 들었다.

"그런데, 먼저 내가 너희 엄마한테 전화를 하는 게 좋을 것 같구나. 이 상자에 적힌 걸 읽으려면 시간이 좀 걸리거든. 그동안 너희 엄마가 걱정하시면 안 되니까 말이다."

"외할머니한테 얘기하세요. 걱정하는 사람은 외할머니거든요."

"그럼 두 사람 모두에게 얘기하마."

보이스 아저씨는 생각이 깊었다.

스토닝 공공도서관에 처음으로 나를 데리고 가서 읽기를 가르쳐

준 사람이 보이스 아저씨였다.

아저씨는 그곳 사서에게 이렇게 말했다.

"메리, 우리가 찾고 있는 책은 스페인어 사전이오. 이 도서관에 그거 있소? 그렇게 걱정스런 얼굴 하지 말아요. 책에 저 상자의 물이 떨어지게 하진 않을 테니까."

아저씨와 나는 큰 책상에 앉았다. 아저씨가 물었다.

"네 이름에 쓰는 글자들은 알고 있겠지?"

나는 고개를 끄덕였다.

"J, I, M, 다시 M, 그리고 마지막으로 Y예요. 지미."

"그럼, 내가 상자에 있는 글자를 하나씩 가리킬 테니 네가 읽어보렴."

"E."

내가 말했다.

"그걸 읽으면서 여기에 써보겠니?"

나는 그것을 적었다.

"S."

그렇게 읽고 적었다.

"P."

그것도 적었다.

"그 죽은 사람이 살아올까요?"

"아니다, 지미. 그 사람은 다시 살아나지 않을 거야."

"그리고 A, 그 다음엔 N."

"… 다시 A."

"에스파냐(Espana),"

보이스 아저씨가 그렇게 읽고 나서 물었다.

"이게 무슨 뜻일 것 같니?"

"그거 무슨 뜻인지 알아요."

내가 대답했다.

"아저씨가 전에 아르마다 얘기해 주실 때 가르쳐 주셨어요. 그건 스페인이란 뜻이에요. 그러니까 에스파냐는 스페인하고 같은 뜻이에요!"

나는 그때 내 손가락을 쳐다보고 있었다. 손가락에서는 상자에 배어있던 바다와 해초냄새가 났다. 그리고 내가 처음으로 읽는 법을 배운 단어를 쳐다보고 있었다는 것도 기억난다. 그때 나는 이런 생각을 하고 있었다. 단어 하나로 쓰고 말하고 읽는 것을 동시에 할 수 있다니 정말 신기하다고 말이다. 나는 경이로움을 느꼈고 그것은 좋은 느낌이었다.

나는 그때까지 읽는 단어와 쓰는 단어는 별개여서, 그 단어를 발음하면 전혀 다른 소리가 날 거라 생각했었다. 글자가 나에게 구부러진 철사 같은 것으로 여겨졌던 것도 어찌보면 당연했던 것이다.

"영리한 생각 같아요."

내가 말했다.

"뭐가?"

"읽기와 쓰기와 말하기가 한 단어에 모두 들어가 있다는 것이요. 누가 이걸 생각해낸 거예요?"

"음⋯."

그는 잠시 생각하더니

"아마 여자일 거다."

"왜요?"

"여자들은 머리가 좋거든. 저기 있는 메리처럼 말야."

보이스 아저씨는 결혼을 안 했는데 나는 그가 사서인 메리를 좋아한다는 것을 알 수 있었다.

"이제…."

그가 읽기를 다시 시작하려고 했다.

"그 죽은 사람이 스페인에서 온 걸까요?"

"아마 그럴 거다. 하지만 다시 살아나지는 않을 거야. 그러니까…"

사실, 알고보니 글자들은 구부러진 철사 같은 게 전혀 아니었다. 읽기는 올라가면 전망이 더 좋아지는 나무 같은 것이었다. 그러니 자신의 발목을 잡고 있는 것이 무엇인지 알아야 한다.

"너 에스파냐라는 글자를 이 상자에서 또 찾을 수 있겠니?"

나는 고개를 끄덕이고 그것을 가리켰다. 한번 본 단어라 금방 알 수 있었다. 상자에서 그 단어를 두 개 더 찾았으니 내가 올라갈 나무를 두 개 더 찾은 셈이었다.

"이제 이걸 읽어보자."

아저씨가 다른 글자를 가리키면서 말했다.

그것은 다음과 같았다.

N 그리고

A 그리고

R 그리고

다시 A 그리고

다시 N 그리고

내 이름의 첫글자인 J, 그리고

A 그리고

설탕의 첫글자인 S.

"이 단어 읽을 수 있니?"

보이스 아저씨가 물었다.

나는 읽을 수는 없었다.

"내가 읽어볼까…. 나란야스. 흠!"

"다시 한번 읽어보세요. 저는 눈을 감아볼게요."

"나란야스." 그가 빨리 읽었다.

"오렌지. 꼭 오렌지 같아요." 내가 말했다.

사전에 나온 글자는 작아서, 알파벳 순서를 모르면 단어를 빨리 찾기가 힘들다. 하지만 보이스 아저씨와 나는 그것을 찾아냈다. 나란야는 정말 오렌지라는 뜻이었다.

"어떻게 그걸 알았니?"

아저씨가 물었다.

"그게 오렌지 상자였잖아요."

내가 설명했다.

"전에도 오렌지 상자를 주워서 땔감으로 쓴 적이 있어요. 아저씨가 그걸 소리내서 읽으니까 알 것 같았어요. 똑같은 뜻이라는 느낌이 들었거든요."

"스페인과 오렌지."

그가 말했다.

"우리 둘 다 잘 하고 있는 거야."

나는 그 두 가지 스페인 말을 배우고 몇 년 동안 더 이상 배우지 못했다. 그때 보이스 아저씨가 갑자기 딴 데로 관심을 돌렸기 때문이다. 그가 내 어깨 너머를 보더니 이렇게 말했다.

"이럴수가! 아더 미 박사잖아."

나는 뒤를 돌아보았지만 아무도 없었다. 책이 가득 꽂힌 책장들뿐이었다.

"맞구나."

파란색 표지로 된 책 열 권이 나란히 꽂힌 곳으로 손을 뻗으며 아저씨가 말했다.

"아더 미 박사의 아동 백과사전이야. 지미, 이건 정말 위대한 책이란다. 모든 질문에 대한 답이 들어 있거든."

"밀물이 왜 다시 들어오는지도 나와 있어요?"

"당연하지."

"해변의 자갈들 크기가 왜 모두 다른지도 나와 있어요?"

"아마 있을 거다."

"물고기가 뭘 볼 수 있는지도 나와 있어요?"

"그럼."

"그럼, 자는 동안 암흑유령이 들어오는 소리를 제가 들을 수 있는지도 나와 있어요?"

"뭐라고? 어… 그건 잘 모르겠구나."

"스페인 오렌지에 대해서는요?"

"어디 보자."

그는 거기에서 한 권을 꺼내 완전히 새로운 세계로 들어가는 문을 열어주었다.

"5271쪽…. 자, 네가 찾아봐라."

그것은 시간이 좀 걸렸다. 하지만 그 페이지를 펴보니 발렌시아에서 오렌지를 따고 있는 사람들 사진이 실려 있었다. 말도 있었고 수레도 있었고….

"여기 제 상자도 있어요!"

내가 외쳤다. 정말 거기에 내 상자가 있었다. 수도 없이 많은 상자가 굴뚝 달린 배에 실려 전세계로 떠나기 위해 대기하고 있었다.

"발렌시아가 어디에 있어요?"

한 가지 항목은 다른 항목으로 이동하는 징검다리가 되었다. 오렌지에서 날짜로, 올리브에서 고춧가루로, 땅콩에서 쌀까지. 책이 신비의 세계로 들어가는 문이라는 것을 그때까지는 아무도 내게 말해주지 않았다.

우리는 도서관 문이 닫히고 메리가 '미안하지만 이제 문을 닫고 어머니한테 차를 끓여주러 가봐야 해요'라고 할 때까지 그 책을 읽었다. 메리는 '하지만, 더 있고 싶으면…' 하면서 말끝을 흐렸다.

"저도 갈 시간이에요."

내가 말했다.

"그래, 그런 것 같구나. 가면서 가게에 들르자. 메리, 그럼 나중에…."

보이스 아저씨가 말했다.

"그래요."

메리는 손에 열쇠를 들고 코트를 입으며 대답했다.

보이스 아저씨는 기분이 좋아 보였다.

"내일 또 와도 돼요?"

내가 묻자 두 사람은 그러라고 했다.

우리집으로 가는 길에 보이스 아저씨는 스페인에서 실려온 오렌지를 사줬다.

"외할머니랑 같이 먹어라."

"고맙습니다. 아저씨."

나는 최대한 공손한 말투로 인사했다. 그는 씩 웃고 나를 집까지 데려다 주었다.

그날 엄마는 나를 데려다준 보이스 아저씨에게 당장 고맙다는 편지를 쓰라고 했다. 하지만 외할머니는 먼저 나와 얘기를 좀 하겠다고 했다.

우리는 바다가 보이는 외할머니 방에 마주 앉았다. 자갈해변을 보니 죽은 그 스페인 사람이 떠올랐다.

"저 읽을 줄 알아요."

내가 외할머니에게 오렌지 상자를 보여주며 말했다.

"에스파냐는 스페인이라는 뜻이고 나랑야는 오렌지라는 뜻이에요. 백과사전에는 이거 말고 다른 내용도 많이 나와 있어요. 쌀이나 땅콩이 남부지방에서만 자란다는 것도요."

"정말 읽을 수 있는 거냐?"

외할머니는 내가 하는 말을 절대 의심하지 않았기 때문에 나는 항상 외할머니에게 사실만을 말했다.

"정말 오늘 그런 일이 있었단 말이지?"

"네, 너무 신나요…. 그리고 죽은 사람 눈도 봤어요."

"그랬어?"

외할머니가 찻잔에 차를 따랐다.

나는 그날 있었던 일을 처음부터 끝까지 얘기해주었다.

"그 상자 부숴서 땔감으로 쓸 거냐?"

다 듣고 난 외할머니가 물었다. 나는 고개를 저었다.

"새 물건들을 넣어둘 거예요."

나는 엄마가 상자에 넣어 버렸던 내 물건들을 생각하고 있었다.

"지금은 아무것도 없지만 새 물건들이 생기면 거기에 넣어둘 거예요."

"지금도 가진 게 많잖니."

외할머니는 나를 위로하려고 했다. 잃어버린 오래된 물건들을 생각하면 내 표정이 어두워졌기 때문이다.

나흘 후에 보이스 아저씨가 우리집에 들렀다.

"지미, 너한테 좋은 걸 주려고 왔다."

그것은 아더 미 박사의 아동 백과사전이었다. 아저씨는 오직 나를 위해 스미스 아저씨네 중고가게에서 그 책 10권을 사온 것이다. 그 중고가게는 스토닝 북쪽 끝에 있었는데 어부들이 많이 사는 곳이었다.

그 후 오랫동안 외할머니나 보이스 아저씨나 맥스 삼촌이 없을 때, 또는 바닷가의 바람과 비에 싫증이 났을 때 또는 암흑유령이 벽을 두드릴 때, 또는 죽은 그 사람의 눈이 갈매기의 날갯짓으로 다시 떠졌을지도 모른다는 생각이 들 때 나는 내 방에 가서 아더 미 박사와 함께 신비의 세계로 도망치곤 했다. 나는 외할머니의 도움을 받아 그 위대한 책에 적힌 단어들을 하나씩 알아갔다. 그 단어들은 사방으로 끝없이 펼쳐진 광활한 평야에서 길을 안내하는 이정표 같았다. 그러던 어느 날 나는 나도 모르는 새에 항목 하나를 처음부터 끝까지 읽을 수 있게 되었다.

그날 책을 들고 단숨에 성까지 달려간 나는 보이스 아저씨 앞에서 그 부분을 소리내어 읽었다. 그는 파이프에서 연기를 내뿜으며 듣고 있다가 다 읽고나자 이렇게 말했다.

"지미, 언젠가는 너도 인생이 살아갈 만하다는 걸 깨닫게 될 거다. 오늘 네 덕분에 나도 그걸 깨닫게 되었구나."

그날, 나는 그 큰 책을 다시 집까지 가지고 가서 나머지 아홉 형제들과 나란히 넣어두었다. 아더 미 박사의 파란색 책 10권은 나의 첫번째 보물이 되어 바다를 떠내려온 오렌지 상자 속에 자리잡았다. 그 오렌지 상자는 죽은 사람이 내게 준 것이었다. 내가 읽기를 배울 준비가 되었던 그날 말이다.

나의 첫번째 등반

그때까지 내가 본 가장 큰 산은 도버의 흰색 절벽이었다. 그리고 내가 올라본 가장 가파른 산은 화석을 찾아 올라간 포크스톤의 워렌 산이었다. 그래서 맥스 삼촌과 약혼녀 피오나 숙모가 드디어 우리의 등반 계획을 실행할 때가 왔다고 하자 나는 흥분과 기대로 가슴이 부풀었다.

우리가 오를 산이 도버 절벽보다 더 높냐고 내가 물어보자 맥스 삼촌은 하하 웃더니 우리가 오를 산이 10톤짜리 트럭이면, 도버 절벽이나 워렌 산은 자전거나 마찬가지라고 했다.

"쌀 푸딩을 벼가 가득한 들판과 비교하는 셈이지."

구멍가게에 나가려던 엄마도 거들었다.

"스토닝 산책로를 로디지아에 비교하는 격이기도 하지."

옷가지를 정리하던 외할머니도 한 마디 했다.

나는 조금 생각해보고는 외할머니나 엄마가 하는 말은 내가 알고 있는 산들이 피라미라면 우리가 오를 산은 백상어 정도 되는 것이라고 결론지었다. 하지만 나는 그 말을 입밖에 내지 않았다. 가족들

중에서 피라미를 잡아본 사람은 나밖에 없었고 그것이 얼마나 작은 지를 아는 사람도 나뿐이었기 때문이다.

출발하기 일주일 전 맥스 삼촌은 더스트팬 상점에서 4파인트짜리 분홍색 테레빈유를 사왔다. 삼촌은 그것을 허드레용 통에 담아 부엌으로 가지고 왔다. 그리고는 나를 라피아 잎으로 엮은 외할머니 의자에 앉혔다.

"지미, 너 여기 앉아서 발을 이 통에 담가봐. 날마다 아침저녁으로 15분간, 앞으로 4일 동안 그렇게 해야 돼."

"왜?"

테레빈유는 냄새가 독했다. 휘발유보다 더했다.

"어디선가 읽었는데, 등반가들은 피부를 강하게 단련하고 발에 물집이 잡히지 않도록 이렇게 한다더라. 피오나 숙모도 그 말을 들었는데 효과가 있다고 했어."

"피오나도 자기 부엌에서 날마다 발을 이렇게 테레빈유에 담근단 말이냐? 아침저녁으로?"

외할머니가 의심스런 표정으로 물었다.

"피오나가 아는 사람이 옛날에 그렇게 해서 효과를 많이 봤대요."

맥스 삼촌이 얼굴을 찡그리며 대답했다.

나는 즉시 시키는 대로 했고, 그 때문에 엄마는 냄새 지독한 발자국이 부엌바닥부터 복도를 거쳐 위층으로 올라가는 계단에까지 찍혀 있는 꼴을 봐야 했다. 얼마 후 계단에는 수건이 깔렸다.

그 해에 몸이 별로 좋지 않았던 엄마는 나를 때리거나 소리 지르지 않고 그저 이마에 손을 얹고는 지친 표정으로 엄포를 놓았다.

"너랑 맥스 삼촌이 빨리 등산을 가버리든지 해야 내가 정신을 좀 차리겠구나. 그리고 그렇게 기름범벅을 하려거든 마당에 나가서 하고 발도 걸레로 닦아. 맥스 삼촌 차에도 안 묻게 조심하고. 그렇지 않으면 그 커다란 검은 부츠 못 신게 다리몽둥이를 분질러놓을 테니까."

며칠 후, 맥스 삼촌은 내게 부드럽고 끈적끈적한 왁스가 든 깡통을 줬다. 피혁용 방수기름인 더빈이라고 했다.

"이걸로 해병대에서 준 부츠를 나흘 동안 날마다 문질러라. 그래야 가죽이 유연해지거든. 그때까지는 네 발이 부츠에 적응할 정도로 단련될 거야."

나는 그러겠다고 했다. 그리고 조심스럽게 더빈으로 부츠 안쪽과 바깥쪽을 문질렀다. 기름때로 손톱 밑이 꺼멓게 물들었다. 그것은 닳아도 없어지지 않았지만 어쨌든 냄새는 좋았다.

나흘은 너무 길게 느껴졌다. 발이 점점 더 단단해지자 나는 부츠를 신고 도버 절벽까지 혼자 원정을 나가보기로 했다.

"배든 포얼(영국의 육군장교. 보이스카우트와 걸가이드의 창설자 : 역주)은 보이스카우트 단원들에게 항상 준비를 철저히 하라고 당부하더구나. 그러니 너도 보온병하고 지도를 가져가라. 나침반이랑 비옷이랑 따뜻한 내복도 가져가고. 또…."

외할머니는 그런 식으로 시시콜콜 잔소리를 하다가 결국 필요한 물건들을 모두 가지고 가려면 배낭이 필요하다고 했다. 그리고는 배낭이 없으면 나가서 하나 사주겠다느니 하면서 계속 말을 시켰다.

나는 외할머니 방 창가로 가서 해변을 내다보았다. 내가 연습등반을 할 절벽밖에 보이지 않았다. 나는 외할머니도 내 여행을 앞두고 매우 흥분하고 있음을 알 수 있었다.

마침내 나는 선언하듯 말했다.

"외할머니, 저는 여기 스토닝으로 이사 온 뒤로 저 해변이랑 절벽을 수도 없이 다녔어요. 그 동안 아무것도 안 가지고 다녔단 말이에요. 걷는 거라면 외할머니나 맥스 삼촌을 합한 것보다 제가 더 많이 알고 있어요."

"허, 참!"

외할머니가 기가 막히다는 표정이었다. 나는 카키색 반바지와 셔츠만 입고 부츠를 찾아 신었다. 잔디밭을 향해 출발하려고 하는데, 외할머니가 창문을 여는 소리가 들렸다. 못 말리는 외할머니였다.

"지미! 그럼 내가 뜬 이 양말이라도 신고 가거라."

외할머니가 뒤에서 소리쳤다. 하지만 나는 뒤돌아보지 않았다. 언젠가 외할머니는 듣기 싫은 소리는 듣지 않는 것이 편하다고 얘기했었다. 그날 아침 나는 외할머니 말이 옳다고 생각했다.

부츠는 무겁게 느껴졌고 안에 바른 더빈 기름은 발가락 사이에서 끈적거렸다. 엄마가 더빈은 바깥에만 칠해야 할 거라고 했었는데, 그 말이 맞는 듯했다. 절벽에 다다랐을 때 내 발은 부츠 안에서 이리저리 미끄러지고 있었다.

나는 바닷가 방어시설 옆에 앉아 부츠를 벗고 모래로 발을 닦았다. 그러고 나서 며칠 전에 본 낡은 돛을 찾아왔다. 여기저기 찢어지고 얼룩이 묻어 있는 데다 바람에 말라비틀어진 것이었다. 그 돛을 작은 조각으로 찢어서 부츠 안쪽의 기름을 닦아냈다. 그러고 나서 조금 더 찢어 내 발을 감싼 후에 부츠를 신었다. 마지막으로 부츠 끈을 꽉 매고 발을 흔들어보았다. 그랬더니 소라껍데기에 든 소라처럼 딱 맞았다.

나는 남단 쪽을 돌아보고 스토닝 마을 너머도 바라봤다. 절벽 꼭대기로 이어지는 작은 길도 올려다봤다. 그리고는 다시 걷기 시작했다. 이렇게 생각한 기억이 난다.

"이건 내가 부츠를 신고 시작한 처음 등반이니까, 멋지게 성공해야 돼."

그 여름날 나는 절벽까지 걸어올라갔고, 세인트마가렛 만까지 갔다 왔다. 그 부츠는 나보다 걸음이 빨라서 그것이 어떤 길로 가야겠다고 결심하면 나는 따라갈 수밖에 없었다.

풀밭에는 하늘색 실잠자리가 있었고 붉은개미집도 점점 커지고 있었다. 머리 위 높은 하늘에서는 종달새의 노랫소리가 들려왔다. 푸른 하늘을 날고 있는 그 새들을 보려면 풀밭에 누워 손을 망원경처럼 말아서 그 구멍으로 봐야 했다.

해가 저물고 썰물이 질 대쯤, 나는 지쳐서 해변에 앉아 바다를 바라보고 있었다. 굿윈 사주도 보이고 바다에 떠있는 검은 섬들도 보였다. 언젠가는 프랑스의 그 흰색 절벽에 서보리라 다짐한 적이 있었다.

그때 이상하게 보이는 남자가 내가 앉아있는 도버절벽을 따라 걸어왔다. 그래서 나는 전쟁 때 지어진 참호 속으로 얼른 숨었다. 그는 계속 혼잣말을 하며 지나갔다.

"잘 가, 잘 가, 잘 가, 잘 가."

기어나와서 뒷모습을 보니 대머리였다. 그 사람보다 내가 더 빨리 달릴 수 있을 것 같은 생각이 들자 두려움이 사라졌다. 그를 따라잡았을 때도 그는 여전히 중얼거리고 있었다.

"잘 가, 잘 가, 잘 가…."

"안녕하세요?"

나는 보이스 아저씨처럼 인사를 했다. 그렇게 시작해서 그 사람과 여러 가지 얘기를 나누게 됐다.

"독일 사람들은 한 번도 침략을 하지 않았어. 그렇지?"

그 사람이 말했다.

"하지만 종달새는 항상 죽어나가고 있어. 몇 년 전만 해도 지금보다는 많았는데."

"그랬어요?"

"너 여행 온 거 아니니?"

"저는 어린아인걸요."

그는 바보처럼 소리내어 웃었다.

"나도 오래 전에는 어린아이였지. 아주 오래 전에는. 할 일이 없거든 계속 걸어라. 살아남으려면 그렇게 해야 돼. 나도 그렇게 하고 있지. 내가 할 수 있는 일은 그것뿐이거든. 시간 죽이기에는 그게 좋아."

그리고는 다른 방향으로 몸을 돌려 가버렸다.

"잘 가, 잘 가, 잘 가…."

부츠를 처음 신었던 그날 나는 너무 많이 걸어서 다리가 뻐근했다. 집에 돌아왔을 때는 땅거미가 지고 있었다.

"네 저녁은 찬장에 있다. 엄마는 지금 일하러 가야 되니까 식었어도 그냥 먹어라."

엄마는 앉은 자리에서 나를 돌아보지도 않고 말했다.

엄마는 지역 신용금고의 회계일을 보고 있었다. 내가 부엌식탁에서 차가운 양고기파이를 먹고 있을 때 외할머니가 내려왔다.

"내가 네 양말을 떠났는데, 아까 못 들었니?"

나는 아무 말도 하지 않았다. 그러니 거짓말을 한 것은 아니었다.

"어땠니? 네 등산 이야기 좀 해보렴."

외할머니가 앉으며 물었다.

나는 외할머니에게 내가 겪은 일을 얘기했다. 물집이 하나도 안 생겼고 부츠가 장갑처럼 꼭 맞는다는 얘기까지. 그리고 '안녕안녕' 아저씨에 대해서도 얘기했다.

"어디 네 발 좀 보자꾸나."

외할머니는 좀 이상한 표정으로 내 발을 보더니 웃음을 터뜨렸다. 한참을 웃는 외할머니를 쳐다보던 나는 외할머니가 그렇게 웃은 적이 거의 없었다는 사실을 깨달았다.

"뭐가 우스워요?"

"찢어진 돛으로 발을 감은 게 우습잖니. 아직도 붙어있구나."

발을 내려다보니 정말 그랬다. 찢어진 돛을 떼어낸 발바닥은 더빈과 땀으로 범벅이 되어 있었고, 책에 인쇄된 글씨처럼 돛의 날실과 씨실 자국이 발바닥에 선명하게 찍혀 있었다.

"다음부턴 양말을 신어라."

삼촌과 산에 오를 때는 외할머니가 만든 양말을 신기로 했다.

"산에 언제 가는 거예요?"

삼촌은 한 번도 정확한 때를 알려주지 않았기 때문에 나는 외할머니에게 물었다.

"내일 간단다. 네 삼촌이라면 아마 한낮에나 출발하게 될 거다."

외할머니가 말한 시각이 거의 맞았다.

맥스 삼촌은 그 다음날 피오나 숙모와 함께 와서 몇 가지 물건을 사올 테니 점심 먹고 바로 출발하자고 했다.

"점심은 좋지만 물건 사는 건 안 돼."

피오나 숙모가 단호하게 말했다.

"정각 두 시에 출발해야 돼. 그래야 거기에 10시까지 도착할 수 있어. 차로 여덟 시간 걸리는 거리니까."

나중에 나는 외할머니가 엄마에게 피오나 숙모에 대해 말하는 걸 들었다.

"대단하더라. 맥스한테는 피오나가 꼭 필요해. 그러니 저 녀석이 조금이라도 생각이 있으면 피오나하고 결혼할 거다."

"그렇지만 피오나가 조금이라도 생각이 있으면 맥스하고는 안 하겠죠."

엄마의 대꾸였다.

나는 어떻게 생각해야 될지 몰랐지만 어쨌든 피오나 숙모가 좋았다.

우리가 떠날 때 외할머니와 엄마가 배웅을 나와 잘 갔다 오라고 했다. 나는 엄마도 짐을 싸두었고, 머리를 새로 했다는 것을 눈치챘다. 엄마도 어딘가로 떠날 예정이었는데, 마침 그때 내가 집을 떠나서 엄마는 홀가분했을 것이다.

그러면 외할머니 혼자 집에 남게 된다. 외할머니는 가끔 그렇게 혼자 있는 것이 좋다고 얘기했었다.

"네 외할아버지가 평생 금주운동을 했었지만 가끔은 그 양반도 그걸 깨뜨리곤 했어. 자기 말로는 사과주라고 했지만 말이다. 나는 가끔 집에 혼자 있을 때 외할아버지 마시라고 사과주 한 잔을 따라서 정원 테이블에 놔둔단다. 마치 외할아버지가 거기 앉아 계시는 것처럼 말이다. 그리고 나도 그 자리에 앉아서 외할아버지랑 함께 보낸 즐겁던 날을 회상하지."

"다시 집안으로 들어갈 때 그 사과주는 어떻게 해요?"

내가 물었다.

"마셔야지!"

외할머니의 대답이었다.

우리가 스타힐 쪽으로 가기 위해 도버 가에 접어들었을 때, 나는 해병대의 시계가 두 시를 치는 소리를 들었다. 피오나 숙모 말대로 거의 정각 두 시에 출발한 셈이었다.

"그 뒷자리 괜찮니, 지미?"

맥스 삼촌이 물었고 나는 그렇다고 대답했다.

"자기는?"

삼촌은 피오나 숙모에게는 좀더 다정하게 물었다.

피오나 숙모는 고개를 끄덕이더니 미소를 지었다. 그리고 나를 돌아보며 말했다.

"이건 너 주려고 가져왔어. 여행하는 동안 먹으라고. 우리 아빠도 항상 멀리 여행갈 땐 토피 사탕을 사주셨단다. 하지만 한꺼번에 먹지는 마. 혹시 추우면 거기 네 옆자리에 담요가 있으니까 덮으렴."

우리가 탄 차는 뚜껑이 열리는 차였기 때문에 문 쪽으로 머리를 기대면 창문을 타고 휘돌아 내려오는 바람이 얼굴을 스쳤다. 나는 처음에는 빠른 속도로 달리는 차 안에서 길가 풍경을 똑똑히 보려고 애를 썼지만 나중에는 흐릿하게 지나가는 모습을 즐겼다.

토피사탕 껍질을 천천히 벗기면서 맛있는 냄새를 음미하던 기억이 지금도 난다.

담요를 두르자 피오나 숙모가 나를 안아주면서 풍기던 냄새가 났다. 나는 숙모한테서 풍기던 여인의 향을 좋아했다. 하지만 그것은 암흑시절 이전에 내가 기억하던 냄새와는 달랐다.

맥스 삼촌의 차가 속력을 내며 달리기 시작하자 나는 그 행복한 느낌을 한 번도 느껴보지 못했고 앞으로도 그럴 가능성은 없으리라 생각했다.

그 다음으로 내가 기억하는 것은 땅거미가 질 무렵 주유소에서 깨어나던 일이다. 앞자리에서는 피오나 숙모가 잠들어 있었다.

"아직 멀었어요, 삼촌?"

"두 시간은 더 가야 돼."

"아직 산이 하나도 안 보여요?"

"아직 멀었어. 내일 아침이나 돼야 보일 거다."

그 후, 삼촌이 비몽사몽인 나를 데리고 호텔 안으로 들어가던 기억이 난다. 그리고 나를 '손님'이라 부르던 검은 양복을 입은 남자가 쟁반에 저녁식사를 가져와 식탁에 놓던 기억도 난다.

자다가 깨어나보니 옆 침대에 삼촌이 잠들어 있었다. 나는 화장실이 급했지만 움직일 수가 없었다. 밖에서 들리는 새소리는 집에서

신발 잃은 소년 〈1〉 141

들을 때보다 훨씬 크고 노랫소리도 달랐다. 그 새들은 갈매기처럼 깩깩거리며 울지 않았다. 나는 절망적인 심정이 되어 복도에서 울리는 시계 종소리를 세고 그 다음 종소리를 기다렸다. 그리고 배관파이프에서 나는 삐거덕거리는 소리에도 귀를 기울였다. 그러면서 침대에 오줌을 누지 않기 위해 안간힘을 쓰며 주먹을 꼭 쥐었다. '내가 이불에 오줌을 싸면 맥스 삼촌은 창피해서 나를 다시 집으로 데려갈 거야.'

설상가상으로 밖에서는 끊임없이 강물 흐르는 소리가 들렸다. 졸졸졸. 그 소리를 들으니 화장실이 더더욱 가고 싶었다. 하지만 새벽이 오자 나는 이것은 원정이기 때문에 어떤 어려움이라도 스스로 해결해야 한다는 것을 깨달았다. 외할머니가 한 말이었다.

그래서 나는 복도로 나가 발뒤꿈치를 들고 화장실을 찾았다. 우스운 것은 그렇게 안간힘을 쓰다가 갔는데도 오줌은 별로 많이 나오지 않았다는 것이다. 다시 방으로 돌아오다 보니 복도 창가의 레이스 달린 커튼이 바람에 흔들리고 있었다.

나는 창가로 다가가 내가 처음으로 오를 산을 바라봤다. 그것은 하늘 높이 치솟아 꼭대기에 구름이 걸려 있었고, 산과 나 사이에는 계곡과 숲이 여러 개 있었다. 흐릿한 새벽빛을 받으며 우뚝 서 있던 그 산은 가깝게도 보이고 멀게도 보였다. 창문만 열면 손에 닿을 듯 가깝게 보였다가도 평생을 걸어야 닿을 것처럼 까마득하게 보이기도 했다. 해가 점점 더 높이 솟아 산이 환하게 보일 때까지 나는 넋을 잃고 그 산을 바라봤다.

"맥스 삼촌!"

나는 방으로 돌아와 외쳤다.

"복도 저쪽에 산이 하나 보여요."

삼촌은 한 쪽 눈을 뜨고 나서 다른 쪽 눈을 떴다. 그리고 나를 쳐다봤다.

"지금 몇 시니?"

그가 웅얼거렸다. 그리고는 이렇게 물었다.

"산이 하나 보인다고? 하나뿐이야?"

"하나는 크고 여러 개가 모여 있으니까 엄청 커요."

삼촌은 씩 웃더니 침대에 일어나 앉았다.

"창가에 서서 눈을 감아봐."

나는 창가로 가서 눈을 감고 섰다. 그리고 삼촌이 커튼을 당겨 여는 소리를 듣고 눈을 떴다.

창문은 산을 그린 한 폭의 풍경화였다. 봉우리와 계곡, 검은 절벽, 군데군데 보이는 푸른 숲, 그 위로 해가 빠르게 떠오르고 있었다. 봉우리들은 어찌나 높은지 꼭대기까지 오르려면 수십 년이 걸릴 것 같았다. 스토닝과 해변에 밀려드는 파도가 까마득하게 느껴졌다.

"저 산들이 에드문드 힐러리가 에베레스트에 오르기 전에 등반 연습을 했던 곳이야. 저 큰 산이 스노든이고 저 산들을 다 합해서 스노도니아라고 하지."

삼촌이 말했다.

피오나 숙모는 아래층에서 먼저 아침을 먹고 있었는데, 우리가 가자 내가 바깥 풍경을 바라볼 수 있도록 자리를 옮겨 앉았다.

"정확히 9시 30분에 출발할 거야."

그녀가 말했다.

"여기에서 점심을 싸준대. 나중에 등산 장비를 말릴 수 있는 건조

실도 있어. 지미, 호텔 안에서는 부츠 신으면 안 돼."

맥스 삼촌은 등산용 바지를, 피오나 숙모는 트위드직물로 된 폭넓은 반바지를 입었다. 나는 카키색 반바지를 그대로 입었다.

"그대로 입고 가도 될 거야. 오늘은 날씨도 따뜻하고 비도 안 오니까."

맥스 삼촌이 말했다.

"그리고 부츠가 괜찮을지 조금만 걸을 거야. 오후에 좀더 따뜻한 걸 사줄게."

나는 외할머니가 만들어준 양말을 신었고 배낭에는 스웨터와 내 몫의 점심 그리고 호텔 여직원들이 싸준 초콜릿 바와 사탕 한 봉지를 넣었다.

우리는 높은 산을 향해 한동안 걸었다. 계곡은 한쪽은 부드럽게 곡선을 이루고 다른 한쪽은 가파른 사면을 이루었다. 들판에는 얼굴과 다리가 검은 양들이 있었다.

"저 양들은 왜 다리가 검은색이에요?"

내가 물었다.

"바다양이라 그래. 검은 부분은 바닷물에 잠겨 있어서 그런 거고."

삼촌이 씩 웃고 있는 것을 못 봤다면 그 말을 그대로 믿었을 것이다. 삼촌과 피오나 숙모는 영화포스터에 나오는 배우들처럼 계속해서 마주보고 걸었다. 반대로 나는 해변에서 그랬듯이 하나 둘, 하나 둘, 하나 둘, 속으로 되뇌며 전쟁영화에 나오는 군인처럼 묵묵히 걷기만 했다. 마치 주위에 독일군이라도 있는 것처럼 말이다. 그러다가 점차 그 일도 잊어버리고 주위 풍경을 감상했다.

우리는 좁은 길로 들어섰다. 호수 두 개를 연결하고 있는 작은 개울을 가로질러 다리 하나가 놓여 있었다. 우리는 그 다리를 건너 울창한 숲으로 들어갔다. 그 숲의 나무는 온통 이끼에 덮여 있었다. 고즈넉하고 어두운 초록색 세상이었다. 공기는 시원하고 달콤했다. 나는 바위투성이 길을 오를 때 딱 한 번 넘어졌는데, 그 후로는 발아래를 잘 보고 다녔다. 하나 둘, 하나 둘.

"지미, 좀 쉬었다 가자!"

걸음을 멈추고 돌아봤더니 맥스 삼촌과 피오나 숙모가 나란히 서서 지나온 풍경을 감상하고 있었다. 걸을 때는 몰랐는데 그렇게 돌아보니 꽤 멀고 높은 데까지 와 있었다. 아까 봤던 작은 호수가 저 아래 아주 조그맣게 보였다. 건너온 다리는 거의 보이지도 않았다. 나는 우리가 지나온 길을 눈으로 훑어봤다. 우리가 묵었던 호텔의 굴뚝에서 연기가 피어오르고 있었다.

굴뚝 뒤로는 그보다 높게 스노든 산이 솟아 있었다. 그것은 밖에서 올려다본 스토닝 성처럼 거대하고 어두워보였다. 얼굴에 잔잔한 미풍을 느끼며 계곡과 산등성이를 둘러보니 바람을 타고 훨훨 날아다니는 제비갈매기가 된 기분이 들었다. 바람이 내 머릿속으로 불어와 암흑시절의 기억을 모두 날려버릴 것 같았다. 그렇게 상쾌한 바람이었다.

"지미가 저렇게 기분 좋고 행복해 보이는 건 처음 봐요."

피오나 숙모의 말소리가 들려왔다.

"강아지가 따로 없군. 지친 기색 하나 없이 앞서서 달려가는 것 좀 봐."

맥스 삼촌의 대꾸였다.

두 사람이 내 얘기를 한다는 것을 알고 있었지만 나는 신경 쓰지 않았다. 좋은 얘기를 하고 있었으니까. 내가 그들에게 귀찮은 존재가 아니라는 걸 알 수 있었다. 나는 기분이 좋아서 달리며 소리쳤다.

맥스 삼촌의 웃음소리가 들려서 돌아보니 두 사람은 팔짱을 낀 채 나를 올려다보고 있었다. 피오나 숙모가 손을 흔들자 나도 손을 흔들어주었다. 그리고 다시 위를 향해 올라가기 시작했다.

"너무 멀리 가지 마라!"

맥스 삼촌이 소리쳤다.

우리는 계속해서 하나 둘, 하나 둘, 올라갔다. 도중에 만나는 양들이 항상 일어나서 길을 비키는 것을 본 후로는 그것들이 무섭지 않았다. 양들은 투덜거리듯 서로에게 조심하라고 알려줬다. 바닷가에서도 사람이 가까이 가면 새들이 서로 조심하라고 알려주듯이 말이다. 그래서 그것들에게 아주 가까이 가는 것은 거의 불가능하다.

우리는 잠시 걸음을 멈추고 간식을 먹었다.

맥스 삼촌이 내게 피곤하냐고 묻자 나는 그냥 머리만 저었다. 그리고 초콜릿을 먹었다. 나는 항상 혼자였기 때문에 밖에서 말하는 것이 익숙지 않았다. 하지만 두 사람이 가까이 있는 데서 조용히 앉아 있으니 좋았다.

"얼른 산꼭대기에 오르고 싶어요."

내가 말했다.

피오나 숙모는 하늘로 눈을 돌리더니 구름의 움직임을 지켜봤다. 나는 비가 올 것 같지는 않다고 했다.

"네가 그걸 어떻게 아니?"

나는 보이스 아저씨와 읽기를 배우기 훨씬 전부터 하늘을 읽는 법을 배웠다. 그래서 비가 올 것 같은 낌새를 금방 알아차렸다. 머리카락을 날리는 바람의 방향만 봐도 알 수 있었다.

"그냥 알아요."

"그럼 어서 꼭대기를 오르자."

맥스 삼촌이 말했다.

마지막 코스는 온통 바위투성이어서 징 박힌 부츠에서 덜거덕거리는 소리가 났다. 나는 미끄러지지 않으려고 비어있는 공간과 바위틈에 발을 디디며 걸었다.

"지미, 너 꼭 산양 같다."

아래쪽에서 삼촌이 소리쳤다.

"우리랑 천천히 가자. 너무 빨리 가니까 네가 안 보이잖아."

산 정상에 가까이 가니 앞쪽에 돌무더기가 보였다. 바로 정상을 나타내는 표시였다. 갑자기 바람이 세지고 추워졌다. 다리에는 소름이 돋았다. 나는 걸음을 멈추고 스웨터를 꺼내 입었다.

맥스 삼촌이 말했다.

"너를 따라오다 보니… 정상에 거의 다 왔구나."

그곳에 서니 에드문드 힐러리가 된 기분이 들었다. 그래서 힘에 겨운 듯 숨을 천천히 쉬었다. 마치 에드문드 힐러리가 에베레스트에 올라 힘겹게 산소를 들이마시는 것처럼.

정상 직전의 코스는 쉬웠다. 시야가 멀리까지 확 트였기 때문이다. 산등성이가 내 발 아래서 끝없이 멀리 펼쳐져 있었다. 그날 나는 암흑시절에서 벗어나 그렇게 산에 올랐고, 내 마음은 노래하고 있었다. 며칠 후든 몇 년 후든 내가 다시 올라올 수 있는 장소를 발견했기 때문이다. 스토닝 해변처럼 그것은 항상 그 자리에 있을 것이었다. 좋은 기억은 떠올리고 나쁜 기억은 떨쳐버릴 수 있는 장소로서 말이다.

우리는 바람을 피하려고 바위 뒤에 앉아 스노든 산을 바라보며 점심을 먹었다. 먹는 동안에는 별로 얘기를 하지 않았다. 삼촌의 손이 피오나 숙모의 손을 잠시 잡고 있는 동안 나는 내 어깨에 닿아 있는 맥스 삼촌의 어깨를 느끼고 있었다.

"피곤하니?"

두 사람이 물었다.

피곤하지 않았다. 나는 오래 전부터 해변을 돌아다닌 덕에 걷는데는 이골이 나 있었다. 그래서 지치지 않고 오래 걷는 법도 터득하고 있었다.

"산은 멍청하거나 아주 운이 없을 때만 위험한 법이지."

맥스 삼촌이 말했다.

"바다처럼. 해변으로 밀려들어오는 파도처럼."

내가 말했다.

"지미, 무슨 뜻이니?"

피오나 숙모가 물었다. 숙모가 내게 질문을 하는 것은 정말 내 대답을 듣고 싶어서였다.

나는 사나운 바람이 불 때 해변을 따라 걷는 법을 설명했다. 그리고 파도가 갑자기 밀려오는 것을 미리 알려면 귀를 기울여 그 소리를 들어야 한다는 것도 말해줬다.

"그럴 땐 아무도 구해줄 사람이 없기 때문에 자기 몸은 자기가 지켜야 돼요."

"파도에 휩쓸린 적 있어?"

나는 고개를 끄덕였다. 그리고는 파도가 얼마나 세게 밀려왔는지, 그리고 균형을 잃고 다음에 밀려온 파도에 어떻게 휩쓸렸는지 이야기했다. 나는 다리를 휘감으며 밀려오던 파도를 기억하고 있었고, 정신 차리지 않으면 익사할지도 모른다고 생각했던 일도 기억하고 있었다. 하지만 무서운 건 아니었고 그저 나 자신한테 화가 났다. 나는 파도가 성난 사자처럼 으르렁거리며 위로 솟아오르며 다가오기를 침착하게 기다렸다. 파도는 무서웠지만 바다가 무섭지는 않았다.

나는 위로 솟구쳐 파도와 만났고 그 파도를 타고 다시 해변으로 밀려올라갈 수 있었다. 나를 영원히 바다 쪽으로 끌어가려는 썰물에 맞서 죽을힘을 다해 개헤엄을 치면서 말이다. 그렇게 해서 나는 걸레 같은 꼴로 해변으로 밀려올라갔고 엉금엉금 기어서 파도가 닿지 않는 곳까지 갔다. 거기서 잠시 숨을 돌리며 앉아있었다.

엄마는 흠뻑 젖어 들어온 나를 때렸고 나는 코피를 흘렸다. 하지만 목숨을 부지한 대가라 생각했다. 마이클 형은 마른 땅에서 바다에 빠지는 것보다 멍청한 일은 없을 거라며 놀렸다. 하지만 형은 내가 원래 멍청하다는 것을 알고 있었기 때문에 새삼스러운 일은 아니었을 것이다. 그날 밤 나는 일찍 잠자리에 들었는데 너무 몸을 떨어서 침대가 벽에 콩콩콩 부딪혔다. 하지만 다음날에도 나는 해변에 나가 파도 가까이 걸었다. 그리고 계속 중얼거렸다.

"아니야, 아니야."

내가 멍청하다니. 난 안 멍청해.

바람을 피해 바위 뒤편에 앉아 점심을 먹으면서 나는 두 사람에게 그때의 일을 모두 털어놓았다. 외할머니와 있을 때처럼 얘기가 술술 나왔다.

"다리를 떨고 있네."

피오나 숙모가 카디건으로 내 다리를 덮어주며 말했다.

"내려가면 등산용 바지 꼭 사줘야겠다. 지미, 멍청하다는 말, 그건…."

피오나 숙모는 기분이 언짢아보였다.

"그건… 너하고는 상관없는 말이야. 넌 절대 안 멍청해."

"이 산 이름이 뭐예요?"

내가 물었다.

"모일 섀보드."

삼촌이 대답했다.

"네 첫번째 산이구나."

"여기 좀더 앉아 있어도 돼요?"

나는 그날 그 순간을 잊고 싶지 않았던 것이다. 절대로.

내가 앉아있는 동안 삼촌과 숙모는 일어나서 산등성이를 따라 조금 걸어갔다. 나중에 가보니 두 사람은 풍경을 바라보며 나란히 서 있었다. 삼촌은 숙모 어깨에, 숙모는 삼촌 허리에 팔을 두르고 있었다. 그들은 두 사람이었지만 바싹 붙어 있어서 한 사람처럼 보였다. 그들은 입을 맞추고 얘기를 하다가 다시 입을 맞췄다. 그리고 미소를 지으며 다시 돌아왔다.

햇빛을 받으며 산을 내려오는 동안 나는 한두 번 넘어졌고 그때 부츠가 작은 시냇물에 빠지기도 했다. 큰길에서 호텔 방향으로 가는 농부의 차를 얻어타고 우리는 슬람베리스라는 곳에서 내렸다. 삼촌과 숙모가 그곳 가게에서 사준 등산 바지를 나는 일주일 내내 입고 다녔다.

등반할 때마다, 신선한 돌풍을 만날 때마다, 그리고 휘몰아치는 비를 만날 때마다 나는 내 안에서 뭔가가 자라고 있음을 느꼈다. 누구도 빼앗아갈 수 없는 뭔가가.

마지막 날, 스노든을 오르는데 구름이 점차 낮아지더니 비가 내렸다. 우리는 계곡에서 비가 그치기를 기다리다가 슬레이트 폐광을 발견했다. 그래서 100년 전에 만들어진 그 굴 입구에서 비를 피했다. 내려오는 길에 우리는 이슬비 때문에 길을 헤맸는데, 호텔이 보이기 시작할 무렵에는 몹시 춥고 지치고 배가 고팠다.

"지미, 넌 한 번도 불평을 하지 않는구나. 일주일 내내 한 번도."

피오나 숙모가 마지막 등반에서 말했다.

나도 왜 그런지는 알 수 없었다. 암흑시절이 내게서 모든 불평을 앗아가 버린 것 같았다. 몸이 따뜻해지고 편안해지고 허기를 면하기까지는 금세였다. 하지만 내가 암흑시절에서 벗어나는 데는 영원에 가까운 시간이 걸렸다.

"전 괜찮아요. 뭐든지 다 좋아요."

내가 말했다. 내 부츠는 진흙땅에서 질척거리고 있었다.

다음날 아침 구름은 더 낮아지고 바람도 찼다. 맥스 삼촌이 차에 짐을 싣고 있을 때 호텔 식구들이 우리를 배웅하러 나왔다. 그들은 삼촌이 코닥카메라로 사진을 찍도록 숙모와 내 옆에 나란히 섰다. 삼촌은 두 장을 찍었다. 내가 뒷좌석으로 올라타 자리를 잡자 차가 출발했다.

피오나 숙모는 내게 담요를 내줬고 집으로 가는 동안 먹으라고 토피 사탕도 한 봉지 꺼냈다. 나는 지나가면서 스쳐가는 산을 바라봤다. 그리고 바다양에게 잘 있으라고 손을 흔들었다.

할 말은 없었지만 생각할 것은 많았다.

"지미, 괜찮니?"

피오나 숙모가 뒤를 돌아보며 물었다.

나는 고개를 끄덕이며 말했다.

"데블스 키친에는 못 가봤네요."

숙모는 웃더니 다음에 가자고 했다.

나는 그냥 웃었다.

숙모와 삼촌이 얘기를 나눌 때 보니 숙모의 왼손에 밝게 빛나는 다이아몬드 반지가 끼워져 있었다. 그날 아침 두 사람은 자신들이 결혼하기로 했으며, 그 사실을 내게 처음 알려주는 거라고 했다.

숙모가 내게 좋으냐고 묻기에 나는 좋다고 했다. 하지만 지금은 생각이 좀 달라졌고 그 이유는 모르겠다. 나는 지나가면서 모일 새 보드를 꼭 보고 싶었지만 안개가 너무 짙어서 보이지 않았다. 그것은 내 첫 번째 산이었다. 구름보다 높은 그 산을 오르면서 나는 암흑 시절을 잠시나마 잊고 새로운 빛을 만났다. 뒷자리에 푹 파묻혀 토피사탕의 껍질을 벗겨 입에 넣고 눈을 감으니, 산으로 오르는 길이 모두 기억났다. 꼭대기까지 모두. 그리고 거기에서 내려다본 풍경도.

하지만 내가 먼저 기억했어야 할 일이 있었다. 사람들에게 좋은 소식이 있을 때 뭐라고 말해줘야 하는지를 외할머니가 가르쳐 줬는데 잊고 있었던 것이다. 나는 몸을 기울이며 피오나 숙모가 나를 돌아보도록 어깨에 손을 얹었다.

"음, 왜?"

"축하해요."

"고마워."

숙모가 온화한 목소리로 말했다.

그 일주일은 기억할 만했다. 모든 일이 제대로 돌아가고 있다고 느껴졌고 사실 제대로 돌아가고 있었다. 내 인생에서 가장 행복했던 한 주였다. 하지만 삶이란 게 항상 그대로인 것은 아니다. 한 순간도 똑같지 않고 놀랄 일로 가득 차 있다.

몇 달 뒤, 엄마는 맥스 삼촌과 피오나 숙모가 조용히 결혼식을 치른 뒤 퀸메리 호를 타고 미국으로 아주 떠났다고 했다.

그날은 학교 수업이 있는 날이어서 나는 외할머니와 엄마가 배웅 나가는 사우샘프턴으로 따라가지 못했다. 하지만 학교에서 돌아온 나는 동네 사람들이 어떻게 생각하건 개의치 않고 부츠와 등산바지를 입고 집에서 나왔다. 그리고 도버 절벽으로 올라가 거기서 삼촌과 숙모에게 작별인사를 했다. 그것은 내 결혼선물이 되어버렸다. 나는 바다 건너 프랑스 땅에 있는 흰색 절벽을 바라보며 먼 훗날 내가 그곳으로 떠날 날을 그려보았다.

그리고 웨일즈에서 보낸 즐거운 시간들을 회상하며 오래도록 서 있었다. 피오나 숙모와 함께 웃었던 순간, 맥스 삼촌이 침실 창문의 커튼을 열고 내가 평생 잊지 못할 풍경을 보여주던 순간….

나는 프랑스가 검은색 형상으로 남을 때까지, 그리고 배의 불빛들이 켜질 때까지 거기에 서 있었다.

그리고 나서 집으로 돌아와 등산바지와 부츠를 내 침실 옷장에 넣어두었다. 그리고 한동안 산에는 안녕을 고했다.

산 로마노 전투

9월 1일에 나는 기숙학교에 보내졌는데, 거기서
는 파도소리도 들을 수 없었고 바다 냄새도 맡을 수 없었다. 그 학교
의 교장은 프랭크스 선생님이었고 지리학 교실에는 런던 내셔널 갤
러리의 유명한 그림인 <산 로마노 전투>의 복제품이 걸려 있었다.
그 그림과 프랭크스 선생님은 나를 경이로운 미술의 세계로 인도해
주었다. 또한 그 그림 덕분에 나는 운동경기에서 나의 첫번째이자
유일한 그리고 마지막이 된 승리를 거머쥐었다.

그 학교는 눈스턴 남자 예비학교로서 부모와 살기 힘든 학생들이
그곳에 다니는 경우가 많았다. 어떤 부모들은 외국에 있어서, 어떤
부모들은 자식을 돌보는 것보다 다른 일을 하고 싶어서 보냈다. 우
리 엄마처럼.

나는 서운하지는 않았지만 엄마가 왜 나를 거기에 보냈는지를 몰
랐다. 엄마는 나를 잊은 건 아니었지만 내 생각을 많이 하는 것도 아
니었다. 학교에서 나를 못살게 구는 애들은 없었지만 어떤 선생님이
내 고추를 만진 적이 있었다.

훗날 생각해보니, 그 이상한 학교에서 학습 면에서는 별로 배운 것이 없지만 다른 면에서는 상당히 많은 것을 배운 것 같다.

학생들은 모두 밤색 교복을 입어야 했다. 용이 그려진 모자와 용이 새겨진 배지가 달린 상의, 회색 바지, 밤색 넥타이, 검은색 신발과 회색 울 양말이 그것이었다. 외할머니는 양말이 흘러내리지 않도록 밴드를 만들어주었다.

우리는 런던의 지정 공장에서 만든 이름표를 모든 소지품에 부착해야 했다. 내 이름표에는 성 다음에 콤마가 찍혔고 그 다음에는 제임스라고 적혀 있었다. 사람들은 모두 나를 지미라고 불렀는데 말이다. 그래서 나는 학교 다니는 동안 아무도 부르지 않는 이름을 달고 다녔다. 엄마는 그런 일을 하찮게 생각해서 내버려 두었기 때문이다. 이름표는 엄마가 직접 달아주었지만 항상 그렇듯 너무 서두르는 바람에 비뚤어지고 오그라지게 달아졌다. 다른 친구들 것과 비교해보니 너무 보기 흉했다. 그래서 나는 가능한 한 그것을 다른 사람 눈에 띄지 않게 하려고 애를 썼다.

스토닝에서 교복을 살 수 있는 곳은 단 한 군데, 하이 가에 있는 비븐앤래인즈라는 양복점이었다. 엄마는 가격을 보고 학교와 양복점이 작당해서 자기처럼 먹고살기 바쁜 부모들한테서 돈을 갈취하고 있다며 분개했다.

엄마는 결국 럭비셔츠를 손수 해결하기로 결심했다. 너무 비싸서 사줄 형편이 안 된다는 것이다. 엄마는 원래 알뜰한 편이 아니었음에도, 캔터베리에 있는 가게에서 흰 셔츠를 헐값에 사서 난로 위에 철양동이를 올려놓고 염색을 했다.

나중에 엄마는 내 럭비셔츠를 햇볕에 널어 말리면서 돈을 많이 절약했다며 좋아했다. 안타깝게도 이때부터 엄마는 돈을 아끼는 일에 팔을 걷어붙이고 나섰다. 내 교복 셔츠를 만들겠다며 재봉틀을 꺼내고 회색 천을 사오기까지 했다. 그리고는 줄자로 내 목 치수를 쟀다.

"이상하네. 네 목이 형보다 더 굵어. 줄자가 잘못됐나 보다."

엄마는 바느질 솜씨가 형편없었다. 옷깃 양쪽이 다르게 만들어져서 넥타이를 매고 나면 비뚤어지게 놓였다. 게다가 맨 위 단추를 채우면 옷깃이 너무 꽉 당겨져서 목이 졸리기까지 했는데, 엄마는 그게 내가 잘못 매서 그런다는 것이다.

"그렇게 죄는 게 아냐."

처음 등교하는 날 아침, 넥타이를 맸을 때 옷깃이 자꾸 일어서는 것을 보고 내가 걱정하자 엄마는 신경질을 내며 무마시키려고 했다. 엄마의 인색함 때문에 나는 학교에 다니는 동안 한 번도 말쑥한 차림을 해보지 못했다. 내 교복들은 다른 학부모들한테서 샀는데 처음에 산 것은 겨드랑이도 너무 꽉 끼었고 바지도 사타구니 근처가 죄어서 걸을 때 오리 같은 자세가 되었다.

"아, 그거면 되겠네요."

다른 학생의 엄마가 교복을 가져와서 내 몸에 대보자 엄마는 사근사근한 목소리로 말했다.

"지미, 재킷 어떠니?"

엄마는 비둘기가 구구거리듯이 말했다.

"좀 죄어요."

엄마 눈빛이 날카로워졌다. 엄마는 다른 사람들 앞에서 망신당하는 것을 아주 싫어했다. 거짓말을 하는 수밖에 없었다.

"그런 좋은 학교에 보내주는 걸 고맙게 생각해."

엄마는 내 기분은 아랑곳하지 않고 그 학교에 보내주지 못하는 다른 엄마들하고만 비교했다. 돈만 아낄 줄 알았지 남을 배려하는 일에는 관심이 없었다. 조금만 더 수고하면 돈 들이지 않고도 다른 사람한테서 내 치수에 맞는 교복을 구할 수 있었을 텐데 말이다. 결국 나는 헌 바지와 재킷을 받고 엄마는 그 아줌마에게 돈을 줬다. 그리고는 현관에서 속삭이며 무슨 얘긴가를 나눴다.

그 아줌마가 가버리자 내가 물었다.

"그 학교에 내가 아는 사람도 다녀요?"

"네 형."

나는 마음이 무겁게 가라앉았다.

이렇게 해서 나는 형과 같은 학교에 다니게 되었다.

마이클 형은 기숙사에 있었지만 나는 매일 통학을 했다. 엄마는 '그 사람'이 내 기숙사비를 보내주지 않기 때문이라고 했다. 스토닝에서는 나처럼 통학하는 학생이 없어서 나는 혼자서 매일 러거 가에서 이스트 캔드로드 운수회사의 2층 버스를 타야 했다. 나는 항상 2층 오른쪽 맨 앞자리에 앉았다. 그래야 전망이 제일 좋고 모어턴을 막 지나서 언덕을 질주할 때는 마치 공중을 날아가는 듯한 느낌이 들면서 속이 울렁거리기 때문이었다.

큰 건물 하나로 된 학교는 원래 어느 귀족의 시골 저택이었는데 숲속으로 난 작은 길을 따라 한참 들어간 곳에 있었다. 웅장한 정문은 학부형들이 사용했고 스포츠장비를 넣어두는 창고와 쓰레기통이 있는 뒷문은 학생들이 사용했다. 중앙복도의 바닥은 색깔 있는 타일을 바둑판모양으로 배열한 빅토리아 양식이었다. 그런데 타일에서는 광택제 냄새와 끓인 채소 냄새가 났다. 우리는 '냄새'라고 하지 않고 '악취'라고 했지만 말이다. 그 말이 더 세고 정확한 표현이었다.

처음 두 학기 동안 우리 담임선생님은 노버트 선생님이었다. 나는 파란색 트위드 치마를 입은 그 선생님의 펑퍼짐한 엉덩이에 펜촉으로 잉크를 튀기기도 했다.

노버트 선생님에게는 내가 싫어하는 면이 많았고 움직이는 것도 굼떴다. 그녀에게 배운 건 하나도 기억이 안 난다. 단 한 가지도….

하지만 그녀가 나를 좋아한 것은 확실했다. 그래서 내 볼을 그 통통하고 불그스름한 손으로 어루만지곤 했다. 그럴 때마다 나는 그 손길을 요리조리 피했다. 내 친구 중에 조지 켈러만이라는 애가 있었는데, 선생님은 그 애도 나처럼 쓰다듬었던 것 같다.

언젠가는 내가 집에서 제대로 못 먹고 산다고 생각했는지 자신의 아침을 나한테 가져왔다. 나를 먹이기 위해 가져왔다고 했으니 나는 할 수 없이 잘 먹겠다고 했다. 선생님은 교탁에 나이프와 포크, 물 한 잔과 함께 차갑게 굳은 스크램블을 놓았고 나는 아이들이 모두 보는 앞에서 그것을 먹어야 했다. 며칠 후에 나는 선생님이 없는 사이 그것을 라디에이터 뒤쪽에 던져버렸다.

"오늘은 빨리 먹었구나."

돌아왔을 때 선생님이 말했다.

"네."

나는 다른 아이들이 아무 말도 하지 않기를 바라며 그렇게 대답했다. 아무도 말하지 않았다. 하지만 노버트 선생님은 뜨거운 라디에이터 뒤쪽에서 나는 냄새 때문에 내 소행을 알아차렸고 그 후에는 내게 점심 가져다주는 일을 그만뒀다.

나를 못살게 구는 아이가 한 명 있었는데, 그 짓은 며칠 간 계속됐다. 나는 노버트 선생님이 그것을 보고도 말리지 않은 것을 기억하고 있다. 선생님 눈에는 그것을 즐기는 듯 재밌다는 표정이 어려 있었다. 확실히 머리가 어떻게 된 선생님이었다.

어느 날 아침 그 녀석은 평소보다 심하게 나를 괴롭혔다. 그때도 노버트 선생님이 평소처럼 우리를 지켜보고 있다는 것을 알게 되자 암흑시절이 다시 떠올랐다. 나는 문손잡이를 잡고는 있는 힘을 다해 그 녀석에게 문을 부딪쳤다. 문과 벽 사이에 있던 그 녀석은 문에 맞고 벽으로 밀려가더니 거기에 찧고 바닥에 쓰러졌다. 노버트 선생님은 비명을 질렀지만 나를 벌주지는 않았다. 켈러만과 다른 아이들이 평소 그 녀석이 나한테 한 행실을 얘기하며 그 정도는 당해도 싸다고 했기 때문이다. 그 후로는 아무도 나를 건드리지 않았고, 노버트 선생님도 나를 모르는 체했다. 딱 한 번만 제외하고는.

그 날은 본파이어 나이트(1605년, 카톨릭을 박해하던 제임스 1세를 암살하려던 카톨릭 교도들의 계획이 실패로 끝났는데, 그 사건을 모닥불을 피워 기념하는 날 : 역주) 다음 날인 11월 6일이었다. 쉬는 시간에 켈러만과 나는 꺼진 모닥불을 가지고 놀았다. 한창 놀고 있을 때 수업종이 울려서 우리는 더러운 손을 씻지도 못하고 교실로 급히 뛰어들어갔다.

청결함을 신앙심 다음으로 중요시하던 노버트 선생님은 화가 났다. 그래서 다른 학생들에게 조용히 공부하고 있으라고 하고는 우리 둘을 위층에 있는 욕실로 데려갔다.

두 욕실에는 다뉴브와 갠지스라는 유명한 강 이름이 붙어 있었는데, 선생님은 우리를 각자 다른 욕실로 들여보냈다.

노버트 선생님은 먼저 나를 따라와 커다란 욕조에 물을 채우고는 옆 갠지스실에 갔다 올 테니 옷을 벗고 있으라고 했다. 옷을 벗은 나는 다음에는 무엇을 해야 할지 몰라 그대로 서 있었다. 내 고추는 추위에 움츠러들고 있었다. 그녀가 다시 돌아와서 나를 보더니 너무 지저분하다고 하며 '욕조에 들어가라'고 했다.

그녀는 우리들이 싸우는 모습을 지켜볼 때와 똑같이 굶주린 눈빛으로 내 고추를 쳐다보며 지저분하다고 했다. 선생님이 비누로 내 고추를 문지르며 더럽다고 말했던 기억이 난다. 옷을 입고 모닥불에서 놀았기 때문에 거기까지 더럽혀질 리가 없는데 말이다.

욕실 벽에는 솔이 하나 걸려 있었는데, 선생님은 느닷없이 그것을 들고 내 고추를 문지르려고 했다. 내가 너무 놀라서 쳐다보자 그녀는 갑자기 다른 욕실로 가버렸다. 나는 내 몸에서 유일하게 지저분했던 손을 씻고는 욕조에서 나와 옷을 입고 급히 교실로 들어갔다.

노버트 선생님은 그 다음 학기 중에 갑자기 학교를 그만두었다.

통학버스가 학생들을 귀가시킬 때 정차하는 곳은 두 군데였다. 한 군데는 학교 정문이고 다른 한 군데는 들판 건너편이었다. 5시가 넘으면 들판 건너편에서만 정차했다. 그래서 나는 학교에서 늦게까지 시합을 하거나 숙제를 한 날에는 혼자서 진입로를 한참 내려가서 어두운 들판을 가로지른 뒤 잡목숲을 지나 인적이 드문 버스 정류장까지 걸어가야 했다.

버스 정류장에는 말라죽은 관목이 하나 있었는데, 땅거미가 지는 저녁 무렵에는 마치 줄리어스 시저의 머리처럼 보였다. 금방이라도 움직일 것 같아서 겁이 났지만 거기서 다시 되돌아가는 것보다는 그대로 지나가는 편이 나았기 때문에 나는 고개를 반대쪽으로 돌리고 계속 걸어갔다.

버스 정류장까지 1.5킬로미터 정도를 걸어야 했다. 그 길을 가는 동안 나는 울타리 저쪽에서 나를 마중 나온 사람이 있으면 좋겠다는 생각을 하기도 했고, 내가 지나가게 될 들판에 뿔 달린 소가 있으면 어떡하나 걱정하기도 했다. 거기에는 커다란 너도밤나무가 한 그루 있어서 어두컴컴한 그늘에 나쁜 사람이 숨어있을 수도 있었다. 그리고 그 너머 왼쪽에는 사나운 개를 키우는 굴뚝 달린 오두막집이 있었다. 그것들을 다 지나 진흙길을 따라 울타리를 통과하면 큰 길이었다.

처음으로 저녁에 버스 정류장까지 걸어가던 날이었다. 인적 없는 길가에서 한참을 기다리다가 버스가 오지 않을지도 모른다는 생각이 들 즈음, 캄캄해지기 시작한 길을 버스가 불을 켠 채 빠른 속도로 다가오고 있었다. 그런데 버스는 나를 보지 못하고 그대로 지나쳐 가버리는 것이었다. 그래서 나는 그 뒤를 따라 뛰기 시작했다. 집까지는 거의 8킬로미터나 되었기 때문이다. 운전수가 뒤따라 달려오는 나를 봤는지 버스가 멈춰섰고 그래서 무사히 버스에 탈 수 있었다. 그 후로 나는 버스가 오는 것이 보이면, 내가 좀더 잘 보이도록 도로로 뛰어 들어가 손을 흔들었다.

딱 한 번, 버스가 서지 않고 나를 지나쳐 버린 적이 있었다. 나는 어떻게 할까 망설이다가 집까지 걸어가기 시작했다. 기억나는 것은 콜드하버 농장 근처의 오래된 풍차가 어둠 속에서 유령처럼 서 있던 풍경이다. 눈스틴 탄광의 커다란 검은 바퀴가 어두운 하늘을 배경으로 천천히 돌던 것도 기억나고, 이따금씩 노란 불을 켠 차들이 지나가던 것도 기억난다. 길가에 있던 집들의 창문을 들여다본 기억도 난다. 아버지가 상석에 앉은 채 가족들이 테이블에 둘러앉아 차를 마시는 모습이 보였다. 도리스 데이가 나오는 영화에서처럼….

스토닝 마을로 들어서는 길에 이르자 무서움이 사라졌다. 어퍼스토닝에 사는 광부들이 이용하는 자전거길이 보였고 나도 그 길은 잘 알고 있었던 것이다. 그 길로 한참을 걸어야 했지만 멀리 스토닝 마을의 불빛이 보였고, 램스게이트와 클립튼빌, 브로드스테어스, 마게이트도 보였다. 그 풍경은 그동안 봐온 풍경과 달리 뭔가 낯선 세계처럼 느껴졌다. 그날 저녁 먼발치에서 다른 마을들이 멀리 보이는 구도로 스토닝을 보는 동안 내 머릿속에서는 작은 문이 열렸다. 그날 본 우리 마을은 더 이상 거대한 세계가 아니었다. 그보다 먼곳에 훨씬 더 넓은 세계가 있었다. 그 문은 한 번도 완전히 닫히지 않았고, 그때부터 나는 스토닝 마을 너머에 또 다른 삶이 있다는 생각을 품고 살았다. 또 다른 삶이란 평온한 삶이었다.

내가 무서워하는 장소가 한 군데 있었다. 마이클 형은 그 집에서 살인자가 살았다고 했다. 그래서 그곳을 지날 때마다 나는 덜 무서운 밀밭 쪽으로 눈을 돌리고 재빨리 지나갔다. 이따금 맞은편에서 자동차가 노란 불빛으로 어둠을 가르며 질주해 왔다. 그럴 때는 다른 방향으로 눈을 돌려야 한다는 것을 점차 알게 되었다. 그렇게 하지 않으면 불빛 때문에 잠시 동안 앞이 잘 안 보이기 때문이다.

처음으로 집까지 걸어온 그날, 땅거미가 질 무렵 학교를 출발했는데 집에 왔을 때는 어두워져 있었다. 엄마는 왜 늦었느냐고 물었고 나는 학교에 늦게까지 남아있었다고 했다. 걸어왔다는 말은 하지 않았다. 가족들은 항상 내 마음 속에 든 것들을 이런저런 말로 망쳐놓기 때문이다. 그래서 나는 속마음을 나 혼자만 간직하게 되었다. 학교 모자를 쓰기를 잘했다는 생각이 들었다. 집에 다 와 갈수록 몹시 지친 데다 바람이 불고 추워지기 시작했기 때문이다. 그날 나는 여행이란 시작과 끝만 있는 것이 아니라 도중에 많은 것을 배운다는 것을 깨달았다.

그렇게 걸어서 집에 온 지 얼마 안 되어 나는 기숙사에 들어가게 되었다. 내 방은 욕실 옆에 있었고 방마다 규율부장이 있었다. 그곳에서도 다른 아이들을 괴롭히는 사람이 있고 불미스러운 일도 일어난다는 말이 들렸지만 내 방에서는 그런 일이 없었다. 학생들이 갠지스실 옆에 있는 기숙사방에서 서로의 성기를 입으로 애무한다는 소문도 들렸다.

하지만 그런 모습은 한 번도 본 적이 없었고 노버트 선생님이 학교를 떠난 후에는 그런 비슷한 일을 겪지 않았다. 나를 괴롭히던 녀석을 문짝으로 때려 혼내 준 뒤로 나를 건드리는 사람은 없었다. 하지만 어떤 아이들에게는 나쁜 일이 일어나기도 했다.

갈색 피부에 성이 '싱'인 두 형제가 있었는데, 어느 일요일 기숙사를 나간 후 돌아오지 않았다. 미친 엄마가 휘두른 도끼에 맞아죽은 것이다. 그 애들 엄마가 그 중 한 명을 창고까지 뒤쫓아가 죽였다는 얘기는 엄마한테 들었다. 그 애들이 죽었다는 소식을 듣고 느낀 슬픈 감정 그리고 자신을 지켜줘야 할 사람한테서 죽임을 당하는 건 어떤 심정일지 궁금해하던 것만 기억에 남는다. 그리고는 곧 그 심정을 짐작했다. 엄마가 나를 죽이는 장면을 상상하면 됐기 때문이다.

어른들은 자신들의 기억에 액자를 씌울 생각만 할 뿐, 그런 상실감과 슬픔의 기억을 안고 살아가야 할 학생들을 위로해줄 생각은 아무도 하지 못했다. 자식을 먼곳에 있는 학교에 보낸 부모들은 자식들의 울음소리를 듣지 못했다. 어린 자식들은 같은 일이 자신에게 일어날지도 모른다는 두려움과 이제는 살아있지 않은 친구에 대한 그리움 때문에 울고 있었는데도 말이다.

내가 기숙사에 들어간 첫날 루퍼트나 루핀처럼 이름이 L자로 시작하는 아이를 알게 되었다. 머리가 컸고 수줍음이 많았고 몸이 약한 애였다. 그 애는 처음 게임을 하다가 져서 옷을 벗어야 했을 때 수치심을 못 이겨 울어버렸다. 그 애 편이 한 명도 없었다는 것을 그 애의 부모님은 알지 못했을 것이다.

"괜찮아, 나도 처음엔 그랬어. 괜찮아…."

사실 나는 다른 아이들 앞에서 옷을 벗을 때 아무렇지도 않았는데 그렇게 말한 건 그때 그 애를 위로해주는 친구가 하나도 없기 때문이다. 나는 게임에 서투른 그 애 편이 되어줬지만 따돌림당하는 그 애를 계속 지켜줄 수 없다는 사실을 얼마 뒤에 깨달았다.

나처럼 어떤 애를 문짝으로 그렇게 때렸으면 일이 해결됐을 텐데. 그 애가 서서 울고 있던 모습이 기억난다. 그 모습을 보면서 나는 암흑시절을 보내는 이가 나 혼자만은 아니며 내가 모르는 곳에서는 더 많은 아이들이 그런 시절을 보내고 있으리라는 생각이 들었다.

하지만 어쨌든 암흑시절을 보내는 사람은 그것을 온전히 혼자 감내해야 한다. 게임할 때 내 번호는 63번이었는데, 'L' 소년을 위로하면서 나도 다른 사람에게 해줄 것이 있다는 것을 깨닫고는 그 이후 63을 내 행운의 숫자로 정했다.

나는 학교에서 배운 수업내용보다는 선생님들을 더 잘 기억한다.

항상 단어를 이용해 장난을 하던 벨 선생님처럼.

어느날 벨 선생님이 물었다.

"미친 네덜란드 사람하고 배수관하고 차이점이 뭐게?"

우리가 아무 대답 않자 그가 말했다.

"하나는 골빈 홀랜더고 다른 하나는 속빈 실린더잖아."

단어놀이를 좋아했던 나는 그 선생님의 말장난이 재밌었지만 다른 아이들은 웃지 않았다. 내가 직접 그런 장난을 해본 적도 있다. 나이 들고 머리가 희끗희끗한 레위 선생님 시간이었다. 그때는 종교 시간이었고 우리는 레위(Levi ; AD 1세기 팔레스타인에서 활동한 복음서 저자 : 역주)의 아들에 관한 내용을 읽고 있었다. 그래서 나는 손을 들고 '선생님이 결혼했다는 건 몰랐는데요' 하고 말했지만 선생님은 내 농담에도 웃지 않았다.

수위인 조니 조이스는 자전거를 타다가 다쳐서 눈이 한쪽밖에 없었다. 학생들은 그가 시골길에서 사고로 다쳤는데, 그때 빠져나온 눈을 입에 물고 자전거로 30킬로미터나 달렸다고들 했다. 그래서 자기 눈을 들고 뒷머리를 본 사람은 세계에서 그 사람 하나뿐이라는 것이다. 어떤 애는 그러면 자기 똥구멍을 눈앞에 가까이 대고 본 사람도 그 사람 하나뿐이냐고 물었다. 그 말을 듣고 우리는 교실이 떠나가라 웃어댔다. 쉬는 시간이 끝나고 지리수업이 시작되어도 폭소는 그치지 않았다. 우리는 멈추려고 했지만 한 명이 너무 웃다가 실수로 방귀를 뀌면 모두들 다시 배꼽이 빠지도록 웃어대는 식이었다. 우리는 벌로 방과 후에 학교에 남았지만 남아서도 계속 웃어댔다.

프랭크스 교장선생님은 우리를 축구장에 데리고 나갈 때 두꺼운 양모 양말을 신었다. 그의 앙상한 다리에는 푸르스름한 힘줄이 보였고 머리는 금테안경을 쓴 해골 같았다. 교장선생님은 당구를 굉장히 좋아해서 교장실에 큰 당구대를 두고 조 데이비스 큐를 애용했다. 그의 애제자들은 그곳에서 당구를 치고 그 큐도 만져볼 수 있었다.

우리의 맞수는 사우스스토닝의 멘모어 학교였다. 우리는 그 학교와 축구, 럭비, 크리켓을 겨뤘는데, 우리가 지면 - 질 때가 더 많았다 - 프랭크스 교장선생님은 노발대발했다. 그에게 시합은 전쟁이었고 멘모어는 우리에게 최악의 적이었다. 두 번의 세계대전에서 영국의 적이었던 독일한테보다 더 적개심이 심한 것 같았다.

멘모어 선수의 골을 못 막은 골키퍼는 각오해야 했다. 멘모어의 크리켓 투수와 상대할 때 득점을 못하는 타자나 멘모어 포워드가 수비를 뚫을 때 태클을 걸지 않은 풀백도 마찬가지였다.

교장선생님은 때때로 우리와 함께 축구연습을 했는데, 그는 너무 늙어서 달릴 때마다 팔다리가 따로 노는 것 같았다. 게다가 공에 한 번 맞으면 뒤로 벌렁 나자빠졌다.

"포기하지 마!"

학생들의 부축을 받으며 일어서면서도 그는 그렇게 외쳤다.

언젠가 나는 멘모어와 맞붙은 저학년 시합에서 해트트릭을 기록한 적이 있었다. 프랭크스 교장선생님은 멘모어 팀이 나이가 더 많은 선수를 슬쩍 끼워놓았다고 굳게 믿고 있었기 때문에 그것은 대단한 공적이었다. 나이 많은 선수를 끼워넣은 것은 우리도 마찬가지였다. 전쟁이 따로 없었다.

하지만 그들은 우리보다 한 수 아래였다. 그 시합에서 우리는 내가 넣은 3골을 포함해 7골을 넣었는데, 그것은 예상치 못한 결과였다. 내가 골키퍼였기 때문이다. 어떻게 된 일이냐 하면, 다른 선수들이 쉬운 골도 넣지 못하는 걸 보고 속이 탄 내가 다른 선수를 골대 앞에 세워두고 직접 나가서 뛰었던 것이다. 내가 세번째 골을 성공시켰을 때 멘모어 골키퍼가 눈물을 흘리는 모습이 보였다. 그는 자기 때문에 팀이 지고 있다고 생각했을 것이다. 사이드라인에서 그 애에게 소리지르고 있던 멘모어 팀 선생님도 시합에 지면 프랭크스 교장선생님과 똑같이 노발대발했던 모양이다. 하지만 나도 골키퍼였기 때문에 그 애의 심정을 잘 알았다. 나는 그 애에게 다가가 말했다.

"이건 네 잘못이 아냐. 네 팀이 모두 잘못한 거야."

이 말이 그에게 용기를 줬고, 시합이 끝난 후 내가 우리 팀 선수들에게 떠메어져 경기장을 나갈 때 그 애는 내게 손을 흔들어 주었다.

하지만 그것이 내 최고의 업적은 아니었다.

겨울학기에 럭비 시합을 할 때의 일이다. 나는 달리기와 공잡기, 피하기에 자신이 있었고, 시합이 어떻게 흘러가고 언제 어디에 자리를 잡아야 경기를 잘 풀어갈 수 있는지를 보는 눈이 있었다. 하지만 나는 항상 태클을 무서워해서 일을 그르쳤다. 특히 무릎이 강하고 다리가 근육질인 덩치 큰 선수가 달려오면 내 안의 겁쟁이가 이렇게 속삭이는 것이었다. '지미 로바, 살고 싶으면 다른 쪽으로 달려.'

그것은 교장선생님이 바라는 바가 아니었다. 게다가 우리가 고학년 선수단으로 뽑히면 멘모어를 상대로 싸워야 하므로 피하는 게 능사는 아니었다. 고학년 시합은 일년 중 가장 중요한 행사로서 사모님들이나 이사회 임원들까지 와서 응원했다. 다행히 나는 그 나이가 되려면 멀었고 쉽게 태클하는 법을 배울 때까지 시간이 많이 남아 있었다. 그렇긴 하지만 멀리 달아날 수는 없었기 때문에 태클을 걸어야 할 상황이 되면 나는 공을 든 선수 앞에서 땅으로 미끄러지면서 눈을 감고 머리를 돌린 채 손을 내밀며 태클을 하는 척했다. 나는 아무도 그것을 눈치채지 못하기를 바랐고, 나도 다치고 싶지 않았다. 교장선생님은 적 앞에서 겁쟁이가 되는 것 - 특히 멘모어 팀을 상대할 때 - 을 가장 극악한 범죄로 생각했고 우리도 그것을 알고 있었다. 시합에서 비겁한 행위를 했다는 이유로 어린 학생을 벽에 세워두고 총살하는 법은 없다. 그것은 군인들에게나 적용되는 법이다. 엄마는 그 일이 허용되었다면 교장선생님은 태클을 피한 학생들을 이미 처형했을 것이고 내가 걸렸다면 나도 마찬가지였을 거라고 했다. 그렇게 하면 등록금 수입이 줄어들게 되더라도 말이다.

대신, 그는 차선책을 택했다. 그런 비겁한 행위를 한 학생들에게 라틴어 구절을 베껴쓰게 한 것이다. 그는 내게 딱 한 번 벌을 내렸는데, 죄목은 거짓 태클이 아니라 내가 다른 사람의 자를 훔쳤다는 것이었다. 나는 그런 짓을 하지 않았다. 내 자가 있는데 다른 사람의 자를 훔쳐서 어디에 쓴단 말인가?

나는 '돈은 모든 악의 근원이다' 라는 라틴어 구절을 100번 쓰라는 벌을 받았는데 그 구절은 내가 눈스턴 학교에서 배운 유일한 라틴어가 되었다. 누구나 다 아는 '나는 사랑한다, 너는 사랑한다, 그는 사랑한다' 를 제외하고는 말이다.

나는 태클을 피하는 사람이 나뿐이 아니라는 사실을 알고 있었다. 저학년뿐 아니라 고학년에서도 말이다. 하지만 나는 한 번도 걸리지 않았고 교장선생님이 내 수법을 알아차리기 전에 태클하는 법을 배우려고 열심히 노력했다. 그것만 배우면 내가 고학년이 되었을 때 학교대표 선수로 뽑히는 영광을 안을 것이기 때문이다.

시합 전날 전교생 앞에서 교장선생님이 고학년 대표선수를 발표하는 것이 눈스턴의 전통이었다. 그날 교장선생님의 격려연설은 '영웅적 행위와 비겁함 그리고 시합에서의 승리'였다.

그 해는 가장 또렷하게 기억에 남는다. 교장선생님은 우리를 격려하려고 럭비복장을 입고 나타나 <산 로마노 전투> 그림 앞에서 촛불을 켜놓고 연설을 했다.

"제군들!"

그가 연설을 시작했다.

"내일 우리는 다시 한번 멘모어를 상대로 무기를 들 것입니다. 전투의 법칙은 럭비연맹에서 정한 규칙이고, 전투장소는 럭비경기장입니다. 하지만 기억해야 할 것은 이 럭비경기는 정말로 패자와 승자, 즉 영웅과 겁쟁이가 있는 '인생의 경쟁'이라는 사실입니다. 선수 각자는 인생이라는 심판 앞에 서서 영웅으로 살았는지 겁쟁이로 살았는지를 판결받게 될 것입니다. 여러분은 어느 쪽이 되겠습니까?"

우리가 잠시 생각하는 동안 교장선생님은 촛불을 치켜들고 뒤에 있는 그림으로 몸을 돌렸다. 촛불이 창과 쓰러진 말, 싸우고 있는 전사, 죽어가는 전사 사이에서 깜박이고 있었다.

침묵이 주위를 감쌌고 그가 우리를 돌아봤다. 그의 크고 괴기스러운 머리의 실루엣은 촛불의 불꽃이 이리저리 흔들릴 때마다 뒤쪽 그림 위에서 춤을 추었다.

"제군들, 이 그림을 보기 바랍니다."

교장선생님이 우렁찬 소리로 말했다.

"이것은 이탈리아인이 아직 독일 야만인의 편이 되기 전 우첼로가 그린 그림의 복사본입니다. 여러분이 보다시피 화가는 인생이라는 경기의 승자와 패자를 그렸습니다. 선택은 여러분의 것입니다.

정의의 이름으로 피 묻은 창을 들고 말 위에 앉아있는 기사가 될 수도 있고…."

여기에서 교장선생님은 돌아서서 촛불로 멋진 백마 위에 앉은 기사를 비췄다.

"진흙과 피투성이가 된 벌판에 쓰러져 울먹이는 겁쟁이가 될 수도 있습니다. 자기 자신과 불쌍한 백성을 위해 아무것도 하지 못하면서 말입니다."

누구를 얘기하는지 굳이 가리킬 필요가 없었다. 그것은 죽은 듯이 우스운 꼴로 땅에 엎드려 있는 기사였다. 나는 그 자리에서 저 기사 같은 사람이 되지 않겠다고 결심했다. 하지만 붉은 투구와 갑옷 차림으로 말 위에 앉아 창으로 다른 사람을 죽이는 내 모습은 상상하기가 힘들었다. 교장선생님이 돌아서서 다시 우리를 향했다.

"내일 오후 2시 30분에 우리는 멘모어와 싸울 것입니다. 15명의 전사는 우리 모두를 대표하여 싸울 것입니다. 그 전투에서 군마는 그들의 다리이고 갑옷은 눈스턴 학교의 상징인 럭비셔츠이고 창은 그들의 힘과 지혜입니다."

교장선생님은 이 시점에서 촛불을 내려놓더니 헐렁한 바지 주머니에서 은색 호루라기를 꺼내 길고 힘차게 세 번 불었다. 그 소리는 오랫동안 내 귓속에서 울렸다.

"용기가 무엇입니까!"

그가 외쳤다.

"그것은 부상의 위험을 무릅쓰고 강력하게 태클을 거는 것입니다! 그것은 전장에서 동지들이 주위에서 쓰러지더라도 계속 싸우면서 버티는 것입니다! 비겁함은 무엇입니까! 그것은 태클을 회피하는 것입니다. 그것은 적한테서 도망치는 것입니다. 그것은 우리들 전체에 대한 자신의 의무를 저버리는 일입니다. 그것은 개인이나 학교에 수치입니다. 왜 시합에서 이겨야 합니까! 왜냐하면 그래야 전체의 이익을 위해 전체에게 명령할 수 있는 힘을 얻기 때문입니다. 산 로마노 전투에서 피렌체 군이 니콜로 다 톨렌티노의 존경할 만한 지도력 아래 시에나 군에 대항해 싸웠듯이, 복받은 우리 식민지 국에게 우리 영국인이 그러했듯이 말입니다."

프랭크스 교장선생님은 이 뒤에도 오랫동안 많은 얘기를 했다. 결국 교장선생님 부인이 앞으로 나서 저학년 학생들이 잠자리에 들 시간이라고 일러주었다.

"이제 내일 우리에게 승리를 안겨줄 선수 명단을 발표할 시간이군요. 오늘 밤 그들을 위해 기도하고 그들이 우리 마음속에 새겨져 영원히 살아있기를 기도합시다."

안타깝지만 나는 그들 중 몇 사람밖에 기억이 나지 않는다.

"주장 버튼 R, 부주장 프리먼 M, 쿠퍼 M…."

교장선생님이 선수 명단을 발표할 때 나는 켈러만 옆에 앉아서 시합 때 숲에서 가장 가까운 터치라인 끝부분에 있자는 얘기를 하고 있었다. 그래야 날씨가 추워지면 살짝 빠져나와 나무 위에 올라갈 수 있기 때문이었다. 서서 응원하는 것은 별로 재미가 없었다. 특히 자기 팀이 지고 있을 때는. 우리 학교 고학년이 멘모어와 맞붙을 때는 항상 우리가 졌다.

"그리고 후보선수는…."

교장선생님은 마지막 선수를 발표하고 이어서 덧붙였다.

"저학년 경기에서 우수한 기량을 보여준 두 사람 콜린스 R. B, 그리고…."

학교에서 다른 사람들 앞에서 자기 이름이 불리면 그 순간 척수를 타고 흐르는 전율이 느껴진다. 이름은 상을 줄 때 아니면 벌을 줄 때 불리는데 내 경우에는 항상 벌을 받기 위해 불렸다. 이번에도 마찬가지일 거라는 느낌이 들었다.

"… 로바 J."

켈러만의 눈이 휘둥그레졌다.

"어, 너야…."

그의 목소리에는 경외감이 담겨 있었다. 그때였다. 차가운 공포감이 내 척수를 타고 흘러내린 것은.

'로바, J.' 공포의 단검이 되어 내 심장을 찌른 것은 내 이름이었다.

"그 동안 모두 잘해왔습니다."

교장선생님이 말했다.

"각자에게 행운이 있기를 빕니다. 후보선수도!"

촛불이 아니었다면 내 얼굴이 창백해진 사실을 들켰을 것이다. 태클 피하기 선수인 내가 멘모어 학교와의 고학년 시합에서 후보선수로 뽑히다니. 그건 말도 안 되는 실수였다. 하지만 이미 엎질러진 물이었다.

"재수 없네."

켈러만이 말했다.

"넌 깃대만 내놓으면 될 거야."

시합 후 탈의실을 정리하고 진흙이 묻은 럭비공을 닦는 것과 함께 깃대를 내놓는 일이 후보선수가 할 일이었다. 게다가 후보선수들은 경기에 참가하지 않더라도 자리를 뜰 수가 없었다.

"이제 같이 숲으로 못 가게 됐네. 재수 없게스리."

켈러만이 말했다.

"하지만 네 이름이 학교신문에 나는 건 좋은 일이야."

그날 밤 바람이 심하게 불어 마른 담쟁이넝쿨이 안으로 들어오려는 마녀처럼 우리 기숙사 창문을 긁어댔다. 그리고 나는 악몽을 꾸었다. 꿈에서 나는 멘모어 팀을 상대해서 선수로 뛰고 있었다. 그런데 우리 팀 선수들은 모두 죽고 나 혼자 남아서 눈스턴 학교의 명예를 위해 악전고투하고 있었다. 프랭크 교장선생님과 그의 쌍둥이 분신들 수백 명이 터치라인에 서서 나를 몰아세우고 있었다. 상대편 포워드는 모두 흰 군마를 타고 나를 향해 전속력으로 달려오고 있었는데, 그들이 들고 있는 공에서는 창이 튀어나와 있었다. 나는 식은땀을 흘리며 깨어났다. 심장이 격하게 뛰고 있었다. 하지만 잠시후 나를 안심시켜주는 생각이 떠올랐다. 나는 콜린스에 뒤이은 두번째 후보선수라는 사실 그리고 지금까지 후보선수가 시합에 투입된 경우는 한 번도 없었다는 사실이었다. 그러니 두번째 후보선수야 더말할 나위도 없을 것이다. 나는 걱정할 필요가 없었다. 그래서 다시잠이 들었고 아침 벨소리를 듣고 깼다.

깃대를 내놓아야 하기 때문에 나는 미리 럭비복을 탈의실에 갖다놓았다. 우리 학년 중 몇몇 아이들이 내가 후보선수가 된 걸 축하해주자 나는 목에 힘을 주고 좀 으스댔다. 하지만 정식 선수들은 나를완전히 무시했다. 탈의실에 들어가보니 내 럭비복이 짓밟힌 채 구석에 내팽개쳐져 있었다. 하지만 나는 천막 쪽으로 가다가 벨 선생님을 만나 기분이 풀어졌다.

"오늘 역사가 만들어지겠구나."

그가 말했다.

"결과가 나와야 알겠지만 말야. 나도 한때 크리켓 선수였단다."

"그랬군요."

"로바."

"네."

"실은 난 고학년은커녕 저학년에서도 후보선수가 되어본 적이 없단다. 잘해봐!"

벨 선생님은 윙크를 하며 씩 웃었다. 그걸 보니 기분이 훨씬 나아졌다.

나는 콜린스와 함께 깃발을 밖에 내놓았다. 그리고 선심의 깃발이 제자리에 놓여있는지 확인했다. 경기장에는 이미 흰 선이 새로 그어져 있었고, 비가 올 거라는 예보가 있었기 때문에 천막이 쳐져 있었다. 그 안의 테이블에는 차가 준비되어 있었다. 고학년 시합을 준비하는 과정은 그때 처음 봤는데, 그렇게 할 일이 많을 줄은 미처 몰랐다. 그런 것들을 보니 다시 긴장됐다. 상대팀 선수들은 덩치가 컸다. 한 명은 벌써 수염이 자라는지 면도자국이 보였다. 검정색 셔츠에 흰색 반바지를 입은 멘모어 선수들이 밤색 셔츠에 파란색 반바지를 입은 우리 팀보다 훨씬 강하고 크고 심술궂어 보였다. 나는 선수로 뛸 것도 아니면서 신경이 곤두섰다.

경기장 저쪽에 있는 숲 위로 검은 구름이 무겁게 내려앉은 춥고 흐린 날이었다. 그 숲에서 바람이 불어왔고, 동전던지기에서 이긴 멘모어 팀은 그쪽을 먼저 자기 팀 골대로 정했다. 멘모어 팀은 별도의 버스에 응원단을 가득 싣고 왔는데, 그들은 시작할 때부터 목청껏 소리쳤다.

"멘모어, 잘 한다! 승리는 우리 것, 멘모어! 멘모어!"

우레 같은 초반 응원소리만 들어봐도 멘모어의 승리는 자명했다. 우리 팀은 그림 속의 그 기사처럼 진흙투성이 운동장에서 모두 나자빠진 채 경기를 끝낼 터였다.

시합이 시작되고 멘모어가 처음 트라이에서 점수를 올리고 그 뒤에 3점을 더 올릴 때까지 눈스턴은 한 점도 올리지 못했다. 내가 선수들에게 오렌지 한 조각씩 갖다줘야 하는 휴식시간이 되자 점수는 16:0이 되었다. 상대편이 후반전 때 추가득점을 한다면 점수가 더 벌어질 수도 있었다. 다만 그쪽 팀의 키커는 실력이 별로 없었다.

우리 팀은 사기가 꺾여 있었고 휴식시간에 교장선생님이 행한 격려의 말 – 겁쟁이와 수치심 – 도 별 효과가 없는 것 같았다.

선생님이 간 후 프리먼의 목소리가 들렸다.

"후반전에는 우리 뒤쪽에서 바람이 불 테니까 우리한테 유리할 거야!"

그 말에 몇 사람이 기운을 내는 것 같았다. 이번에는 버튼이 말했다.

"초반에 트라이 찬스를 얻으면 우리에게도 승산이 있어."

그런 말을 들으니 그들에게도 이기려는 의지가 있음을 알 수 있었고, 내가 고학년 팀의 멤버라는 사실이 뿌듯하게 느껴졌다.

프리먼이 물었다.

"새로운 작전 아이디어 없나?"

아무도 없었다. 그때 버튼이 말했다.

"지금부터는 내가 오른쪽 날개를 맡을게. 우리 팀에서 거기가 제일 약하니까…"

그 자리는 면도한 멘모어 팀의 덩치 큰 선수가 맡고 있는 자리였다. 후반전이 시작되자 바람이 우리 팀에 유리하게 불어 경기하기가 훨씬 쉬웠다. 우리는 트라이에서 3점, 이어서 골킥에서 2점을 얻어 5점이 되었다. 그 다음에 아주 훌륭한 경기를 펼친 우리 키커 프리먼이 드롭골로 점수를 땄고, 그것으로 멘모어를 거의 절반까지 따라잡았다.

바람이 점점 세지고 구름도 많아지다가 드디어 빗방울이 떨어지기 시작하자 멘모어 팀에서 지친 기색이 보였다.

하지만 그때 청천벽력 같은 일이 일어났다. 프리먼이 등쪽으로 공을 잡으려고 하다가 중심을 잃고 뒤로 넘어지면서 콜린스와 부딪힌 것이다. 두 사람의 머리는 퍽! 하고 정통으로 부딪혔다. 사람들이 모두 주위로 몰려들었는데, 두 사람 모두 쉽게 일어나지 못할 것 같았다.

"오렌지 좀 가져올게요."

내가 말했다.

"그럴 거 없다. 네가 들어가라."

교장선생님이 말했다.

"네?"

천둥 같은 침묵이 세상을 내리누르는 느낌이 들었다. 내 얼굴에서 핏기가 싹 가셨다. 심장도 멈췄다.

"점퍼를 벗고 경기장으로 들어가라. 그리고 우리 후보선수의 실력을 멘모어 애들에게 보여줘라!"

나는 꿈꾸듯이 멍한 상태에서, 시키는 대로 점퍼를 벗으려고 했다. 하지만 손이 너무 떨려서 옷이 제대로 벗겨지지 않았다. 겨우 벗고 나서도 나는 공포에 사로잡혀 있었고, 라인을 넘어 진흙투성이 경기장으로 들어섰을 때는 다리마저 후들거리고 있었다. 나를 노려보는 멘모어 포워드 선수들을 보자 나는 갯벼룩이 된 듯이 느껴졌다. 먹이를 찾아든 재갈매기 무리 사이에서 오도가도 못하는 갯벼룩. 그때 또 일이 벌어졌다.

"오른쪽 날개를 맡아. 로바."

버튼의 지시였다.

"나는 프리먼이 맡았던 자리로 갈게."

호루라기 소리가 나고 경기가 재개되면서 세 가지 일이 일어났다.

먼저, 뒤쪽에서 비가 억수같이 쏟아지기 시작했다. 마치 등에 얼음물이 쏟아지는 듯한 느낌 때문에 내 공포심은 몇 배나 커졌다.

둘째, 나는 어둠 속에서 면도한 선수의 험상궂은 눈초리를 느꼈다. 그는 나보다 3미터는 더 크고 어깨넓이도 1미터 차이는 나는 것 같았다. 신발은 240mm 이상으로 보였고 나이는 적어도 12살은 돼 보였다.

셋째, 바람을 가르며 날아든 공을 그 선수가 받아들더니 질주하는 말처럼 나를 향해 돌진한 것이었다. 다그닥, 다그닥, 다그닥, 다그닥!

비를 맞게 되자 나는 거짓 태클도 흉내내지 못할 정도로 얼어붙어 버렸다. 결국 그 덩치 큰 선수는 진로 방향에 서있던 나를 밀어 넘어뜨리고 날듯이 지나갔다. 그의 커다란 발과 발목과 종아리와 정강이뼈와 무시무시한 털복숭이 허벅지가 모두 나를 넘어갔다. 만일 버튼이 가로질러 뛰어와 막지 않았다면 그는 트라이로 3점을 얻어 냈을 것이다. 비는 계속 내렸고 덩치 큰 그 선수는 다시 한번 나를 통과해 지나갔다. 실망한 눈스턴 학생들의 아우성소리가 들리자 나는 평생 이 수치심을 잊지 못할 거라 생각했다.

"로바, 더 세게 태클을 걸어!"

교장선생님이 소리쳤다. 그의 혀와 눈이 머리에서 튀어나올 것 같았다. 그 정도로 그는 화가 나 있었다.

면도한 선수가 세번째로 나를 향해 올 때 빗줄기는 점점 더 거세졌고 나는 겨우 조금 움직이면서 내 몸을 보호하려고 손을 치켜들었다. 그는 처칠탱크처럼 다가와 내 몸에 부딪쳤지만 땅에 때려눕히지 않고 내 비겁한 행동을 알고 있었을 자기편 학생들이 있는 터치라인 밖으로 던져버렸다.

"겁쟁이, 태클도 못하는 놈, 마마보이!"

깔끔한 바지와 빛나는 검은 구두가 보이는 바닥에 나뒹굴어 있을 때 멘모어 학생들은 이렇게 야유했다.

그때 예상치 못한 일이 벌어졌다. 전혀 예상치 못한 일이었다. 내가 땅바닥에 누워 있을 때 비가 잦아든 것이다. 그러자 한결 기분이 좋아졌다. 나를 철창처럼 가두고 있던 비는 사라졌다. 내가 숨을 헐떡이는 것을 보고 멘모어 선수 한 명이 다가와 무릎을 꿇고 내 머리를 받쳤다. 그리고 이렇게 외쳤다.

"이 선수 괜찮아요. 선생님. 숨이 조금 찬 것뿐이에요. 제가 일으켜 세울게요!"

알고보니 내가 세 골을 넣었을 때 울던 상대팀 골키퍼였다. 그는 친구처럼 나를 보고 씩 웃었다. 그리고 그 축구경기에서 내가 해준 말을 이번에는 내게 해줬다. 그뿐 아니라 내 인생을 바꾸는 데 결정적인 도움이 될 말까지 해주었다.

"윙을 맡은 와츠는 나를 못살게 구는 놈이야. 하지만 자기가 맞을 때는 비겁해지지."

"면도한 선수 말야?"

그는 고개를 끄덕였다.

일어날 때까지도 머리가 울리는 것 같았지만 정신은 차릴 수 있었다. 버튼이 다가와 물었다.

"괜찮니? 윙 말고 다른 자리 맡을래?"

나는 고개를 저었다.

"잘했어, 로바. 아까는 네가 저 녀석을 거의 막을 수 있었는데. 계속 그렇게 해."

버튼이 이렇게 말해주자 머릿속이 더 정리되는 느낌이었다. 그들은 내가 태클을 피했다는 생각은 못하고 다만 기술이 미숙하거나 덩치가 작아서 밀린 거라고 생각한 것이다. 그 정도면 그다지 창피한 일이 아니었다. 그 덩치 큰 선수는 라인에 서서 씩 웃으며 태클을 걸 준비를 하고 있었는데, 그 모습을 보자 더욱 용기가 났다. 비가 그친 것도 자신감을 북돋워주었다. 나를 못살게 구는 녀석을 어떻게 처치해야 하는지는 알고 있었다. 문을 세차게 그 녀석에게 부딪치는 것이다. 그러면 그들은 일어나지 못한다. 마음 속 깊은 곳에서는 비겁함이 도사리고 있기 때문이다. 나는 내 위치로 돌아갔고 오래지 않아 기회가 왔다. 면도한 와츠라는 그 녀석은 다시 공을 잡고 좀전처럼 나를 향해 돌진해 왔다. 이번에는 훨씬 자신감 있는 자세였고 험악한 표정에 소리까지 질렀다.

하지만 이번에는 무섭지 않았다. 오히려 마음이 차분해졌다. 그를 기다리며 서 있는 사람이 내가 아닌 다른 사람처럼 느껴졌다. 와츠 같은 녀석들에게 시달림을 받은 많은 사람들을 대표해서 말이다. 나는 그가 무엇을 하려는지 정확히 꿰뚫고 꼼짝 않고 서 있었다. 그의 의도는 나에게 정면으로 돌진하는 것이었다. 나는 환희를 느꼈다. 그를 내 손안에 쥐고 있는 듯 느꼈고 그 어느 럭비경기 때보다 흥분됐다. 그의 흰색 반바지와 묵직한 살찐 다리가 가까워오자 나는 조금 앞으로 움직였다.

흥분으로 심장이 뛰는 것이 느껴졌다. 그가 내 몸에 닿는 순간 나는 한쪽으로 몸을 비키며 팔로 그의 무릎과 허벅지를 완전히 감쌌다. 그리고 손에 조금 더, 조금 더 힘을 주어 죄면서 필사적으로 버텼다. 그는 쿵 하는 소리와 함께 쓰러졌다. 그가 헐떡거리는 소리가 들렸다. 더 신나는 건 나는 하나도 다치지 않은 채 일어섰으며 그의 손에서 떨어진 공이 바로 내 눈 앞에 있었다는 것이다. 나는 그것을 낚아채 달리기 시작했다. 해병대 체육교관이 달리라고 소리칠 때처럼 미친 듯이 달렸다.

나는 럭비에 대해서 많이 알지 못했지만 달리기에는 자신이 있었다. 와츠 뒤에는 커다란 빈틈이 있었고 나는 그곳을 향해 질주했다. 다른 선수들은 누군가가 와츠를 제치고 수비를 뚫을 거라고는 전혀 예상하지 못했던 것이다. 나는 손과 가슴에 공의 부피를 느끼며 달렸는데 마치 스토닝 해변에서 떠올라온 나무 조각을 들고 바람을 가르며 뛰는 느낌이었다. 내 다리가 열심히 그러나 가볍게 달리고 있다는 것이 느껴졌다. 내 몸이 균형 있게 뛰고 있다는 것도 느껴졌다. 응원단의 외침소리는 희미한 갈매기 울음소리 같았다. 그 전날 밤에 교장선생님이 말한 그림 속의 쓰러진 기사도 기억났다. 하지만 문득 그 기사가 마음 속 깊은 곳에서는 겁쟁이가 아니었음을 나는 깨달았다. 그 기사는 부딪혀서 쓰러졌지만 다시 일어나 달리고 있었다. 벌써 면도를 하고, 신발에 비해 덩치 큰 선수들에 맞서, 손에 피 묻은 칼을 들고 다른 전사들을 고소하다는 듯이 심술궂게 바라보는 기사들에 맞서 그는 달리고 있었다. 그의 갑옷은 견고해서 창에도 뚫리지 않았다. 멘모어의 풀백이 내 앞에 있었지만 그가 발의 위치를 바꾸는 것을 보고, 당황해서 손을 내젓는 것을 보고, 또 어깨를 움츠리는 것을 보고, 그가 이전의 나처럼 겁을 먹고 태클을 피하려 한다는 것을 눈치챘다.

나는 그가 어느 시점에서 어떻게 움직일지를 정확히 알고 있었다. 그래서 미끄러지는 그의 다리를 뛰어넘었다. 마치 사우스다운 근처의 바다로 흘러가는 나무토막을 뛰어넘듯이. 안전하게 넘으면서 나는 그를 오른손으로 제치고 왼손으로는 공을 단단히 잡으며 마지막 몇 걸음을 달려 트라이 라인까지 갔다.

때로는 모든 일이 천년 전에 이미 계획되어 있었던 것처럼 거침없이 일어난다. 내가 공을 선 너머 지면에 터치다운을 하는 순간 천둥소리가 나더니 하늘이 열리며 비가 쏟아져내렸다. 나는 일어서서 얼굴에 비를 맞았다. 전혀 두렵지 않았다. 마치 내가 갇혀 있던 우리를 부수고 밖으로 탈출한 느낌이었다. 사람들의 환호성이 들리고 버튼이 다가와 어깨를 두드렸다. 비는 사방에서 내렸지만 나는 아무렇지도 않았다. 전혀 아무렇지도 않았다. 그때 공을 타고 흘러내리는 피가 보였다. 막 흘린 듯한 옅은 색의 피였다. 공을 들고 경기장을 돌아볼 때, 그리고 버튼이 내 옆에 동년배처럼 서 있고 내 성공에 열광하는 소리를 들을 때 내 심장은 힘차게 뛰었다. 하지만 그 동안 나는 다른 생각을 하고 있었다.

'왜 공에 피가 묻어 있지?' 그리고는… '공은 피를 흘릴 수가 없

잖아. 내가 피를 흘린 건가?' 그리고는… '나도 아니야, 난 안 다쳤잖아.'

골킥을 위해 공을 넘겨주면서 그것을 쳐다봤다. 그제서야 피가 어디에서 흐르기 시작했는지 알 것 같았다. 내 손목과 손바닥도 피로 흥건했다. 밤색 피였다. 눈스턴 학교의 교색과 같은 피였다.

억수같은 비 때문에 엄마가 염색한 내 럭비셔츠에서 물감이 빠져나온 것이었다. 그 물감은 실개천처럼 쉴 새 없이 흘러내렸다. 하지만 나는 개의치 않았다. 쓰러져 있던 그 기사는 잠시 동안만 쓰러져 있었음을 깨달았기 때문이다. 그 그림은 그가 다시 일어나 용맹하게 싸우기 전에 그려진 것이었다. 어떻게 보느냐에 따라 사기가 충천해 있는 모습으로 보일 수도 있고 사기가 꺾여 있는 모습으로 보일 수도 있는 법이다.

나는 다시 한번 터치라인 근처에 섰다. 그리고 나를 격려해줬던, 이제는 기쁨으로 빛나고 있는 골키퍼의 얼굴을 봤다. 면도한 그 선수의 흰 바지는 밤색에 가까운 분홍색으로 얼룩져 있었다. 내 팔과 손이 닿았던 부분이었다. 그는 통증 때문에 허벅지를 잡고 느릿느릿 걷고 있었다.

"잘 했다!"

벨 선생님이었다.

"아, 아주 잘했어, 로바!"

교장선생님의 목소리도 들렸다.

다음 킥오프에서 우리는 새로운 활기, 맹렬함, 열정, 무자비함, 무서움, 광포함, 열망을 안고 앞으로 달려 나갔다. 하지만 나만큼 피가 끓어오르는 사람은 없었다.

시간이 지나면서 우리 팀 점수는 점점 더 올라갔고 사기가 꺾인 멘모어 팀을 드디어 추월했다. 염색한 내 럭비복으로 인해 멘모어팀의 흰색 반바지는 하나하나 물들어갔고, 나는 열심히 태클로 상대팀을 마크했다. 나는 더 이상 트라이를 시도하지 못했지만 그 한 번만으로도 태클에 대한 두려움을 극복하고 고학년 선수 팀에 합류하는데 충분했다.

그날 내가 두려움 없이 행한 태클 중에서도 단 하나가 선명하게 기억난다. 와츠 다음에 만났던 상대였다. 내가 그 선수를 향해 돌진하고 그가 나를 쳐다보고 있을 때 종료를 알리는 호루라기 소리가 울렸다.

"안 돼!"

그가 외치며 공을 내던지고 달아났다.

비겁함이라는 말 때문이었을까?

용기를 보여주기 위해서였을까?

시합에서 승리하기 위해서였을까?

모르겠다. 다시 한번 종료 호루라기가 울릴 때 나는 공을 내버려두고 그 애를 쫓아가 태클을 걸었다. 그리고는 기어이 그의 반바지를 밤색으로 물들였다.

그 학기가 끝나고 1주일 후에 엄마는 비븐앤래인즈에서 보낸 편지를 받았다. 하이 가에 있는 양복점으로 우리학교 교복을 맞추는 곳이었다. 엄마는 비븐 씨가 직접 보낸 그 편지를 외할머니, 맥스 삼촌 그리고 특히 나를 위해 읽어주었다.

안녕하십니까.

멘모어 학교를 대신하여 알려드립니다. 귀하의 아드님이 눈스턴 학교에 다니는 동안 아드님의 운동복 - 특히 럭비복 - 을 제공하겠습니다. 그리고 키가 커서 더 큰 치수가 필요한 경우에도 새 교복을 제공해 드리겠습니다. 이는 지난 주 럭비 시합에서 보여준 아드님의 대담한 경기를 치하하기 위한 것입니다. 그럼 안녕히 계십시오..

비븐 씨는 자신이 직접 쓴 내용도 덧붙였다.

부인, 저는 고객 몇 분한테서 이런 요청을 받은 적이 몇 번 있습니다만, 이렇게 특별한 대우를 해주는 경우는 처음입니다. 지미 학생에게 축하한다고 전해 주십시오.

"이 편지를 스크랩해둬야겠다. 지미, 잘했다!"
엄마가 칭찬해 주었다.
그 학교에서 배운 많은 것들 중에서 가장 중요한 것은 이것이다. '쓰러진 기사도 다시 일어나서 당신을 칠 수 있다. 그러니 조심하라.' 프랭크스 교장선생님은 500년 전에 그려진 그림을 통해 나도 상황을 반전시킬 수 있다는 교훈을 줬다.
하지만 내가 비를 무서워하지 않은 것은 그때뿐이었다. 그 이후 두려움은 다시 슬금슬금 되돌아왔고 어두운 하늘을 보면 불안감에 사로잡혔다. 하지만 자유의 맛을 잊지 않았기에 언젠가는 다시 그 맛을 보리라는 희망을 잃지 않았다.

외할머니와 아프리카에서 온 신사

외할머니는 가끔 당신에게 장식품을 만들어준 어떤 사람에 대해 얘기해 줬다. 외할머니 책상에 놓여 있던 그 장식품은 누런색 가죽으로 만든 기린 같았다. 태운 자국도 있었는데 그것은 반점이었다. 외할머니는 어떤 아프리카 신사가 그것을 줬다고 했다.

흑단으로 만든 윤기 흐르고 뚱뚱한 남자인형도 있었다. 키가 내 손으로 한 뼘 정도 되는 그 인형은 머리가 크고 다리는 굽었으며 팔은 위로 치켜들고 있었다. 커다란 입 근처에 수염도 나 있었다.

"이것도 그 아프리카 신사가 준 거란다."

"이름이 뭐예요?"

"이름은 중요하지 않아. 중요한 건 그 사람 마음과 머릿속에 든 거지."

외할머니가 그렇게 얘기하면 더 이상 물어볼 수가 없었다. 그 문제에 관한 한 외할머니가 하고 싶은 말은 그것뿐이기 때문이었다.

"그 아프리카 신사가 그것도 줬어요?"

어느 가을 아침에 외할머니가 나무로 만든 커다란 국자로 양념소스를 젓고 있는 것을 보고 내가 물었다. 그 국자에는 태워서 그린 줄무늬와 점박이 무늬가 박혀 있었다.

"그렇단다. 그 사람은 나보고 국자를 바라보면서 과거에만 머물지 말고 쓰면서 현재를 즐기라고 했지. 국자는 박물관의 유리관 안에 있는 유물처럼 바라보라고 만든 게 아니라 국물을 뜨고 저으라고 만들어졌다면서. 그 사람은 내가 만든 양념소스를 좋아했지. 그 사람 가족들은 먹을 걸 아무것도 만들어주지 않았거든. 그래서 나는 항상 이 국자로 소스를 젓는단다."

"그분이랑 다시 만나실 거예요?"

"그 사람이 언젠가는 영국에 와서 여왕이랑 수상을 만나겠다고 했어. 그러면 자기 민족들에게 아주 좋은 일이 될 거라면서. 그렇게 되면 나도 만나러 오겠다고 했는데, 언젠가는 그럴 날이 오겠지."

"저도 그분 만날 수 있어요?"

"그럼."

외할머니가 말했다. 그리고는 손을 뻗어 내 볼을 쓰다듬었다. 평소에는 그렇게 쓰다듬어주는 일이 거의 없었는데 말이다.

과연 그 날이 왔다.

그 날 아침 외할머니가 나를 보더니 당부했다.

"오늘은 어디 나가지 말고 있으렴."

"왜요?"

"피츠로이 광장 울타리 틈으로 테니스 구경하러 가면 안 돼."

"왜요?"

"해변에 나가서 갈매기를 쫓아다니지도 말고."

"왜요?"

"성에 가서 보이스 아저씨 일도 도와드리지 말고."

"왜 그러는데요?"

"오늘이 바로 그 아프리카 신사가 오는 날이거든. 그러니 너도 여기 있다가 그분을 만나보면 좋겠구나. 나중에 네 손자들에게 그 사람과 악수했다는 얘기를 할 수 있도록 말이다."

"엄마도 아세요?"

"알지. 그래서 집안을 깨끗이 청소하고 케이크를 준비할 거다. 그분을 여기까지 수행하고, 내가 그분하고 이야기할 동안 아래층에서 기다릴 사람들도 접대해야 하거든."

"저도 이야기할래요."

"외할머니랑 그분이랑 얘기 끝나면 그렇게 하렴."

외할머니는 좀처럼 보이지 않는 미소를 띠며 대답했다.

그는 광택이 흐르는 커다란 검은색 승용차를 타고 왔다. 옆에는 거울이 달려 있었다. 그 차는 해안길을 따라 우리집까지 와서 잠시 멈춰섰다. 주차를 끝낸 뒤 곧이어 문이 열렸다. 나는 그 모든 것을 큰단풍나무 위에서 지켜봤다.

운전하던 사람이 나와서 나를 올려다봤다. 그는 챙 있는 모자를 쓰고 있었고 회색 정장을 입고 있었는데 피부가 하얀 것으로 보아 그 아프리카 신사는 아니었다. 운전수가 차 문을 열자 아프리카 신사가 나왔다. 그는 희끗희끗한 머리에 재밌게 생긴 모자를 쓰고 있었고,

내가 기억하기로는 검은색과 노란색 줄무늬가 있는 독특한 디자인의 옷을 입고 있었다. 거기에 마술사처럼 지팡이를 가지고 있었다.

그는 내가 있는 곳을 올려다보고는 낮은 소리로 웃었다.

"네가 주인 지미구나?"

바닷가 자갈해변의 거친 파도 같은 목소리였다.

나는 고개를 끄덕였다.

"외할머니가 편지에 네 얘기를 썼단다. 조금 있다가 너랑 공식적으로 만나자꾸나. 그럼….."

차에서 두 사람이 더 나왔다. 둘 다 그 신사보다 젊고 키가 컸다. 그 두 사람은 신사와 함께 우리집까지 걸어가더니 현관문 양쪽에 사자석상처럼 버티고 섰다. 대문 옆에는 오토바이를 탄 경찰 두 명이 와 있었다.

나는 나무 위에 그대로 앉아서 내려다보았다.

외할머니는 현관문으로 나와 그 아프리카 신사와 악수를 했다. 외할머니는 파란색과 흰색이 어우러진 가장 좋은 옷을 입었고 신발도 가장 아끼는 것을 신었다. 머리를 곱게 매만진 외할머니는 10년은 젊어보였고, 그래서 그 아프리카 신사와 나이가 비슷해보였다.

외할머니는 내게 손을 흔들며 말했다.

"너무 멀리 가지 마라, 지미. 근처에 있어."

외할머니는 밝은 햇빛 아래서 뛰노는 소녀처럼 행복해 보였다. 나는 외할머니가 부르는 소리를 놓칠까봐 꼼짝도 하지 않고 그 자리를 지켰다. 공기 속에 두 사람의 추억 그리고 그 이상의 향기가 감돌았다.

그때는 10월이었고 바다는 조류의 흐름과 반대인 북동풍 때문에 거친 데다 회색빛을 띠고 있었다. 앞바다에는 고기잡이하는 배들이 있었고 굿윈 사주에 밀려드는 파도도 보였다. 하지만 그렇게 멀리까지 나가지 못한 나는 상상만 할 뿐 그 소리를 직접 들을 수는 없었다.

그날 오후의 시간은 아주 천천히 흘러서 시계가 멈춘 것 같았다. 머리 위 높은 하늘에서는 철새들이 7대양을 향해 남쪽으로 이동하고 있었다.

"지미, 이제 들어오려무나!"

외할머니가 창문으로 내다보며 외쳤고 그 뒤에서는 아프리카 신사가 나를 쳐다보며 어두운색 얼굴에 흰 이를 드러내며 웃고 있었다.

나는 집안으로 달려들어가 계단을 두 개씩 뛰어올라갔다. 외할머니가 방문을 열고 나를 기다리고 있었다.

"지미, 문 닫고 오렴. 착한 아이 왔구나."

외할머니가 말했다. 외할머니는 가장 좋은 다기 세트를 내놓고 차한 주전자를 막 끓여낸 참이었다.

외할머니는 나를 아프리카 신사에게 소개했다. 나는 외할머니의 가장 좋은 의자에 앉아 있던 그에게 다가갔다. 내가 다가가자 그는 양손으로 내 손을 잡더니 얼굴을 찬찬히 들여다봤다.

"로라가 자기는 귀여운 손자가 있다고 하더구나."

마침내 그가 말문을 열었다.

그날 나는 처음으로 외할머니의 세례명을 들었고 그것이 그날의 외할머니 모습과 어울린다고 생각했다. 외할머니의 젊은 시절 흑백 사진을 본 적이 있었는데, 아프리카 신사와 함께 있던 그날 외할머니는 그 사진 못지않게 아름다웠다. 외할머니는 교회 성찬식에서 포도주를 따라주듯이 그에게 차를 따라주고 내게는 진저비어 한 잔을 따라주었다. 두 사람이 앉아 있는 모습은 산에서의 맥스 삼촌과 피오나 숙모처럼 잘 어울렸다.

"할아버지가 언젠가는 여왕님과 처칠 수상을 만나러 오신다는 얘기를 들었어요."

"만나고 왔단다."

그 아프리카 신사가 대답했다.

"하지만 처칠은 이제 수상이 아니란다. 그 분에 대한 생각은 변함이 없지만 말이다. 우리 민족에게 돌아가기 전에 이곳 영국에서 만날 사람은 너밖에 안 남았었지."

나는 왜 나를 만나려 했느냐고 물었다.

그는 아프리카에 있을 때, 외할머니한테서 내가 태어났다는 얘기를 들었으며 외할머니는 그 일을 두고 생명이 전쟁을 이기리라는 신호로 여겼다고 했다.

"로라는 네가 태어난 날이 1944년 5월 12일이라고 했고, 그 날은 우리 민족이 해방되리라고 내가 꿈꾸던 날이었지. 그래서 나는 너희 외할머니에게 약속했단다. 내가 여왕과 수상을 만나러 오면 너희 외할머니와 너를 꼭 만나러 오겠다고 말이다."

나는 지팡이를 보고 그 신사에게 혹시 마술사 아니냐고 물었다. 그는 깊은 울림이 있는 낮은 목소리로 웃더니 그렇게 생각하는 사람도 있다고 했다. 하지만 그게 사실인지 자신도 잘 모르겠다고 했다.

"그거 지팡이에요?"

그가 차에서 나올 때 들고 있던 것이었다.

"이건 의식용 파리채란다."

"제가 한번 써봐도 돼요? 외할머니가 방에 끈끈이를 달아두지 않으면 항상 천장에서 파리가 앵앵대거든요."

그는 그것을 진짜로 파리채로 사용해본 적은 없지만, 원한다면 한번 해보라고 했다. 그것의 손잡이는 가죽으로 되어 있었다. 손잡이 쪽 끝은 은색의 장식용 방울이 달려 있었고 때리는 부분은 동물의 털로 되어 있었다. 나는 그것을 받아서 창문으로 다가가 파리 한 마리를 내리쳤다. 파리는 바닥으로 떨어지더니 다시 깨어나서 주위를 기어다녔다.

"엄마가 구멍가게에서 산 플라스틱 파리채보다는 못하네요."

"그래도 내가 가지고 다니기에는 딱 좋단다."

그 신사의 손을 잡고 있던 외할머니 얼굴에는 미소가 떠올라 있었다.

그 광경은 외할머니의 삶을 들여다볼 수 있는 창문 같았다. 그 창문을 통해 나는 예전보다 더 큰 것을 볼 수 있었지만 그렇다고 과거의 공간과 시간으로 되돌아갈 수는 없었다.

"생신이 언제예요?"

내가 아프리카 신사에게 물었다.

그는 어머니가 적어놓지 않아서 확실히 모르겠다고 했다. 하지만 악어가 별빛을 받으며 하늘을 가로질러 가던 아주 운 좋은 날 밤에 태어났다고 했다.

"어떤 악어요?"

태양이 생기기도 전인 아주 오랜 옛날엔 강과 어둠만 있었는데, 깊은 강에서 악어가 처음으로 나타났다고 했다. 그 눈은 강물 위로 솟아나와 주변을 두리번거리고….

아프리카 신사는 그 악어 – 암컷인지 수컷인지는 아무도 몰랐다. 소년들은 수컷이라고 했고 소녀들은 암컷이라고 했다 – 가 태양과 달을 불러냈고 모든 동물과 인간을 만들어냈다고 했다. 또한 꼬리를 이쪽저쪽으로 휘둘러서 강물이 육지로 밀려들었고, 그렇게 만들어진 진흙의 형상에서 수많은 생물들이 태어났다고 했다.

　"그 악어 착해요?"

　"그 악어가 우리를 만들었으니까 네가 보기에 우리가 착하면 악어도 착한 거고, 우리가 나쁘면 그 악어도 나쁜 거지."

　"외할머니는 누구에게나 좋은 점이 있다고 했어요. 저도 그렇구요."

　"너희 외할머니는 틀린 말을 안 하시지."

　그가 말했다.

　"자, 그건 그렇고…."

　그의 이야기는 점점 가지를 쳐서 전 세계에 관한 얘기가 되었다. 나는 그를 친구 삼아 세계를 여행했다. 아더 미 박사의 백과사전에 실린 사진에서처럼 모닥불을 가운데 두고 한 무리의 원주민과 둘러 앉아 부족의 이야기꾼이 들려주는 전설을 듣고 있는 기분이었다. 그의 목소리는 먼 곳에서 들리는 폭포소리 같았다.

　다른 무엇보다도 그가 강에 대해 들려주던 얘기가 잊혀지지 않는다. 그 강은 지구상의 사람과 동물을 나누는데, 그 강에는 악어가 살기 때문에 사람들은 강을 건너 다른 쪽에 무엇이 있는지 보는 것을 두려워한다고 했다. 그는 진정한 삶을 살아가려면 용기를 내서 그 강으로 들어가야 한다고 했다. 그리고 자신은 그 악어가 별빛에 비치던 행운의 날에 태어났기 때문에 따로 배우지 않았어도 강에 어떻게 들어가는지를 알고 있다고 했다.

"내가 강에 들어가 자유의 꿈을 꾼 날이 네가 태어난 1944년 5월 12일이란다."

"악어가 할아버지를 공격하지 않았어요?"

"내 손에 흉터가 있더냐?"

"할아버지 얼굴에는 흉터가 있잖아요. 양쪽에 세 줄씩."

"그건 오래 전 내가 어른이 되던 날 생긴 거란다. 강 반대쪽에 무엇이 있는지 보기 위해 강으로 들어가기 전에 말이다. 그 악어는 오히려 내가 강 반대쪽으로 가게 도와줬단다. 아마 네가 부탁하면 너도 도와줄 거다. 이거 ……."

그러면서 아프리카 신사는 외할머니 손을 놓고 검은 무늬와 노란 무늬가 있는 옷 깊숙이 손을 넣어 악어 하나를 꺼냈다. 나무로 만든 그것은 눈이 튀어나와 있었고 입은 이빨이 보이도록 크게 벌리고 있었다. 외할머니 방의 책상에 있던 기린의 반점처럼 불에 탄 듯 새까만 색이었지만 파낸 부분은 검은 색이 아니었다.

"이거 너한테 주마."

아프리카 신사가 말했다.

처음에는 그것을 만지기가 무서웠다. 그것이 이야기 속 그 악어일지도 모른다는 생각이 들었던 것이다. 하지만 내가 받아들어도 그것은 손을 물지도 않고 꼬리를 흔들지도 않았다.

"그건 진짜 악어란다. 네가 그렇게 생각하면 말이다. 그 악어는 너를 지켜주고, 아주 오래 전에 너 같은 소년이 있었다는 것을 생각나게 해줄 거다. 그 소년은 어른이 되기 위한 여행을 떠나기 전날 밤 모닥불 옆에 앉아서 자신을 지켜줄 이 악어를 만들었단다."

그때서야 나는 알게 되었다. 악어를 만든 사람이 바로 그분이라는 사실을. 그리고 그 악어는 오렌지 상자에 들어 있는 내 물건들처럼 그분의 보물 중 하나라는 것을.

"이제 내 여행은 거의 다 끝났단다."

그가 다시 손을 뻗어 외할머니 손을 잡으며 말했다.

"하지만 네 여행은 이제 시작이야."

"이걸로 뭘 해야 돼요?"

"때가 되면 알 수 있을 거다. 내가 영국에 올 때 이 악어를 가져온 이유는 그걸 아는 사람이 세상에서 너밖에 없기 때문이란다. 네 걸 직접 만들어야 하는 때가 언제인지도 너 스스로 알게 될 거다."

그 아프리카 신사는 밤이 깊도록 여러 가지 얘기를 들려주었다.

"내가 떠나기 전에 바다구경을 좀 시켜주겠니? 나 사는 곳에는 강밖에 없거든."

외할머니와 나는 그 사람을 가운데 두고 바다까지 걸어나갔다. 외할머니는 그의 손을 잡고 있었다. 집 앞에 대기하던 사람들은 그 자리에 그대로 남았다. 나는 아프리카 신사가 내 손도 잡아주면 좋겠다고 생각했지만 입이 떨어지지 않았다.

우리는 하늘을 올려다봤다. 사우스다운 절벽 너머로 별이 반짝이고 있었다.

"이쪽 하늘은 강 저쪽의 하늘과 다르단다. 하지만 별빛에 드러나는 악어 꼬리는 조금 볼 수 있을 거다."

그는 어디를 바라봐야 하는지를 가르쳐주고 나서 내 옆에 무릎을 꿇고 앉더니 악어의 꼬리를 어떻게 찾는지도 가르쳐 주었다. 자전거를 배운 사람처럼, 한번 그것을 본 사람은 영원히 잊지 않는다고 했다.

"자, 이제 나는 로라와 마지막으로 몇 가지 할 얘기가 있단다. 우리나라에서 젊은이들은 노인들을 보살피고 말년에는 어딜 가든 모시고 다니지. 외할머니한테는 네가 위안이란다. 게다가 너는 외할머니를 잘 보살피기도 한다면서? 장하다. 지금 우리는 둘 다 늙어서 너 같은 젊은 사람들의 도움이 필요하지. 때가 되면 너도 외할머니를 위해 네가 할 일이 뭔지 알게 될 거다."

나는 최선을 다하겠다고 했다. 아프리카 신사가 처음 도착했을 때 외할머니는 더 젊어 보였지만 이제는 늙고 연약해 보였다. 뭔가를 두려워하고 있는 것 같기도 했다. 하지만 그 신사와 함께 있는 동안엔 걱정하지 않아도 될 것 같았다.

나란히 서서 별을 바라보는 두 사람을 남겨두고 나는 자갈 해변을 지나 우리집 불빛을 향해 다시 걸어갔다. 무섭지는 않았다. 내 손에는 그분이 만든 악어가 있었고 그것은 무슨 일이 일어나든 내가 올바른 행동을 하도록 도와줄 것이기 때문이었다. 나는 마지막으로 한번 더 돌아보았다.

외할머니와 아프리카 신사는 손을 잡고 바다 건너 동쪽을 바라보고 있었다. 두 사람 머리 위로는 별이 있었고 그 너머에는 완전한 세계와 무한의 시간이 있었다. 그날 외할머니는 사랑과 헌신은 모든 장애를 넘어 지구 반대편까지 닿을 수 있다는 것을, 그리고 그것은 영원히 지속된다는 것을 가르쳐 주었다. 위안을 얻기 위해 손에 악어를 쥐고 가다가 별빛을 보는 순간 나는 깨달았다. 사랑은 모든 생물 - 나를 포함해서 - 의 치유자라는 것을.

그 아프리카 신사는 외할머니와 내게 작별인사를 한 뒤 차를 타고 어둠 속으로 사라졌다. 외할머니는 방으로 들어가 문을 잠그고는 한 마디도 하지 않았다. 나는 내 침대로 가서 베개 옆에 그 악어를 놓았다. 그렇게 하면 내가 잠자는 동안 나를 내려다보며 어떤 얘기를 들려줄 것 같았다.

악어는 정말 내게 말을 했던 것 같다. 아침에 내 머릿속에 이런 말이 울렸기 때문이다.

"오늘은 외할머니 곁에 꼭 붙어 있어라. 절대 떨어지지 말고."

나는 그렇게 했다.

외할머니가 괜찮아 보일 때까지.

암흑유령이 움직이다

　　사우스엔드에서의 생활과 바닷가 산책을 마감할 때가 왔다. 전망 좋던 외할머니 방과 천 개의 방이 있는 집도 떠날 때가 됐다. 그것은 엄마에게 자유의 시작이었고 내게는 암흑시절 – 다른 사람들에게는 속 편했던 – 을 잊게 하는 것이었다. 하지만 잊게 할 뿐 소멸은 아니었다.

　암흑시절은 눈에 보이지는 않지만 여전히 계속되고 있었다. 폭발할 때까지 오랜 시간을 기다려야 하는 휴화산처럼.

　그곳 생활을 끝내는 이유는 엄마가 다른 사람 – 특히 그 사람 – 의 이름이 아닌 엄마의 이름으로 된 집, 즉 부동산 양도증서에 엄마 이름을 적어넣을 집을 사기로 결심했기 때문이었다. 엄마가 오랜 세월 악전고투를 하는 동안 아돌프 히틀러가 등장했다 사라졌고, 영국은 식민지를 잃었고, 라디오는 텔레비전에게 자리를 내주었다. 남자들의 권위가 약해졌고 여자들이 목소리를 높이기 시작했다. 엄마도 그 대열에 합류하기로 결정한 것이다.

　어느 날 엄마가 말했다.

"캠퍼스 가에 마음에 꼭 드는 집을 하나 봐놨어요. 우리에게 필요한 것들은 달라졌는데 진짜 필요한 것들이 여기엔 없잖아요. 이렇게 많은 방도 더 필요없구요. 그러니까, 엄마, 제 생각엔…."

외할머니는 못마땅해했다.

스토닝 선착장에 서있으면 하루에 두 번씩 밀물과 썰물이 바뀌는 것을 볼 수 있다. 또한 바다에 떠다니는 표류물도 볼 수 있다. 한동안 그것들은 한 방향으로만 움직인다. 그럴 때는 조류의 방향을 거슬러 1, 2분 동안 헤엄치기도 버겁다. 하지만 조수가 바뀌면 그것들은 힘이 약해지며 방향이 바뀐다. 그 불확실한 순간 선창 교각 옆에 떠있는 부유물들은 어느 쪽으로 흘러가게 될지 몰라 그 자리를 불안하게 맴돈다.

나와 마이클 형이 그 표류물이었다. 엄마의 인생에 혹처럼 붙어 있는 표류물. 지금은 엄마가 조류였고 그 조류가 방향을 바꿨다. 그런데 그 조류는 밀고들어오는 기세를 멈출 것 같지 않았다.

엄마가 이사하겠다고 선포한 후에 외할머니는 방에 앉아만 있었다. 사랑을 주기 위해 아프리카를 떠나왔는데, 그런 결정을 일방적으로 통보받은 데 대해 화가 난 것이다. 그러다가 외할머니는 울기도 했다. 그 몇 달 동안 외할머니는 여러 번 계단을 내려와 마호가니 난간에 손을 얹은 채 불편한 심기를 드러냈다.

"쓸데없는 짓이다."

"너무 비싸잖니."

"지내기에는 안 좋은 집이야."

"배은망덕한 것."

"너같이 인정머리가 없으니까…"

여러 번 그랬다. 하지만 결론은 이것이었다.

"나는 이사 못 간다. 너무 늙어서 거기 가면 아마 못 살고 죽을 거다."

엄마는 단호했다.

"못 사신다고 해도 어쩔 수 없어요. 전 지금까지 충분히 식구들 뒷바라지를 해왔고 저도 죽을 것 같아요. 이제부턴 저도 사는 것처럼 살 거예요."

엄마는 수년 동안 겪은 일들을 얘기하며 설득하려 했다. 하지만 내가 아는 한 엄마는 다른 사람을 배려할 줄 모르고 항상 이기적으로 생각하고 행동했다.

엄마는 내가 가지치기 가위를 든 공원관리인한테 쫓길 때도 대문을 닫아버렸다. 우리에게 손찌검도 했다. 그뿐이 아니었다. 때로는 남자에게 정신이 팔려 자식들에게 무심했고 심지어는 나를 밖에 두고 문을 잠그기도 했다. 하지만 엄마에게는 내가 몰랐던 다른 사정이 있었는지도 모른다. 어쨌든 항상 적에 둘러싸여 있던 엄마에게 유리한 방향으로 시대가 바뀌고 있었다. 역사는 우리 엄마 같은 많은 엄마들에게 이렇게 격려하고 있었다.

'이제 당신 자신을 생각하라. 당신의 시대가 왔다. 그러니 앞으로 나서서 기회를 잡으라'

그때 엄마 인생에서 항상 귀찮고 방해가 되는 것은 말할 것도 없이 외할머니와 나였다. 이런저런 환경이나 우연에 의해 떠밀려온 표류물 말이다. 쉽게 설명하자면 나는 1943년에 어떤 남자와 우연히 자고 나서 생긴 표류물이었다. 그 남자가 옥스퍼드에 있는 남자가 아니라는 것은 분명했다.

엄마가 얘기해준 것은 아니지만 굳이 묻지 않아도 알 만한 일이었다. 엄마가 항상 자기 자신만 생각한 것은 암흑시절에 자신도 혼란스러웠기 때문이다. 엄마도 이제 탈출구를 찾고 있었다. 엄마는 무엇 때문에 암흑시절이었느냐고 나는 묻지 않았다. 묻지 않아도 수천 번이나 그 대답을 했기 때문이다. 외할머니를 홀로 위층에 두고 엄마는 거실 난로 앞에 앉아 끝도 없이 차를 마시면서 얘기하고 또 얘기했다. 자신이 누구한테서 도망치려고 했는지.

하지만 엄마가 말하는 그 사람이 내게는 그저 거대하고 어두운 존재, 머릿속에 구체적으로 떠올릴 수 없는 존재일 뿐이었다. 외할머니 책상에 있는 사진 그 이상도 그 이하도 아니었다. 그것은 바로 외 할아버지였다.

"지미, 엄마가 얘기했는지 모르지만….."

'했어요, 엄마, 여러 번이요' 하지만 도망칠 곳은 없었고 오라는 데도 없었다. 하소연은 엄마의 특권이었다.

엄마 명의로 된 집으로 이사하는 것, 그것이 엄마의 탈출이자 도망의 한 방편이었다. 우리는 이사하기 싫어했지만 엄마의 자유찾기는 우리의 삶까지 바꾸어놓았다.

외할머니는 외로움과 슬픔에 시달렸지만, 이사는 나에게 새로운 삶에 눈뜨게 해줬고 변화란 내가 스스로 문을 열고 밖으로 걸어나가야 일어난다는 것을 가르쳐주었다.

어느 날 엄마는 이사할 새집과 새 삶을 찾기 위해 문을 열고 노스엔드를 향해 걸어갔다.

풀밭을 지나고, 해변산책로를 지나고, 구명보트 보관소를 지나고, 해변에서 항상 대기하는 구명보트를 지나고, 해병대 수영장을 지나고, 서던 레일웨이 호텔을 지나고, 아폴로 극장을 지나면 러거 가에 이른다. 이 거리는 이스트 캔드로드 버스회사의 노선에서 스토닝의 종점이었다. 『이스트켄트 머큐리』에서 컴퍼스 가에 있는 집을 내놓는다는 광고를 보고 엄마는 심장이 뛰었을 것이다. 하지만 일단 집이 어떤지 살펴보기 위해 약속을 잡았고 그때가 수요일이었다.

러거 가는 사우스스토닝과는 다른 세계인 노스엔드가 시작되는 거리로서, 내가 들어갈 수 없는 피츠로이 광장과 테니스경기장 그리고 크로켓 경기장을 둘러싸고 있었다.

러거 가에서 해변과 나란히 뻗어간 도로가 셋 있었다. 프로우 가는 바다에 면해 있고 그 길 너머 바다 쪽으로 해변산책로와 방파제가 있었다. 챈들러 가는 중간에 있는 도로로서 노스엔드까지 이어져 있었다. 그리고 노어 가는 챈들러 가보다 50미터 정도 더 안쪽에 있는데, 높이는 조금 더 낮았다. 그래서 바람이 센 날 파도가 넘어오거나 오랫동안 비가 그치지 않으면 쉽게 물에 잠겼다. 이 세 길이 끝나는 곳은 각각 프린터 광장의 위쪽, 중간, 아래쪽이었다. 우리집 근처에 있던 피츠로이 광장에는 위쪽에 잔디 깔린 테니스 코트가 있었는데 프린터 광장 아래로는 밀수선이 드나들던 터널이 있었다.

피츠로이 광장은 그 주변을 호화로운 집들이 둘러싸고 있었다. 큰길에는 술집이 하나도 없었고 도버로 가는 간선도로도 없었다. 반면, 프린터 광장 뒤쪽에는 허름한 연립주택과 선술집뿐이었다.

피츠로이 광장 주변에 사는 아이들은 사립학교에 다녔고 휴가 때만 집에 왔다. 하지만 프린터 광장 근처의 아이들은 주립학교에 다니면서 신문배달을 하거나 아버지를 도와 배를 타기도 했다.

피츠로이 광장 부근의 부인들은 시내에 가서 드레스를 샀고 실크 스타킹을 신고 다녔으며 남자친구도 있었다. 하지만, 프린터 광장 부근의 부인들은 대가족을 먹여 살리고 있었고 자신들이 한 일을 연애라고 하지도 않았다. 그들은 나이에 맞지 않게 표정이 음울했고 머리는 지저분했으며 살찌는 음식만 해먹었다.

피츠로이 광장 주변의 남자들은 베란다에 앉아서 셰리주와 진토닉을 마셨지만 프린터 광장 주변의 남자들은 선술집에 가서 맥주를 마셨다.

적어도 엄마가 하나의 삶에서 다른 삶으로 역사적인 발걸음을 옮긴 1954년 무렵에는 상황이 그랬다. 그리고 그에 따라 우리 가족의 삶도 180도 바뀌었다. 엄마는 피츠로이 부근에 살면서 자신의 초라함을 절실히 느껴왔다. 이제 엄마는 다른 누구도 아닌 엄마 자신이 되기 위해 노스엔드로 이사하기로 한 것이다.

한 가지 이유가 더 있었다.

사우스스토닝에 있던 집은 비싸서 '그 사람'이 사줬다. 하지만 노스엔드의 집은 싸서 엄마가 저금한 돈으로 살 수 있었다.

좁고 어둡고 눅눅하고 봄이면 밀물에 자주 잠기는 슬럼가에 있기는 하지만, 그래도 엄마가 보기에는 노스엔드의 집들은 아름다움을 지니고 있었다. 사우스스토닝의 집은 너무 크고 마음도 불편한 데다 끊임없이 수리를 해야 했기 때문에 전혀 아름다움을 느낄 겨를이 없었다. 엄마는 그런 모든 일에 질려버렸고 자신이 감당할 수 있는 뭔가가 필요했던 것이다. 하지만 엄마가 찾은 노스엔드의 낡은 집은 엄마 말고는 아무도 살 사람이 없을 것 같은 집이었다.

컴퍼스 가에 있던 그 집의 주인이 되던 날 엄마가 나를 불렀다.

"지미, 나랑 함께 집 보러 가자."

'그 사람'에게 이사할 집에 대해 멀리 떨어져 살고 있긴 했지만, 알리고 싶지 않았고 함께 가줄 남자도 없어서 엄마는 나를 동행인으로 정했다. 남자들 세상에서 탈출하기 위해 어린 남자아이를 데리고 간 것이다.

먼저, 우리는 스토닝의 하이 가에 있는 부동산중개 사무실에 가서 집 열쇠를 받았다. 열쇠는 수많은 열쇠가 걸려있는 캐비닛 안에 있었다.

"여기 있습니다."

진한 색 양복을 입은 중개업자가 말했다.

"돌아보신 다음에는 꼭 갖다주셔야 합니다."

그걸 잊어버리기라도 할까봐 당부하는 것이었다. 엄마가 어떤 사람인지 모르는 사람이었다.

역사라는 조류의 움직임이 눈에 보이기 시작하던 때였다.

"어서 와, 지미."

엄마가 열쇠를 구질구질한 핸드백에 넣으면서 말했다. 나는 엄마랑 돌아다니는 모습을 다른 사람들에게 보이기 싫어 머뭇거리고 있었다. 엄마는 피츠로이 광장 부근의 부인들에 비해 몰골이 말이 아니었던 것이다.

"자, 가자."

엄마는 가게에서 아이스크림을 사주고는 노랗게 페인트칠 된 커다란 해양대피소 앞에서 기다리라고 했다. 나는 거기 앉아서 바다를 바라보다가 엄마가 가버리자 일어서서 엄마가 가는 쪽을 쳐다봤다.

엄마는 건물 사이에 난 골목으로 들어갔는데 관 하나도 빠져나오기 힘들 정도로 좁아 보였다.

그날 나는 처음으로 컴퍼스 가의 끝까지 가봤다. 한쪽으로는 알바트로스라는 술집이 있었다. 삐걱거리는 간판에는 이상한 새가 그려져 있었는데 아무리 봐도 도도새 같았다. 반대쪽으로는 모서리가 둥근 창이 있는 사택이 보였다. 내가 모르는 사람들이 살고 있을 것이다.

내가 아이스크림을 먹고 있던 해변 공터 앞에는 고기잡이 배와 파란색 셔츠 차림의 남자들이 있었고, 근처에 하멜 아저씨의 흰색 오두막도 있었다. 거기에서 하멜 아저씨는 여름이면 돈을 받고 작은 보트와 고기잡이배를 빌려줬다.

그의 배는 나가고 없었다.

"안녕, 꼬마 지미."

보트를 손질하고 있던 하멜 아저씨의 조카였다. 나는 손을 흔들어주었다.

"하멜 삼촌은 고등어 잡으러 나가셨어."

타르 냄새와 오래된 밧줄 냄새, 석유로 움직이는 캡스턴 냄새, 어부들의 고함소리, 놀리는 소리, 웃음소리, 시끌벅적한 유쾌한 소리들로 주변 공기는 묵지근했다.

나는 거기에 잠시 서 있다가 주변을 돌아다니기 시작했다. 한쪽 길로 올라갔다가 다른 쪽 길로 내려오는 식으로. 하지만 엄마가 돌아왔을 때 나를 쉽게 찾도록 멀리 가지는 않았다.

"지미, 여기 있었구나!"

엄마가 어느새 와 있었다.

"바깥은 괜찮아 보이더라. 길거리도 맘에 들고. 이제 안으로 들어가 보자. 어서 따라와…."

엄마는 얼굴에 분홍빛을 띠고 있었는데 화장 때문은 아니었다. 눈에서 나는 빛도 남자하고 상관 없는 일이었다. 생전 처음 보는 모습이었다.

"자, 얼른!"

우리는 알바트로스 앞에서 마치 버스라도 타려는 사람들처럼 급히 길을 건넜다. 컴퍼스 가로 들어설 때는 마치 어둠의 세계로 들어가는 느낌이었다.

"여기야, 바로 여기."

엄마가 문 밖에서 열쇠를 만지작거리며 말했다. 계단 두 개는 흰색 대리석이었다.

엄마는 그곳 사람들이 창문으로 우리를 보는 것을 꺼렸기 때문에 얼른 들어가고 싶어했다. 엄마가 계단을 올라가서 문을 열자 나는 뒤따라갔다.

집 안은 땅거미가 지기 시작한 거리보다 더 어두웠다. 좁은 복도에는 빨랫줄이 매어져 있었고 거기에는 윤이 나는 진크림색 식탁보가 널려 있었다. 복도의 중간쯤에는 아치가 있었고, 아치 너머에는 유리창이 있는 출입문이 있었다. 그 창의 유리는 너무 오래 돼서 그것을 통해 안쪽을 보면 온통 푸르스름하고 뒤틀린 형태만 보였다.

엄마가 거실로 들어가는 넓은 문을 열자 거실 한쪽에 더러운 타일이 붙어있는 난로가 눈에 들어왔다. 입구 건너편에는 다른 문이 하나 있었는데 부엌으로 이어졌다. 부엌은 너무 눅눅했다. 부엌 입구 맞은편에 보이는 문은 화장실문이었다. 들여다보니 더러운 냄새가 나고 변기 근처의 벽에서는 곰팡이가 자라고 있었다.

하지만 엄마는 서두르지도 않고 마치 2천 년 동안이나 헤매다가 찾은 집처럼 정원으로 난 거실 문을 천천히 열었다. 컴퍼스 가에서의 우리 삶이 시작된 것은 그때부터였다.

흰색 도료를 칠한 벽에는 곧 부서질 듯한 낡은 의자가 붙어 있었는데, 엄마는 거기에 앉아 햇빛을 쬈다. 엄마는 머리를 벽에 기댔는데 그 모습은 왠지 엄마 마음 속에 쌓인 분노를 내보내고 있는 것 같았다. 엄마는 창백하고 지친 얼굴로 그렇게 앉아 있었다. 햇빛에 얼굴의 주름살과 부스스한 머리가 적나라하게 드러났다.

엄마 발치의 판석 사이에서 노란색 금불초가 자라고 있었다. 벽을 따라 분홍색 범의귀도 자라고 있었다. 주위에는 아무도 없었고 나는 있으나마나 한 존재였으므로 엄마는 거기서 축 늘어진 채 앉아 있었다. 몇 년 동안 전쟁을 치르다 고향으로 돌아온 최후의 생존자처럼 할 일을 다 마친 엄마는 이제 뭘 해야할지를 모르는 사람 같았다.

자주 그랬듯이 엄마는 그때도 내가 옆에 있다는 것을 잊은 것 같았다. 나는 따분해져서 집안으로 들어가 혼자서 2층까지 올라가봤다. 가는 곳마다 지저분했고, 썩은 음식 냄새와 퀴퀴한 화장실 냄새가 났으며, 창문에는 죽은 파리들이 말라붙어 있었다.

욕실 벽에는 증기기관 같은 커다란 흰색 원통이 있었다. 파란색 삼각형 안에는 '가이저'라고 씌어 있었다. 계단은 소용돌이 모양이어서 올라가다 발을 헛디디면 아래도 곧장 떨어지게 되어 있었다. 그 집에 살던 여자는 계단에서 떨어지면서 엉치뼈가 부러져 그 자리에서 꼼짝 못하고 있다가 나흘 만에 발견되었다고 했다.

지하창고로 들어가는 문이 보여서 안을 들여다보려고 문을 열었더니 축축한 어둠과 곰팡이 냄새가 나를 맞았다. 무슨 소리가 들리는 것 같아 내려가지는 않았다. 암흑유령이 우리보다 먼저 와서 자리를 잡고 들어앉아 있었다. 하지만 예전만큼 흉포하지는 않은 것 같았다.

나는 부엌을 지나 다시 정원으로 나갔다. 엄마는 그때까지 같은 자세로 눈을 감은 채 앉아 있었다. 마치 낡은 의자에 앉혀 놓은 시체 같았다. 외할머니와 닮았지만 엄마는 키도 크고 몸집도 더 컸다.

헛간이 있기에 열어보았다. 그것은 10번지와 11번지 사이에 지어진 오래된 보트창고였다. 서까래가 보였고 밧줄과 녹슨 작은 닻이 못에 걸려 있었다. 거기에서는 타르와 기름 그리고 썩어가는 범포조각 같은 어부의 냄새가 났다. 한쪽 구석에 있던 막대기는 두 군데가 V자형으로 패어 있었다. 거기에 손낚시할 때 쓰는 낚싯줄을 감았을 것이다. 끝에는 고등어 비늘이 말라붙어 있었다.

창고로 내려가는 길에는 이중 스윙도어가 있었다. 그중 문짝 하나는 경첩이 하나만 남아 겨우 붙어 있었다. 문은 밤색이었는데 칠한 지 아주 오래된 것 같았다. 아래쪽 어둠 속에서 석탄냄새와 곰팡이 냄새가 흘러나왔다. 암흑유령이 부스럭거리는 소리도 들렸지만 나는 바깥에 있었고 가까운 곳에서 바다 소리도 났기 때문에 그다지 무섭지 않았다. 변하고 있는 사람은 엄마뿐이 아니었다.

"엄마…."

엄마가 있던 자리로 돌아가 보니 엄마는 집안을 둘러보러 들어가고 없었다.

내가 둘러본 곳을 엄마가 지나다니는 소리가 들렸다. 고단한 여인이 이 방에서 저 방으로 돌아다니고 있었다. 남쪽 정원으로 면한 방은 햇빛이 들어 밝았지만, 북쪽 방은 맞은 편 집과 좁은 골목을 사이에 두고 있어 어두웠다. 그 집에는 빛과 어둠 그리고 나선형 계단이 있었고, 기와가 바람에 달그락거렸고, 뒤틀린 여닫이창 틈으로 바람의 손가락이 끈질기게 파고들었다.

"엄마…."

하지만 엄마는 이 집에서 누구에게 어떤 방을 줄 것인지를 계획하면서 엄마만의 세계에 빠져 있었다.

나는 정원으로 나가서 기다렸다. 도마뱀이 벽에 붙어 햇볕을 쬐고 있었다. 쓰레기도 있었다. 더 남은 공간은 거의 없었다. 나무 한 그루만 심어도 그 정원은 숨막히게 꽉 차 보일 것 같았다. 화단을 60센티미터 정도만 늘려도 의자를 놓고 차 마실 공간이 없어질 것이다. 쓰레기가 있는 마당 끝자락만 남는 것이다.

"지미…."

엄마가 부르는 소리를 듣고 얼른 안으로 들어갔다. 그 집은 스토닝에 있는 '방이 천 개인 집'보다 더 오래 되었고, 벽은 잔돌붙임 마무리를 하지 않아 표면이 매끄러웠다.

"아, 왔구나. 어때, 맘에 드니?"

내 맘에 드는지 나도 잘 몰랐다. 내가 아는 건 우리가 그곳으로 이사를 갈 것이라는 사실이었다. 엄마 눈이 빛나고 있는 것으로 보아 분명한 사실이었다.

"외할머니가 어느 방을 써야 할지 잘 생각해봐야겠다. 내 생각에는…."

"외할머니는 저 방을 좋아하실 거예요."

나는 정원 쪽으로 난 방을 가리켰다.

"그래…."

하지만 엄마 말투로 보아 확답은 아니었다.

"집 앞에 나가봐도 돼요?"

엄마가 고개를 끄덕이자 나는 계획을 세우고 있는 엄마를 두고 그 자리를 빠져나왔다.

엄마는 750파운드를 마련했다. 거기에 지붕을 개량하는 데 200파운드, 사무변호사 비용에 그보다 조금 더 들었다. 주택임대자금을 대출했고, 일부는 '그 사람' 한테서, 나머지는 미국에서 부자가 된 맥스 삼촌한테 빌렸다.

돈을 마련한 뒤 몇 주일 동안 엄마는 거의 제정신이 아니었다. 결국 10번지의 그 집을 사기까지는 몇 달이 걸렸다. 엄마는 생각할 것도 많았고 해야 할 일도 많았지만 가장 큰 일은 외할머니를 설득하는 일이었다.

"나는 싫다."

이것이 외할머니가 가장 많이 한 말이었다. 엄마도 절대 양보하지 않았다. 방향을 바꿔 엄마편이 된 조류는 외할머니를 다른 해안으로 쓸고 가려 하는데, 외할머니는 거기에 가려 하지 않고 거기에서 벗어날 힘도 없었다. 그 조류는 나도 휩쓸고 있었지만 상관없었다. 나는 언젠가는 어느 쪽으로든 벗어날 것이기 때문이다.

조류가 점점 높아짐에 따라 우리가 움직여야 할 날도 가까워졌고 외할머니의 비애와 절망감도 깊어갔다. 가끔 외할머니는 외할머니 방의 멋진 창가에 서서 풀밭 너머 바다를 바라보며 서 있었다.

그렇게 팽팽한 긴장의 나날 동안 엄마는 더 젊어지고 외할머니는 훨씬 더 늙었다.

"아프리카로 돌아갈란다."

어느 날 외할머니가 선언했다. 나는 심장이 멎는 것 같았다.

그늘진 방도 있고 밝은 방도 있는 노스엔드의 집을 생각해보았다. 그리고 그 안에 엄마와 함께 있을 나를 생각해보았다. 나선형 계단 꼭대기에 서 있는 나와 맨 아래에 서 있는 엄마를 그려보았다. 그 집의 혼잡함과 뒤죽박죽된 미래를 생각하고, 외할머니 방 같은 도피처도 없는 상황을 생각해 보았다.

암흑시절이 다시 떠올랐고 그동안 잊고 있었던 오한이 몰려왔다.

나는 외할머니에게 애원했다.

"가지 마세요, 제발요."

"가야 된다."

외할머니가 대답했다.

"안 그러면 이 할미는 죽을 거다."

외할머니가 그렇게 말한 날, 내 머릿속은 하얗게 공백이 되었다. 어둠이 나를 감쌌고 나는 집에서도 밖에서도 돌아다닐 수가 없었다.

"너무 미안하구나, 지미. 하지만 어쩔 수가 없다."

나는 이제 다시 엄마와 단둘이 남게 될 것이고 이번에는 영원히 그럴 것이다. 그날 내가 한 번도 하지 않았던 행동을 한 것으로 보아 나는 정말로 죽고 싶었던 것 같다. 나는 지하실 문을 열고 나무계단을 내려가 깊은 어둠 속에 있는 암흑유령을 대면하러 갔다. 수년 동안 그를 피해왔지만 그 날은 그가 나를 죽음의 세계로 데려가 주기를 바랐던 것이다. 바깥엔 햇빛이 있었지만 지하에는 없었다. 내 심장은 두려움으로 고통스럽게 뛰다가 마침내 절망으로 가라앉았다.

나는 내 자신의 의지로 암흑시절로 돌아가려 했다.

내려가서 지하실 문을 닫고 위층에서 두 여인이 우는 소리를 들었다. 두 사람의 언쟁과 울음소리를 들으며 나는 지하창고의 그 공포스러운 어둠 속으로 감연히 나아갔다. 지하실 첫 번째 방에 들어선 나는 어스름 속에 서 있었다. 머리 위쪽에서 창유리를 통해 빛이 들어오는 것을 보자 두려움은 점차 줄어들었다.

이어서 위쪽 두 사람의 언쟁으로부터 그리고 역사의 조류로부터 멀어지면서 지하 더 깊은 방으로 들어갔다. 그 자리는 『이글』이 불태워지고 내가 몰래 춤곡 레코드판을 망가뜨렸던 거실의 아래층이었다. 그 지하방의 유리창은 지상으로 반쯤 노출되어 있었지만 거실에서 정원으로 나가는 계단에 가려져 잘 보이지 않았고 흙과 나뭇잎과 거미줄로 지저분했다. 바닥에는 죽은 새가 썩어가고 있었다. 그 깃털은 외할머니의 머리카락 색과 같았다. 드디어 암흑유령이 살고 있는 - 본 적은 없고 그 소리만 들어왔던 - 옆방으로 들어갔다. 그 집 지하실에는 항상 탁탁 소리를 내며 언젠가는 나를 데리러 오겠다고 위협하던 암흑유령이 살고 있었고, 나는 항상 그의 존재를 의식하며 살아왔다. 그는 내가 기억하는 첫번째 집인 램스게이트 15번지의 집에서도 분명히 살고 있었다. 빗장에 내 손이 닿지 않던 그 집 말이다.

이제 나는 그를 만나러 왔고, 그가 나를 데려가기를 기다리고 있다. 외할머니는 떠날 것이고 그러면 내 삶도 그날로 끝날 것이다. 탁, 탁, 탁… 저기에 그가 있다. 저기에… 내가 볼 수 있는 바로 저기에 그가 있다. 그는 천장 모서리 근처 격자창 옆에 있다. 그 창으로 바람이 들어왔고, 그것 때문에 낡은 전깃줄 끝이 탁-탁-탁 소리를 냈다. 내 어린시절 내내 그 암흑유령이 음울하게 내던 그 소리를 말이다. 암흑유령은 그저 느슨한 전깃줄이었던 것이다.

그것이 암흑유령의 실체였다. 그는 전깃줄 한 자락, 바람이 불 때 벽에 부딪히던 줄이었을 뿐 실제로 존재하는 것이 아니었다.

방에는 먼지가 많았지만 텅 비어 있었다. 격자창으로 들어오는 빛은 해변에서 본 죽은 남자의 셔츠 사이로 보이던 살갗처럼 회색이었다. 나는 탁탁 소리를 내던 암흑유령이 나를 데려가기를 바랐다. 하지만 그의 실체를 깨달은 지금, 그는 암흑시절로 다시 나를 데려가지도 못하는 무력한 허깨비일 뿐이었다.

나는 어둠 속에서 전깃줄을 바라보며 암흑유령에 대한 두려움이 사라졌음을 깨달았다.

내 어린시절을 덮으려는 시간의 조류가 질주하는 말처럼 다가오자, 두려움 없이 서 있던 나는 그 어처구니없는 전깃줄 같은 거라도 좋으니 확실히 눈에 보이는 뭔가가 있었으면 하는 생각이 들었다. 내가 한 번도 들어보지 못한 무시무시한 것이.

그러다가 문득 뇌리를 스치는 것이 있었다. 그것이 확실하다는 직감이 들면서 눈물이 앞을 가렸다. 위층에 있는 천 개의 방으로부터 두 사람의 울음소리가 들려올 때였다.

내 머리에 갑자기 떠오른 곳은 내 암흑시절이 시작된 15번지 그 집에서의 정확한 장소였고, 나는 잃어버린 내 신발이 어디에 있을지를 깨달았다. 어떻게 해서 그 신발이 없어졌는지도 분명해졌다.

그래서 엄마와 외할머니가 싸우면서 우는 동안 나도 소리 내어 울었다. 그 당시 나는 내 신발을 찾을 용기가 없었기 때문에 그것들을 버리고 왔던 것이다.

　나는 위층으로 올라갔다. 암흑유령이 다시 나오지 못하도록 문을 닫아야 한다는 생각은 하지도 않았다. 나는 외할머니의 눈물을 닦아 주며 3실링만 달라고 했다. 내게 1실링이 있었지만 램스게이트 15번지의 옛날 집을 다녀오려면 3실링이 필요했다.

　그때까지 한 번도 돈을 달라고 한 적이 없었던 내게 외할머니는 아무것도 묻지 않고 그 돈을 내줬다.

　"지미…."

　"제가 돌아올 때까지는 아프리카에 가지 마세요."

　"아가, 난 아무데도 안 간다. 지금은 아무도 나랑 살고 싶어하지 않는구나."

　"제가 있잖아요. 저는 외할머니랑 살고 싶어요."

　외할머니는 늙은 얼굴에 주름을 만들며 미소를 지었다. 계단을 내려와 집 밖으로 나갈 때 호주머니에서 동전들이 짤랑거렸다. 나는 버스정류장이 있는 러거 가를 향해 쉬지 않고 달렸다. 어디에서 어떻게 내 신발을 잃어버렸는지를 깨닫고는 북받쳐오는 슬픔을 잊기 위해 이를 악물고 달렸다.

　버스를 타고 눈스턴 채탄소를 지나 오래오래 달렸다. 우리가 이삿짐운반차를 타고 오던 바로 그 길이었다. 그리고 램스게이트에서 내려 주위를 둘러봤다. 모두 낯선 풍경이었다.

　"아저씨, 길 좀 여쭤볼게요…."

　"저 길이 덤튼 공원으로 가는 길인가요?"

　그렇게 해서 나는 옛날 동네를 찾아갔다.

　아, 그 공원이 기억났다. 내가 절대 들어가서는 안 되는 잔디밭과

가지치기 가위를 들고 내 귀를 자르려 했던 아저씨도. 그리고 꼭대
기에 뾰족한 창이 있고, 거미가 있던 검은색 철제 대문도… 가위를
피해 거리를 이리저리 꺾어 도망가던 일도… 택시가 끼익 소리를
내며 멈추고 운전수가 소리 지르던 일도… 으르렁거리다가 내가
지나갈 때 일어나서 짖어대던 검은색 개도, 그래서 더욱 빨리 달리
던 일도… 이윽고 내가 알고 있는 길에 들어섰다. 어떤 외할머니가
살던 골목 입구의 집을 지났다. 담이 그대로 있었다. 전에는 들어갈
엄두를 내지 못했던 과거의 어둠 속으로 나는 최대한 빠른 속도로
달려 들어갔다.

내가 찾는 집은 확실히 알고 있었다. 그것은 15번지였다. 과거에
일어났던 일보다 더 험악한 일을 당할 염려는 없었기 때문에 두렵
지는 않았다.

나는 15번지에 도착해 대문에 다가갔다. 이제는 키가 자라 대문
너머 안을 들여다볼 수 있었고 내 손으로 직접 빗장을 열 수도 있었
다. 내가 뒷문을 두드리자 어떤 남자가 나와서 다짜고짜 이렇게 말
했다.

"나갔다, 나갔어. 덤튼 공원에 있을 거야."

"알고 있어요. 제 물건을 지하실에 뒀다고 해서 왔어요."

그 후 몇 년 동안 나는 많은 것을 배웠는데, 재빨리 상황파악을 해
서 그에 맞게 대처하는 능력도 그 중 하나였다. 그 남자는 분명히 내
가 자기 아들 친구라고 생각했을 것이다.

"정말이냐? 거긴 위험해서 뭘 두었을 리가 없는데. 지하실 천장이
무너지려고 해서 아무도 거기에 안 들어가거든. 뭘 뒀는데?"

"제 신발이요."

남자는 내 얼굴을 쳐다봤고 나도 그 남자의 얼굴을 쳐다봤다.

"그럼 어서 가져가거라."

마지못해 그렇게 대답했다.

"네가 누군지는 모르겠다만."

그 집도 당시 우리집과 별로 다를 바 없이 행복한 분위기는 아니었다. 나는 지하실 문을 열고 암흑유령이 살았던 그곳으로 내려갔다. 두려운 것은 하나도 없었다.

"나갈 때 부엌문 잘 닫고 가거라."

그 남자가 소리쳤다.

"그리고 천장의 회반죽은 만지지 마라. 곧 떨어지려고 하니까."

"알았어요."

나는 한때 암흑유령이 밤에 탁탁 소리를 내던 곳으로 갔다. 하지만 그 소리는 들리지 않았다. 내게서 두려움이 없어졌기 때문이다. 파이프와 홈통에 불던 바람, 그것이 그의 실체였다. 다른 것은 없었다.

나는 가장 어두운 곳으로 들어갔다. 석탄을 저장해놓은 자리 너머 내 형과 사촌누나가 알고 있던 그곳은 내가 신발을 찾는 동안 한 번도 들여다볼 엄두를 못 내던 곳이었다. 그들은 내가 절대 그곳을 들여다보지 못한다는 것을 알고 있었던 것이다.

가장 잔인하게 상처를 주는 사람은 바로 가장 가까운 가족이다.

나는 태고의 어둠 속으로 들어갔고, 그곳에서 죽어있는 내 가여운 신발을 발견했다. 신발은 이토록 가까이 있었으니 내가 부르는 소리를 들었을 것이다. 하지만 소리를 낼 수 없으니 대답할 수도 없었던 것이다.

신발은 그렇게 어둠 속에 있었다. 석탄과 벽토먼지를 뒤집어써서 검은색에 가까운 회색을 띠고 있었다.

"아, 아, 아…"

나는 그 모습을 보고는 엉엉 울어버렸다.

거기에는 탈수를 하거나 시트의 주름을 펴는 수동식 맹글이 하나 있었다. 그것은 잿빛 어둠 속에서 잿빛으로 서 있었다. 고무로 된 두 개의 롤러는 세월이 흘러 거의 해져 있었다. 하지만 그것을 마지막으로 사용한 게 언제였는지는 분명했다. 형과 사촌누나가 힘을 합쳐 내 신발의 앞부리를 롤러 사이에 끼워 넣고 있는 힘을 다해 회전시켰던 것이다. 운동화 앞쪽은 1~2인치가 끼어 들어가 있었고, 신발끈은 어둠 속에 축 늘어져 있었다. 뒤꿈치는 신고 다녀서 닳아 있었다. 마치 나이가 들어 굽어 있는 것 같았다.

"아."

나는 기계에 끼어 있는 운동화에 손을 뻗었다. 그것은 마치 타르 투성이가 되어 웅크린 채, 바람 부는 해변에서 죽어가는 상처입은 갈매기 같았다. 나는 맹글의 손잡이를 뒤로 돌려 풀었다. 이제는 내 힘으로 그것을 되돌릴 수 있었다. 두 사람은 혹시라도 내가 암흑유령이 있는 그곳에 갈지도 모른다고 생각했고 그때를 대비해서 내 신발을 롤러 사이에 넣고 뒤틀었던 것이었다. 그때는 내가 그것에서 신발을 꺼낼 힘이 없었기 때문이다.

나는 꺼낸 신발을 부드럽게 감쌌다. 너무 가슴이 아파 자세히 들여다볼 수가 없었다.

그리고는 가여운 내 신발을 바닥에 내려놓고 흐릿한 불빛 아래서 바라보았다. 지금 내 발에는 너무 작을 것이다. 역사의 조류는 밀물이 되어 밀려왔고 내 신발은 그것이 떠나간 뒤에도 그 자리에 남아 있었다. 다른 무엇으로도 내 신발을 대체할 수 없었다. 그걸 뭐라고 불러야 할지 모르겠다. 여하튼 그것은 신뢰로 시작되고 희망으로 지속되며 잘못된 것은 결국 바로잡힌다는 믿음 같은 것이다. 내 신발을 숨길 때 그들은 그런 믿음들을 앗아갔다.

나는 지하실을 나와 계단을 올라가 15번지 집을 나왔다. 아저씨가 당부한 대로 뒷문을 닫고 빗장도 원래대로 잠가 놓았다. 그러고는 램스게이트 항구로 가는 먼 길을 걸어 언젠가 내가 미끄러졌던 방파제까지 갔다.

아직 만조가 되기 전이어서 좀 기다려야 했다. 만조가 되었을 때 물이 차는 자리 앞에서 잠시 기다리다 온통 타르범벅이 된 갑오징어 껍질을 발견했다. 그리고 그 안에서 내 친구인 악어의 웃는 얼굴을 보았다. 악어는 내게 아이디어를 한 가지 알려줬다. 그래서 나는 슬레이트 조각에 부싯돌로 악어의 튀어나온 눈과 이빨, 다리 그리고 꼬리를 새겼다.

그리고 나서 해변에 앉아 만조가 되기를 기다렸다. 내 신발은 실종된 후 오랫동안 겪어보지 못한 따뜻한 품속에서 몸을 녹이고 있었다. 만조가 되어 파도가 방파제에 넘실거리자 나는 내가 옛날에 빠졌던, 그리고 그대로 죽기를 바랐던 지점으로 갔다. 그날 나는 수영하는 법을 배웠었다.

나는 먼저 신발 하나를 점점 높아지는 수면 위에 놓고, 이어서 다른 하나를 놓았다. 그리고 강을 건너 별에 이를 때까지 여정을 함께하며 신발을 지켜줄 악어를 그 뒤에 놓았다.

그것들은 점점 내게서 멀어져 보이지 않게 되었다. 마음속에서 슬픔이 차올랐지만 눈물도 다 말라 나오지 않았다.

그들에게 잘 가라는 인사를 했던가?

아마 했을 것이다. 그리고 조심히 잘 가길 빌었던 것 같다. 이제는 나를 암흑시절로 다시 데리고 갈 경찰이 필요없었다. 혼자서도 집에 갈 수 있었으니까. 나는 돌아서서 푸른 바다를 등지고 부두에서 버스가 오는 언덕을 향해 걸었다.

스토닝으로 가는 버스를 타고 지나갈 때 눈스턴 채탄소의 거대한 검은 바퀴는 어두워져가는 하늘을 배경으로 회전하고 있었다. 버스 종점에 내려서 해변산책로를 따라 '방이 천 개인 집'으로 갔다. 암흑유령은 우리보다 먼저 나와서 이사할 집으로 들어갔었다. 난파가 임박한 배에서 쥐가 먼저 알고 도망가듯이. 그는 내 머릿속에서 하나의 기억으로만 남아있다. 암흑시절이 지속되는 동안 계속 탁, 탁, 탁 소리를 내고 있었다는 것이다.

외할머니는 애를 태우며 내가 돌아오기만을 기다리고 있었다.

"어디 갔다 오는 거냐?"

외할머니가 수상하다는 투로 물었다.

나는 아무 말도 하지 않았다. 그 후로도 영영….

외할머니에게 아무 말도 하지 않은 것은 그때가 처음이었다.

부끄러움에 대해 얘기할 용기가 생긴 건 아주 오랜 시간이 지난 후였다.

∞

외할머니는 아프리카로 돌아가지 않았다. 엘리 이모가 외할머니와 살고 싶어하지 않았기 때문이다. 이제는 컴퍼스 가로 따라가든지 양로원으로 가는 수밖에 없었다.

오래 전에 외할머니는 내게 도움의 손길을 내밀었으니 이제 내가 외할머니를 도와야 할 시점이었다.

이삿짐 센터 사람들이 와서 외할머니 방의 짐을 제외하고 다른 짐들은 모두 차에 실었다. 나는 내가 할 일을 알고 있었다. 아프리카 신사의 낮은 목소리가 내 머릿속에서 울렸던 것이다. 그 신사가 여기 있었다면 외할머니에게 해줬을 일을 내가 대신 해줘야 했다. 밀려오는 조류는 어떻게 할 수 없으니 우리가 할 일은 수영을 배우는 일이었다.

"어쩌면 좋겠니?"

엄마가 물었다.

"저한테 맡겨 주세요."

나는 외할머니 방으로 가서 외할머니 모자와 코트 그리고 지팡이를 집어들고 말했다.

"외할머니, 우리 산책 나가요."

"가기 싫다."

"저는 가고 싶은걸요."

가끔 외할머니가 쓰는 방식이었다.

"허 참!"

그러더니 모자를 쓰고 코트를 입고 지팡이를 받아들었다.

"어디 갈 건데?"

"노스엔드요. 우리가 이사할 집이 있는 곳인데 가서 한번 구경해요. 언젠가는 봐야 하잖아요."

"볼 게 뭐 있냐. 나는 안 갈 건데."

"외할머니가 전에 그러셨잖아요. 보려고만 하면 봐야 할 건 널렸다고요. 외할머니가 제게 그러셨어요."

"흠… 그런 것 같기도 하구나."

"분명히 그러셨어요."

"어디 가세요?"

아무것도 모르는 척 엄마가 물었다.

"차 마시러 간다."

외할머니가 대답했다.

"모나크 호텔로. 내 짐은… 내 짐은… 내 짐은 내 손으로 안 꾸린다. 그렇게는 안 해!"

"알았어요. 엄마."

엄마는 내게 고마워하는 눈짓을 보내며 차분하게 말했다.

"그리고 이 사람들에게 내 도자기를 특별히 조심히 다루라고 일러라. 흠 하나 없이 바다를 건너왔는데, 노스엔드처럼 가까운 곳으로 옮기면서 깨진다면 말이 안 되잖니."

"알았어요, 엄마. 각별히 조심할게요."

엄마가 한층 부드러운 어조로 말했다. 하지만 싸움에서 이긴 엄마의 눈에는 냉정함이 서려 있었다.

외할머니는 평소보다 더 느릿느릿 걷고 지팡이에 더 많이 의존했다. 구명보트 보관소를 지났을 때 외할머니가 걸음을 멈췄다.

"지미, 나는 확실히 기억이 안 나는데 가는 길은 네가 잘 알고 있겠지?"

나는 그렇다고 대답했다.

우리는 서던 레일웨이 호텔을 지나 러거 가 끝까지 가서 모나크 호텔을 향해 걸어갔다. 하지만 외할머니는 부두 옆 아이스크림 가게를 보자 이렇게 말했다.

"생각해보니 내가 아이스크림을 먹어본 지가 꽤 오래됐구나. 이 벤치에 앉아서 바다구경을 좀 하고 싶구나. 그 동안 네가 아이스크림 좀 사오겠니?"

며칠 전 외할머니가 준 3실링에서 남은 돈이 나한테 있었다. 나는 영국에서 가장 유명한 젤라토 가게까지 가서 초콜릿 웨이퍼가 든 아이스크림을 큰 걸로 두 개 샀다.

"외할머니, 녹기 전에 얼른 드세요."

우리는 벤치에 나란히 앉아 아이스크림을 먹었다. 외할머니는 코가 길어서 코끝에 아이스크림이 묻었다.

"맛있구나. 아주 맛있어. 아프리카에서 먹었던 것보다 훨씬 더. 자, 이제…."

외할머니가 천천히 일어섰다. 얼굴에는 결단의 표정이 서려 있었다.

"… 그동안 법석떨면서 이사 준비를 하던 그 집을 좀 구경시켜 주겠니?"

"네, 외할머니. 어느 길로 갈까요?"

"네가 좋은 길을 골라보렴."

나는 해변 산책로를 택했고, 우리 둘은 햇빛을 받으며 천천히 걸었다.

"얼마나 더 가야 하는 거냐?"

하멜 아저씨의 오두막을 지날 때 외할머니가 물었다. 피곤해지기 시작한 것이다.

"얼마 안 남았어요."

"이만 하면 기분전환 잘 했으니 이제 돌아가자꾸나."

외할머니가 내 팔을 잡았다.

뉴펀들랜드

엄마가 컴퍼스 가의 집에서 방을 배정했다.

외할머니 방은 2층의 가장 어두운 북쪽 방으로 정해졌다. 부엌이 따로 있었고 맞은편 집과의 거리는 4미터도 안 됐다. 전망이라고는 벽돌뿐이었다. 바다는 보이지 않고 파도소리만 들렸지만 외할머니는 귀가 어두워져서 그마저도 들을 수가 없었다. 그 방에 있으면 늙은 외할머니는 외로움을 못 이겨 천천히 죽어가게 될 것 같았다.

엄마 방은 외할머니 방의 맞은 편이었는데 남쪽에 있어 햇빛이 잘 들고 이웃집 지붕이 보였다. 수년 동안의 검소한 생활과 고된 노동으로 쟁취한, 안락한 수면과 자유를 누릴 공간이었다.

하워드 스커플, 그 사람은 엄마 방보다 더 좋은 방을 차지했다. 그 사람은 어쩌다 한 번씩 오기 때문에 거의 사용하지도 않는데 말이다. 그의 방은 시험답안지를 채점하고, 술을 마시고, 마른버짐을 책상 주변 카펫에 비늘처럼 떨어뜨리는 곳이었다.

마이클 형의 방은 외할머니 부엌 위층이었다. 북향이긴 했지만 맞은 편 집들 사이에 간격이 있어 전망이 괜찮았다. 그의 방은 신경쇠

약을 불러올 방이었다.

내 방은 외할머니 거실의 위층에 있었으며 똑같이 북향이었고, 4미터 정도 떨어진 맞은편 집의 창문과 지붕을 쳐다봐야 했다. 거의 일년 내내 그랬지만 바람이 불 때면 방에 있는 방문과 창문, 난로의 철망에서 마루판자까지 방안의 모든 것이 삐걱대고 덜컹거렸다.

내 방에는 내가 만든 비밀 문이 있었다. 새로운 세계로 들어가는 문이자 더 이상 암흑시절이 없는 세계를 찾으러 가는 문이었다. 한때 나랑 살았고 어쩌면 다시 만날 수도 있는 '그 사람'이 살고 있는 세계.

컴퍼스 가의 끝과 챈들러 가가 만나는 지점에는 '펜더스'라는 구멍가게가 있었는데 거기서는 조각빵과 우유, 구운 콩, 가루비누, 동화책 같은 것을 팔았다.

공터 앞 해변에는 보트와 낚싯배, 폭풍우가 불 때 높은 파도를 부숴서 허공에 날려버리는 방파제가 있었고, 개들이 좋아하는 산책로가 있었다. 그 주변으로는 선술집이 널려 있었다. 노스엔드가 낚시꾼과 인명구조원들로 활기가 넘치던 시절의 잔재물이었다. 알바트로스, 별과 훈장, 장미와 영광, 세 개의 나침반, 앨비언, 암즈항구… 선술집 간판에는 우리나라와 스토닝의 역사가 담겨 있었다. 근처에는 '노스스토닝 선박'이라는 보트 제작사가 있었고 드래곤 가에는 골드핀치 제과점이 있었다. 그리고 버드 가와 챈들러 가가 만나는 지점에는 태클 상점이 있었다. 언젠가 우유배달원 한 명이 거센 해풍에 날려온 그 상점의 간판에 맞아 다치기도 했다.

옷도 제대로 못 사 입는 여자가 불쌍한 자식들을 데리고 사는 집의 맞은편에는 유명한 화가 에드워드 피오렌티노가 살았다. 옆집에는 심즈 부인이 살았는데, 그녀의 남편은 그녀와 나란히 자다가 숨을 거뒀다. 심즈 부인의 딸 페기는 프랭크 시내트라의 팬이었는데 역시 근처에 살았다. 컴퍼스 가의 끝자락에는 멀리컨 부부가 사는데, 사우스 가에서 생선가게를 하던 그들은 바다를 바라보며 죽을 날만 기다리고 있었다.

하지만 이 모든 이웃들과 뒷골목, 밤낚시가 성행하던 해변의 낚시터, 성벽과 프리터 광장 그리고 노엘 코워드 거리를 당시에는 찾아보고 돌아다닐 용기가 없었다.

내가 할 수 있었던 것은 나선형 계단을 오르내리거나 어두운 방안과 외풍이 많은 부엌에서 외할머니의 쓸쓸한 표정을 지켜보는 것, 바람이 세게 불 때 내 방의 문과 창문이 덜컹거리는 소리를 듣는 것이었다. 그것뿐이었다.

"지미, 예전처럼 나가 놀지 그러니."

가끔 외할머니가 그렇게 말했지만 진심은 아니었다. 바깥 풍경이 보이지 않는 곳에서 죽어가고 있던 외할머니는 내게 삶의 의욕을 북돋워줄 기력이 남아 있지 않았다.

나는 집 밖에서는 종종걸음으로 눈을 내리깔고 다녔으며, 가끔은 보이스 아저씨가 있는 스토닝 성을 지나쳐 내가 노닐던 해변으로 가기도 했다. 그리고 사우스다운 거리까지 내처 걸었다. 하지만 근처에 찾아갈 만한 사람도 없어서 예전 같은 기분은 나지 않았다. 또한 파도에 실려온 나무들을 집까지 들고 가기에는 너무 멀었다. 내세계의 중심은 완전히 흩어져서 나는 새로운 지도를 작성해야 했다. 하지만 나는 뒤에 남은 것들을 완전히 포기하고 열린 마음으로 노스엔드로 걸어들어갈 준비가 아직 되어 있지 않았다. 그곳에서 나는 이방인이었다. 낯선 풍습과 생활방식에 부딪히며 영어를 배우러 온 외국인 같았다.

게다가 내 방 창문에서는 남쪽에서 바람이 부는 날에도 나팔 소리가 들리지 않았다.

어느 날 학교를 향해서 나섰는데, 내 발이 나를 다른 곳으로 데려갔다. 나는 버스 정류장을 지나 남의 눈에 띄지 않도록 옆길로 꺾어 들어갔다. 어디로 가고 있는지 나는 몰랐지만 내 다리는 알고 있는 것 같았다. 내 다리에 이끌려 나는 해안거리로 나섰고 책가방이 너무 무거워지자 전복된 보트 아래에 조약돌을 모으고 그 안에 가방을 숨겼다.

해병대에서 9시를 알리는 종소리가 들려왔다. 학교에 늦었지만 내 다리는 멈추지 않았다. 나는 눈에 띄지 않도록 해양소년단 보트 보관소 옆에 오랫동안 앉아 있었다. 바다 건너 프랑스를 보고 싶었지만 안개 때문에 보이지 않았다. 내 다리는 너무 약해서 다시 일어났을 때는 서있기도 힘들 정도였다. 머리도 어지러웠다.

나는 사우스스토닝의 상가를 걸으며 진열창 안의 상품들을 구경했다. 마치 뭔가를 잃어버렸는데 그것이 무엇인지 기억나지 않는 것처럼. 청과물 가게도 있었고, 정육점도 있었고, 계단을 몇 개 올라가 낡은 문을 열고 들어가야 하는 담뱃가게도 보였다. 내가 장난감을 훔쳤던 가게도 있었고, 말 그림을 파는 가게도 있었고, 신발가게인 클락스도 있었다.

내가 멈춘 곳은 신발가게였다. 검정색, 밤색, 파란색의 여자신발도 있고, 어린이용 샌들, 테두리에 고무를 덧댄 검은색 운동화도 있었

226

다. 하지만 내 신발은 없었다. 그 커다란 진열창으로 모든 신발을 다 찾아봤지만 그 비슷한 것도 없었다.

눈물이 흐르면서 울음이 터질 것 같았지만 참았다. 다음 모퉁이를 돌아 걷다가 나는 똥이 나와 바지에 묻는 것이 느껴졌지만 왜 그러는지 알 수 없었고 어떻게 해야 할지도 몰랐다. 그래서 여기저기를 계속 걸었다. 모퉁이를 여러 번 돌다가 나는 길을 잃었고 어디가 어딘지 분간할 수가 없었다. 궁둥이가 끈적이고 쓰라렸으며 목구멍도 아팠다. 게다가 내 눈은 맘껏 눈물을 쏟을 곳을 애타게 원하고 있었다. 나는 그때 내가 그 예전의 암흑시대를 향해 가고 있음을 느꼈다. 그때의 느낌은 너무나 낯익었다.

그러다가 갑자기 내 얼굴에 빗물이 떨어졌다. 하지만 나는 뛸 힘이 없었고, 비를 피할 만한 곳도 보이지 않았다. 두드리듯 내리는 비를 맞은 나는 그 자리에 굳어버렸고, 하늘에서 내리꽂히는 무자비한 화살은 철창이 되어 나를 가둬버렸다.

얼마 후, 비가 그치자 나는 다시 걷기 시작했고 어떤 도서관을 지나게 되었다. 그걸 보자 문득 내가 어디쯤에 왔는지 알 것 같았다. 거기는 아더 미 박사님이 있던 곳이었고 아마 그분은 내가 물어보는 것에 대답해주었을 것이다. 뭘 물어봐야 할지 알고 있었다면 말이다. 내 궁둥이는 너무 불편하고 쓰린데 나는 뭘 어떻게 해야 할지 종잡을 수가 없었다.

"지미, 지로 로바구나. 그렇지?"

사서인 메리 누나였다. 보이스 아저씨의 착한 친구.

나는 그녀를 쳐다보았지만 힘이 없어서 아무 말도 할 수가 없었다. 고개를 들기도 버거웠고 눈도 쓰라렸다.

"무슨 일이니?"

그녀가 보도에 무릎을 꿇고 앉아 내 양쪽 팔을 잡았다.

"무슨 일이니, 지미?"

"저… 저…."

나는 그녀의 팔에 안겨 한참을 울었다.

"모르겠어요. 모르겠어요…."

내가 우는 동안 메리 누나는 나를 안고 기다렸다.

말하기에 너무 창피한 일이었기 때문에 모른다고 할 수밖에 없었다.

다만 한 가지만 얘기했다. 내 신발이 먼지를 뒤집어쓰고 쪼그라든 채 맹글의 롤러 사이에 끼어 있었다고. 신발은 그렇게 아픔을 참으며 그 오랜 시간을 외롭게 버텨 왔다고.

나는 그 얘기를 하며 울었고, 그녀는 나를 꼭 껴안아 주었다. 그러자 내 신발들이 다시 생각나 서러움이 더욱 북받쳤다.

"저 집에 못 가요. 바지에 똥 쌌어요."

"그럼, 나랑 보이스 아저씨한테 갈까? 아저씨가 너를 씻겨주신 다음, 함께 너희 집에 가서 엄마한테 잘 얘기해 주실 거야."

나는 고개를 끄덕였다.

"걷기가 힘들어요. 온몸이 다 아파요."

"정말 많이 아픈 것 같구나. 지미."

그녀가 내 손을 잡으며 말했다.

"안 되겠다. 열이 있어. 이리 오렴."

메리 누나는 나를 스토닝 성으로 데리고 가서 성문을 두드렸다. 보이스 아저씨가 나오더니 그녀를 쳐다본 후 나를 내려다봤다. 그러

228

자 메리 누나는 내가 몸이 아프며 비를 맞은 데다 바지에 똥을 쌌다고 얘기했다.

"이리 오너라. 별일도 아니구나. 어서 들어와."

보이스 아저씨가 말했다.

두 사람과 있으니 안심이 되었다. 성 안의 화장실에서 두 사람이 나를 씻겨주어도 별로 창피한 생각이 들지 않았다.

"여자들은 원래 남자 화장실에 들어올 수 없지만 성문을 잘 닫았으니까 뭐…."

보이스 아저씨가 메리 누나에게 말했다.

"이런 화장실 말고 더 재밌는 것도 많이 봤는걸요."

메리 누나가 말했다.

"자, 이제 바지를 벗자, 지미…."

나는 바지를 내리고, 그 다음에 냄새나는 팬티를 내렸다. 보이스 아저씨가 '아이구야!' 하면서 깜짝 놀라는 시늉을 해서 나는 쑥스럽게 웃었다.

"뜨거운 물 있어요?"

메리 누나가 물었다.

"차 끓이려고 둔 물이 있어요."

"그럼 그걸 가져오세요."

왜 그랬는지 모르지만 우리는 소리 내어 웃었다. 다 씻고 나서 나는 더러워지지 않은 바지를 입었다.

보이스 아저씨가 우리집에 전화를 했지만 엄마는 일을 나갔기 때문에 통화를 할 수 없었다.

나는 몸이 떨리고 아프기 시작했다.

메리 누나가 말했다.

"여기 지미를 두면 안 되겠어요. 일단 우리집으로 데려갈게요. 독감에 걸린 것 같아요. 보이스 씨가 지미 엄마한테 연락하고 나중에…"

그 후론 기억이 잘 나지 않는다. 병사(兵舍) 근처의 집, 군악대 연습 소리, 뜨거운 물이 담긴 병, 아래층의 라디오 소리, 자다깨다를 반복하던 일, 보이스 아저씨의 목소리 그리고 전화벨소리, 라벤더 향기가 나는 넓은 침대에 계속 있고 싶다고 생각한 일, 컴퍼스 가의 집으로 돌아가기 싫다고 생각한 일… 그런 것들이 토막토막 기억난다.

이윽고 엄마가 오자 나는 검정색 택시를 타고 눅눅하고 지저분한 노스엔드의 집으로 돌아왔다. 여전히 암흑유령이 탁탁 하는 소리를 냈지만 무섭지 않았다. 다만 몸이 아프고 마음이 허전할 뿐이었다. 보이스 아저씨는 메리 누나와 함께 한두 번 찾아왔다. 그러던 어느 날 나는 잊고 있던 일이 떠올랐다.

"보이스 아저씨를 불러주세요, 엄마."

"안 돼. 너무 폐를 많이 끼쳤어."

"엄마, 제발요."

엄마는 고개를 젓고는 외할머니처럼 못마땅하다는 듯이 입을 오므렸다.

외할머니는 날마다 나를 보러 왔지만 예전과 달리 나를 도울 수가 없었다. 손을 내밀고 도움을 청하는 쪽은 오히려 외할머니였다. 나는 외할머니 때문에라도 얼른 일어나야 했다.

어느 날 보이스 아저씨가 찾아오자 나는 하고 싶었던 부탁을 했다.

"엄마한테는 말하지 마세요. 엄마는 이미 아저씨한테 폐를 너무 많이 끼쳤다고 생각하세요."

"그거야 엄마 생각이지. 하지만 그건 잘못 생각하시는 거야. 너도 알겠지만."

물론 알고 있었다. 그래서 나는 보이스 아저씨에게 내 책가방 숨긴 곳을 말해주고 그걸 갖다줄 수 있느냐고 물었다.

"물론이지, 내가 갖다주마."

아저씨가 찾아온 내 책가방은 뼈다귀처럼 바짝 말라 있었다. 그것을 받고 나니 기분이 한결 나아졌다.

궁금한 게 한 가지 있었는데 그것은 차마 물어볼 수가 없었다. 내 팬티를 어떻게 했는가 하는 것이었다.

나는 아저씨에게 물어보지 않았고 아저씨도 아무 말 하지 않았다. 그런데 어느 날 그것이 깔끔하게 다림질까지 되어 내 서랍 안에 있었다. 내가 다 나았을 때 - 아직 완전히 낫지 않았으므로 정확히 말하면 나아가고 있을 때 - 나는 다시 외할머니 방을 드나들기 시작했다. 외할머니에게 내가 필요하다는 것을 알고 있었기 때문이다. 외할머니가 그렇게 말하거나 표정에 나타난 것은 아니었다. 앞집의 벽돌을 바라보며 앉아있는 모습이나 듣지도 못하면서 혼잣말을 하고 있는 모습을 보면서 알게 된 것이다. 하지만 나는 그때 너무 무력해서 옛날에 외할머니가 내게 해줬듯이 외할머니를 낫게 해줄 방법을 알 수 없었다. 빨리 기운을 내야 했다.

컴퍼스 가에서 우리는 처음 몇 달을 그렇게 어둡게 보냈다. 하지만 엄마는 의욕에 넘쳐 살았고 좋은 일은 그것뿐이었다. 엄마는 모터가 달린 싸이클마스터를 타고 다녔고 월급도 올랐으며 신용금고 스토닝 지점에서 자원봉사활동까지 했다.

울적한 겨울이 지나고 쓰라린 봄이 왔지만, 내 병은 좀체 떨어지지 않았다. 게다가 내 마음속에는 암흑시절이 다시 찾아왔다. 마이클 형이 집으로 돌아오고 힐러리 누나가 휴가 때마다 놀러오면서 상황은 더욱 악화되었다.

"지미… 지미…."

나선형 계단 위에서 그들이 나를 부르는 소리가 들렸고 내 방 창문은 바람에 삐걱거리며 신음소리를 냈다. 나는 두 사람이 내 신발에 한 짓 때문에 그들을 쳐다보기도 싫었다.

"지미…."

머릿속에서 그 일을 도저히 지울 수가 없었다.

그 어두운 시절에 나는 친구가 한 명도 없었다. 게다가 노스엔드는 내가 감히 들어갈 엄두가 나지 않는 미로였다. 지미 로바는 자기가 어떤 사람인지 다시 잊어가고 있었다.

"지미, 어딨니?"

나는 스미시 가 끝에 있는 대피소에 웅크리고 앉아 거친 기세로 밀려오는 파도를 바라보고 있었다.

"저녁 먹어라."

나는 해변에서 고기를 잡을 수도 있었지만 잡지 않았다. 하멜 아저씨가 보트 만드는 것을 도울 수도 있었지만 하기 싫었다. 사우스다운 절벽을 걸어 올라갈 수도 있었지만 너무 멀게 느껴졌고 너무 피곤했다.

나는 점점 더 암흑시절을 향해 떠내려가고 있었다.

232

그때 처음으로 엄마와 '그 남자'가 내게 좋은 일을 했다. 좋은 의도는 아니었지만 말이다. 그들은 내가 아프다는 것을 알고 휴식도 좋지만 뭔가 변화를 주는 것이 좋겠다고 생각했다. 그래서 나는 여름 학기 동안 독일에 있는 다른 학교로 보내졌다. 내 시야를 넓히고, 정신을 계발하고, 교육수준을 높이고, 더 넓은 세계를 보여주기 위해서였다. 하지만 진짜 이유는 나를 멀리 보내기 위한 것이었다.

그 일은 내게 다른 효과도 줬다. 잠시 동안 숨쉴 여유를 준 것이다. 단지 숨쉴 여유를….

나는 프라우 케르스팅과 비행기를 타고 하노버 근처의 린텔른에 있는 어떤 농가로 갔다. 거기에서 검은 빵과 브라트부르스트라는 소시지를 먹었고 송어낚시를 하러 다녔다. 그런데 그 사람들은 미끼를 사용하지 않았다.

컴퍼스 가의 집, 가족의 그늘과 침묵 그리고 엄마의 과거와 떨어져 지내면서 나는 기분이 한결 나아졌다. 독일은 영화에서와 달리 온통 흑백으로 된 나라가 아니며 남자들이 모두 챙 달린 반짝이는 모자를 쓰고 부츠를 신고 다니는 것도 아니었다. 사람을 죽이기 전에 명령을 복창하는 것도 사실이 아니었다. 내가 알고 있던 것과 전혀 달랐다.

갈 때마다 나를 반갑게 맞아준 최초의 가정은 한 번도 전쟁을 겪지 않은 듯한 독일 농부의 집이었다. 돼지를 키우던 그 집은 항상 문이 열려 있었고, 그의 부인은 내게 진짜 버터를 넣은 오믈렛을 만들어주고 버터밀크를 따라주었다.

그녀가 '같이 살자'고 했더라면 나는 평생이라도 그곳에서 살았을 것이다. 프라우 케르스팅은 그 농부 내외는 아이를 가질 수 없으니 당연히 아들도 가질 수 없을 거라고 했다. 나는 그때 독일 말을 잘 몰랐기 때문에 내 마음만은 그들의 아들로 남아 있을 거라는 말을 하지 못했다. 그 부인이 나를 안아주었을 때, 그 옛날 속치마에서 나던 향기에 다시 사로잡혔다. 암흑시절이 오기 전 행복했던 시간을 떠올리게 하던 냄새, 아무리 찾아헤매도 만날 수 없었던 이름모를 그 여인한테서 나던 냄새.

그 농부의 아담한 집에 앉아 있으면 '방이 천 개인 집'에서는 눈을 감아야만 떠올릴 수 있던, 햇살이 따사롭던 그 방의 분위기가 느껴졌다. 그때 나는 집 내부도 그렇게 깔끔하고 밝을 수 있다는 것을, 그리고 그 안에 살고 있는 사람들이 그렇게 행복할 수도 있다는 것을 처음 알게 되었다. 그리고 엄마가 내게 주지 못한 다른 것도 알게 되었다. 그것은 독일인들이 '게뮈트리히'라고 하는 것으로 사랑과 안정감으로 가득 찬 편안하고 아늑한 느낌이었다. 그 느낌은 피츠로이 광장이나 프린터 광장 주변 사람들이 풍기던 분위기와는 전혀 달랐다. 그 가족들은 티롤로 여름휴가를 가면서 나도 데리고 갔다. 거기에는 모일 섀보드보다 훨씬 높은 산들이 있었지만 오르지는 못했다. 그래서 내가 알고 있는 산 중에서 가장 높은 산은 아직도 모일 섀보드이다.

나는 거기서 지내는 동안 초록색 참나무 잎으로 장식된 멜빵달린 가죽바지를 입었다. 독일어도 조금 배웠고 개한테 공격을 받기도 했다. 그곳에 도착한 첫날밤에는 너무 외로워서 울었는데, 그 이후로는 암흑시절이 끝날 때까지 그리고 그 후에도 한 번도 울지 않고 버텼다.

거기에서 나와 동갑인 빨간머리 여자애도 알게 됐다. 그 애는 영어로 '태양이 하늘 높이 떠 있어' 라고 했다. 느닷없이 왜 그런 말을 하는지 이상했지만 영어에 서툰 그 애가 그냥 해본 말이었던 것 같다.

나는 엄마가 우리에게나 외국인들에게 가르칠 때처럼 천천히 영어를 말해주었다. '겨울에는 바다가 거칠어', '우리 엄마는 농장에서 일하셔' 그 애는 독일어로 '그거 좋겠다!' 라고 했고 나는 영어로 '만나서 반갑다'고 했다.

영국에서 혼자서 외롭게 몇 달을 보내다가 독일에서 여러 사람과 이야기하다보니 점차 기분이 나아졌다. 하지만 넓은 집에서 살던 그 여자애 - 내게 싹싹하게 다가와 영어로 말을 걸었던 - 와 나눈 얘기 중 가장 명확하게 기억에 남는 말은 그것뿐이다.

그 애는 긴 머리를 땋았고 주근깨가 있었다. 나는 '그 큰 집으로 다시 가지 마' 라는 말을 어떻게 해야 할지 몰랐고, 내가 사랑의 고통을 처음 느낀 대상이 그 애라는 것도 그때는 몰랐다. 나는 아무 말도 못했고 그 애는 자기 집으로 돌아갔다. 남아있는 것은 하늘 위의 높은 태양뿐이었다.

어느 날 농부 아저씨가 부인과 함께 찾아와서 작별을 고했다. 그들은 새 가죽바지를 선물로 주었지만 내게 가장 소중한 선물은 그 아저씨가 조용히 흘린 눈물이었다. 남녀를 통틀어 나 때문에 눈물을 흘린 사람은 그 농부가 처음이었다. 나는 그의 믿음직한 손이 내 어깨에 얹히는 것을 느끼며 그가 나를 붙잡아주기를 간절히 바랐다.

하워드 스커플은 나를 알고 지낸 지 아주 오래 됐지만 한 번도 그런 따뜻함을 보여주지 않았다. 하지만 그 농부 아저씨는 나를 처음 봤는데도 영원히 잊지 못할 따뜻한 손길로 나를 어루만졌다. 내가 거기에 더 오래 살았더라면 내게 신발을 사준 그 사람의 손길과 거의 똑같은 느낌을 받았을 것이다.

가을 학기가 시작될 무렵 나는 떠날 때보다 훨씬 건강한 모습으로 영국으로 돌아왔다. 하지만 노스엔드를 여기저기 쏘다닐 정도로 회복된 것은 아니었다. 그래서 그곳을 돌아다닐 때 여전히 고개를 숙이고 다녔고 사우스스토닝의 해변을 그리워했다.

학교가 시작하기까지 일주일 정도가 남아 있어서 마이클 형은 다시 우리집에서 지내고 있었다. 형이 자기 물건들을 자꾸 내 방에 두자 나는 그러지 말라고 했다.

형은 어깨를 으쓱 하더니 내 앞에서 방문을 쾅 닫아버렸다. 내가 형의 방문을 열었을 때 내 손은 떨렸다. 나는 들어가서 몇 마디를 하다가 나도 모르게 형에게 달려들었다. 내가 형을 바닥에 넘어뜨리면서 순식간에 목숨을 건 싸움이 되어버렸고 그것은 새로운 세계로 들어가는 비밀의 문을 열게 된 사건이었다.

암흑시절에 쌓인 분노를 한꺼번에 분출하며 맞서는 나를 마이클 형은 절대 이길 수 없었다. 형이 힘이 빠져 다시 내 아래 깔린 채 필사적으로 나를 밀어내고 내가 주먹을 들어 형을 치려고 하는 순간, 곧 울음을 터트릴 것처럼 형의 입에 경련이 일어났다. 그것을 보고 나는 형이 한 번도 내게 보여주지 않았던 것을 보여주었다.

내가 형에게 그것을 보여준 이유는 그것이 때로는 필요하다는 것을 형과 사촌누나가 가르쳐주었기 때문이다. 물론 그들이 의도하고 가르친 것은 아니지만 말이다.

내가 그에게 보여준 것이란 '동정'이었다.

그에게는 이기는 것이 중요할지 모르지만 나는 너무나 많이 져왔기 때문에 지는 것은 내게 별 의미가 없었다. 나는 굴러서 형이 나를 올라타게 해주었다. 그리고 그 순간 지려고 결심하는 것, 포기하는 것이 때로는 포기했던 것을 얻게 해준다는 것을 깨달았다. 승리를 얻기 위한 하나의 방식인 것이다.

형은 1-2초간 나를 누르고 있다가 아무 말 없이 떨어지더니 가버렸다. 바로 그 날 형은 내 방에서 자기 물건들을 가져갔다. 그리고 그 뒤로는 한 번도 내게 주먹질을 하지 않았다. 단 한 번도. 하지만 그의 영리한 머리로 내게 준 어두운 충격은 쉽게 지워지지 않았다.

바로 그 날, 나는 일석이조의 효과를 노리고 외할머니를 어두운 방에서 이끌어내 노스엔드를 탐험해보기로 했다.

내가 외할머니를 찾으러 갈 때 엄마가 부르는 소리가 들렸다.

"지미, 너냐?"

나는 못 들은 척하고 나선형 계단을 올라가서 외할머니가 들을 수 있도록 큰 소리로 문을 두드렸다. 나는 내가 생각한 바를 얘기했다. 외할머니도 걷기를 좋아하시잖아요, 그리고 저도….

외할머니는 고개를 젓고는 의자에서 일어나려 하지 않았다.

"이 돈으로 나중에 핫케이크를 사오너라. 오늘 아니면 내일이라도."

외할머니가 동전을 주며 말했다.

"너 혼자서 노스엔드를 맘껏 돌아다녀라. 그렇게 하는 게 나아. 그 대신 차 마실 시간에는 돌아와서 네가 보고 들은 걸 모두 얘기해 줘야 한다. 지금은 내가 그렇게 멀리 나갈 수가 없단다. 잘 보이지도 않고 들리지도 않으니까, 하지만 지미, 너는 아무 문제 없잖니."

생각만큼 쉽지가 않았다. 외할머니 당부에도 불구하고 나는 노스엔드라는 세계로 들어갈 의지와 용기를 찾지 못한 채 평소처럼 해안 가까운 거리에서 서성거렸다.

다음 날, 옥스퍼드에 있는 힐러리 누나가 여름방학의 마지막 주말을 보내기 위해 우리집에 오기로 했다. 엄마는 나와 마이클 형에게 마중 나가라고 했다.

스토닝 역의 기차에서 내리는 힐러리 누나는 새 코트를 입고 있었고 훨씬 성숙해 보였다. 그 누나는 사우스엔드에서 그랬던 것처럼 내게 자기 가방을 들고 뒤에서 따라오라고 했다. 이번에는 13걸음이나 14걸음, 혹은 12걸음을 굳이 지키지 않고 뒤에서 따라가는 것으로 족했다. 그렇게 나는 잘 훈련되어 있었다.

두 사람은 앞에서 걸으면서 노래하고 춤추고 킥킥댔다. 그들이 나를 돌아보지도 않은 채 매콜리 가로 접어들었을 때, 나는 두 사람이 내 신발을 암흑유령이 지켜보는 맹글에 끼워넣어 죽이고 방치했다는 것을 기억해냈다.

내 안에서 뭔가가 부서져내렸고 그것은 두려우면서도 후련한 느낌이었다. 나는 그들이 앞서가는 것을 지켜보면서 천천히, 아주 천천히 걸음을 멈추고 그녀의 가방을 인도 위에 내려놓았다.

나는 완전히 멈춰섰다.

그것은 내가 벗어나기 위해 도망치는 것을 멈추고 내가 가야 할 곳이 어딘지를 보기 위해 멈춘 순간이었다. 내가 어디에 있는지를 깨닫고 내가 가야 할 곳을 정하자 나는 가방을 그 자리에 두고 두 사람과는 다른 길을 택해 세인트앤드류 묘지를 가로질러갔다. 내가 로어 가에 나타났을 때는 그 두 사람보다 앞에 있었다. 나는 몸을 돌려 내가 있는 쪽으로 걸어오고 있는 두 사람을 지켜보았다.

자신의 가방을 들지 않고 거기 서 있는 나를 본 순간 힐러리의 통통한 얼굴은 분노로 달아올랐다. 그것을 본 순간, 나는 내 신발을 훔친 장본인들에게 제대로 복수했다는 느낌이 들었다.

"내 가방 어딨어?"

"구세군 예배당 옆 인도에 뒀어."

그렇게 말했지만 그녀가 알 거라고는 생각하지 않았다. 여기 살지 않던 그녀는 아직 나만큼 그 동네 지리를 몰랐던 것이다.

그녀는 주먹을 쥐었고 동시에 하워드 스커플이 술에 취했을 때처럼 얼굴이 흉하게 일그러졌다. 그녀는 소리를 지르며 나를 때리러 달려왔다.

그때 그녀는 무엇이었던가?

백상어의 이빨이었다.

암흑시절 나를 놀리던 인간이었다.

덩치는 컸지만 내 태클에 걸려 땅바닥에 쓰러졌던 멘모어 팀의 와츠였다.

땅바닥에 쓰러진 기사를 비웃으며 그가 다시는 못 일어날 것이라고 잘못 생각한, 백마에 타고 있던 기사였다.

상수리열매 부딪치기 놀이에서 모든 기회를 다 써버리고 상대방의 마지막 시도를 기다리는 상수리열매였다.

나는 그때 로어 가 한복판에 문짝이 있으면 얼마나 좋을까 생각했다. 세게 부딪쳐서 그녀를 쓰러뜨릴 문 말이다. 하지만 거기에 있을 리가 없었다.

그래서 내가 직접 쳤다. 내가 그녀를 때린 것이다.

할 수 있는 한 최대한 힘껏 때렸다.

그녀는 뒤로 물러나면서 깜짝 놀란 표정이었다. 그 다음에는 분노와 오래된 심술궂음이 상처와 두려움으로 바뀌어 갔다. 마이클 형은 멍한 눈으로 지켜보다가 내가 주먹을 들어보이자 비겁한 얼굴로 물러났다.

그녀가 일어나자 그러면 안 되는줄 알면서 나는 다시 한번 힘껏 쳤다. 하지만 후회는 하지 않는다.

처음은 내 왼쪽 신발을 대신해 때린 것이고, 두 번째는 오른쪽 신발을 대신해 때린 것이다.

"네가 내 신발을 훔쳤지."

내가 말했다.

"무… 무슨 신발?"

그녀는 떨리는 목소리로 마이클 형을 쳐다보며 물었다.

마이클 형은 알고 있었겠지만 그녀는 모르고 있는 것 같았다. 그것이 더 화를 북돋웠다. 그녀는 기억도 하지 못하고 있는 것이다.

"내 신발."

"무슨 말인지 모르겠어."

나는 그녀를 노려봤다. 내 손은 다시 한번 일격을 가하고 싶어 부들부들 떨렸다. 그 일을 기억하지 못한다는 게 참을 수가 없었다. 어쩌면 그녀는 내 얼굴에서 엄마 얼굴을 봤을지도 모른다. 다시 맞고 싶지 않아서 그렇게 말했는지도 모른다. 혹은 내게 우는 모습을 보이기 싫었는지도 모른다. 이유가 무엇이든 상관없었다. 하지만 나는 그들이 내 영역에 서 있는 것은 용납할 수 없었다.

"꺼져."

그녀는 나를 쳐다봤다. 내가 문짝으로 세게 쳐서 넘어뜨렸고 다시는 나를 건드리지 못했던 그 녀석과 똑같은 눈빛으로 그녀는 움직이지 않았다.

"꺼지라니까."

그들이 훌쩍거리며 슬그머니 물러나서 가방을 찾으러 매콜리 가를 향해 갈 때, 나는 돌아서서 길을 건너 콕스 약국으로 갔다. 그리고 그곳 외벽에 길게 붙여 놓은 거울을 들여다봤다.

나는 전쟁에서 이긴 기분이 들었다. 하지만 그것은 전투일 뿐이었다. 두 번의 주먹질로 살과 뼈를 부딪친다고 해서 전쟁에 이기는 것은 아니다. 하지만 그렇게 하길 잘했다는 생각이 들었다. 그것이 하나의 전투에 불과하다고 하더라도 내 힘으로 문제를 해결했기 때문이다.

나는 거울에 비친 내 모습을 들여다봤다. 거기에는 어리지도 않고 땅벌에게 쏘이지도 않는 소년이 있었다. 헝클어진 머리에 카키색 반바지와 셔츠를 입고, 분명히 자기 것으로 보이는 큰 신발을 신은 소년이었다. 눈은 지쳐 있었다. 혼자서 암흑시절을 헤치고 오느라 지친 것이다. 그는 마침내 그곳에서 빠져나갈 길을 찾기 위해 멈췄고 어쩌면 그 길을 찾아낼지도 모른다고 생각했다.

나는 손을 뻗어 거울 속의 소년이 내민 손을 잡았다. 그리고 그를 세인트앤드류 가로 이끌어 역사와 기억의 어두운 세계, 산 자와 죽

은 자가 있는 곳, 즉 노스엔드로 데리고 갔다. 그곳은 그들의 영토가
아니라 내 영토였다. 발견하고 탐험해야 할 내 영토, 오로지 내것이
라고 할 수 있는 영토였다. 그들은 가버릴 테지만 나는 거기에 머물
며 그곳의 통치자가 될 터였다.

그 멋진 날부터 나는 외할머니가 말한 대로 노스엔드를 완전히
내것으로 만들기 시작했다. 나만의 새로운 영토를 발견한 것이다.
나는 걷고, 보고, 듣고, 배우기 시작했다. 지미가 누구인지, 신발을 잃
었던 소년이 누구인지를 알기 위해.

거기에는 볼 것이 너무 많아서 집에 붙어 있을 시간이 없었다. 나
는 밥을 먹거나 잘 때만 집에 갔다. 그 외에 탐험을 마쳤을 때나 비
가 내렸을 때 또는 어둠이 내렸을 때도 나선형 계단을 올라 외할머
니 방으로 들어갔다.

외할머니는 커튼을 쳐서 어둠을 가리고 찻주전자를 불에 올려놓
았다. 그리고 놋쇠 포크로 크럼펫을 구워 주었다. 그러고 나서 피곤
하지 않을 때는 그 날 내가 한 일을 이야기해 보라고 했다.

외할머니는 너무 진지하게 들어서 마치 시간이 정지해 있는 것
같았다. 할아버지한테서 물려받은 시계가 똑딱똑딱 소리를 내는 동
안에도 말이다. 때때로 외할머니는 살아온 이야기도 들려줬고 좋은
충고도 해줬다.

"지미, 시계 초침소리는 안정감을 주기도 하지만, 사람들은 강하
게 단련시키기도 한단다. 잊지 마라. 내가 세상을 뜨면 − 언젠가는
그렇게 되겠지 − 네가 할아버지 시계를 가져라. 저 시계는 네가 어
려운 시절을 견디는 것을 지켜보고 잘 헤쳐나가게 도와줄 거다."

대부분은 외할머니가 질문을 했다.

"오늘은 뭘 배웠니?"

"하멜 아저씨가 만든 보트에 기름칠하는 거요."

"학교에서 말이다."

외할머니가 미소를 지었다.

"구구단에서 8단 배웠어요."

"이번 주에는 뭘 할 거냐?"

"바닷가에서 가운데에 구멍이 있는 돌을 찾아보려구요."

"나, 참! 커서 뭐가 되려고 그러니. 도대체 짐작을 못 하겠구나."

"최고급 낚싯대를 살 수 있는 부자가 될 거예요. 하지만…."

"하지만 뭐?"

외할머니가 내가 좋아하는 식으로 크럼펫에 버터를 바르며 물었다.

"그러려면 아주 큰 부자가 돼야 해요. 부두 관리인 아저씨가 그건 엄청 비싸다고 했거든요."

"그걸 잊지 않고 가슴 속에 꼭 담아두면 불가능한 건 없단다."

외할머니가 항상 하던 말이었다.

"그러니 너도 그걸 잊지 마라!"

나는 결코 잊지 않았다. 내가 들은 여러가지 만들 중에서도 그 말은 참으로 지당한 말이었다. 원한다면 무엇이든 할 수 있다. 최고급 낚싯대와 충분한 미끼를 살 만큼 부자가 될 수도 있다. 하지만, 문제는 돈이 아니라 자신이 정말로 원하는 것이 무엇인지 아는 것이다. 저녁이면 외할머니는 이것저것 물어보며 내 말에 귀 기울여 주었다.

지미가 누구인지 찾아내도록 도와주고, 암흑시절에서 벗어나 빛

속으로 들어가는 길을 찾도록 도와준 것은 외할머니의 그런 경청이었다.

외할머니는 피곤할 때도 있었고 내 말을 들어주다가 기력이 떨어질 때도 있었다. 그러면 우리는 그냥 난로 앞에 앉아서 불을 쬐었고, 나는 외할머니가 잠에 빠져드는 것을 지켜봤다. 그러다가 시계 초침 소리와 바깥의 바람소리를 들으며 다음날 외할머니에게 들려줄 얘기를 혼자서 나지막이 중얼거리곤 했다.

바다의 보물

"지미, 폭풍우가 몰려오고 있구나, 그것도 아주
큰 것. 바닷가 공터로 좀 나가볼까? 이 할미가 날아가지 않게 팔
을 꼭 붙들어주렴."

그때가 1954년, 우리가 컴퍼스 가로 이사한 다음 해였고 내가 중
학교에 들어가기 바로 전이었다. 그때는 아직 어려서 외할머니와 함
께 다니는 것이 창피하지 않을 때였다. 10대의 자의식이라는 어두운
구름이 내 머리 위에 드리워지지 않았다는 말이다. 외할머니는 창밖
의 음울한 풍경에 대해 그것의 긍정적인 면을 활용하려 했다. 엘리
이모가 노던 로디지아의 빅토리아 폭포 포스터를 보냈을 때 외할머
니는 그것을 셀로테이프로 유리창에 붙였다. 햇빛을 받으면 정말 생
동하는 느낌을 주었던 것이다.

어느 날 외할머니는 그것을 떼어내어 벽장에 넣어버렸다. 그러고
는 엄마와 나에게 거울을 걸 수 있게 못을 박아달라고 했다. 거울
을 걸어두면 햇빛이 반사되어 방이 더 밝아진다는 것이다. 그 후에
외할머니는 아프리카 신사가 보낸 사진을 찾아냈다. 그것은 반투족

이 400여 년 전에 건설한 짐바브웨의 유적지 사진이었다. 외할머니가 그것을 다시 창문에 붙이자 그 사진은 바깥의 찬란한 햇빛을 받아 붉게 이글거리며 타는 듯했다.

"됐다, 훨씬 나아!"

외할머니가 외쳤다.

"내가 죽을 날 어울리는 것으로 아프리카의 석양만한 게 없지!"

그날부터 나는 외할머니가 자신의 어두운 방을 숙명으로 받아들이고 그것에 맞서 힘껏 싸우리라는 것을 짐작했다.

현관 문 앞에는 대리석으로 된 계단 두 개가 있었다. 미끄럽고 가팔라서 폭풍우가 부는 날이면 외할머니가 내려갈 때 옆에서 부축해주어야 했다. 해변 공터까지는 30미터도 안 됐지만 바람이 심하게 부는 날 걷는 것은 외할머니에게 필사적인 투쟁이었다. 그날 바람은 요란한 소리를 내며 우리를 잡아챌 듯했다. 그래서 힘들게 도로로 내려서고 해변산책로를 건너 방파제까지 가는 동안 외할머니는 한 손으로는 내 팔을 잡고 다른 한 손으로는 지팡이를 짚었다. 우리 앞에는 자갈해변이 펼쳐져 있었고 그 뒤로는 회색 바다였다. 그리고 그 너머에는 온전한 세계가 있었다.

그때는 새 방파제가 생기기 전이어서 기어 올라가야 할 콘크리트 장벽이 없었다. 근처에는 보트가 있었으며, 저 아래 모나크 호텔 옆에는 떡갈나무로 지은 하멜 아저씨의 흰색 오두막이 보였다. 그리고 독일군이 침입하는 것을 막기 위해 1939년에 망루로 개조한 노란색 벽돌집 도 있었다. 시절 좋은 옛날부터 있었던 녹슨 캡스턴이랑 어부들이 각자의 영역을 표시해놓은 깃발도 보였다. 거기에 연결된 밧줄과 철사들이 거친 바람에 요란하게 흔들렸다.

바람이 거세서 바다 가까이는 가지 못했다. 성난 파도는 으르렁거리며 해변으로 몰려와 요란하게 부서졌다. 철썩! 철썩! 그리고 부서진 파도는 물러나며 자갈들을 쓸고 내려갔다. 남자 한 명이 5일 동안 해도 못할 일을 단 5초 만에 해치우는 것이다.

보트들은 거센 파도에 휩쓸려가지 않도록 그 전날 프로우 가 위로 끌어올려져 있었다. 자갈들도 그 전날 밤의 높은 파도에 실려 산책로 위에까지 흩어져 있었다. 하지만 파도는 시시각각 더욱 거칠어지고 있었으며 사람들은 거의 보이지 않았다.

오두막 옆에서 하멜 아저씨가 외할머니와 나를 알아보고 손을 흔들었다. 하멜 아저씨는 구명보트의 키잡이였고 우리가 사우스스토닝에 살 때도 그곳에 자주 왔었다. 외할머니는 그가 은퇴했지만 여전히 얘기하기를 좋아한다고 했다. 아저씨가 다시 손을 흔들자 외할머니도 지팡이를 반쯤 들어올려 인사를 했으나 그는 못 보고 안으로 들어가 버렸다. 아마 불을 쬐러 들어갔을 것이다.

개 한 마리가 과자 부스러기를 찾아 버려진 신문을 헤치며 킁킁대더니 골목길로 사라졌다. 해안길에는 날개를 몸에 꼭 붙인 갈매기 몇 마리가 눈을 감았다 떴다 하면서 파도를 피해 웅크리고 있었다. 그것들은 개가 지나갈 땐 불안하게 왔다갔다 피하다가 지나가고 나자 다시 웅크리고 앉았다.

"로디지아의 폭풍우하고는 딴판이구나. 그곳 폭풍우는 더 갑작스럽고 더 눅눅하고 더 후텁지근하지. 더 위험하기도 하고. 그건 남자들을 미치게 만든단다. 하긴 여자들도 마찬가지지만. 그곳에서 부는 폭풍우를 겪어보면 정말 악마가 있다는 걸 믿게 된다니까. 하지만 여기선, 여기선…."

바람이 외할머니의 머릿수건을 낚아챌 듯이 세차게 불고 있었지만, 외할머니의 큰 코는 어떤 파도에도 부서지지 않을 바위 같았다. 외할머니는 이제 늙었고 자신도 그것을 알고 있었다. 하지만 폭풍우를 맞으며 서 있는 동안 외할머니는 잠시나마 젊음과 행복을 느끼는 듯했다. 아프리카에서의 나날은 외할머니에게 가장 행복한 시간이었을 것이다. 자신의 삶을 바꿔놓고 평화를 가져다줄 사랑이 있었기 때문이다. 그날 외할머니는 폭풍우를 핑계 삼아 기분전환도 하고 로디지아의 유적지에서 아프리카 신사와 만나던 추억을 되살리고 싶었던 것이다. 외할머니는 그 유적지들이 어디인지 정확히 말해주지 않았지만 알아내는 것은 어렵지 않았다.

삶에 대해 항상 용감하게 대면해 왔고 눈빛도 어느 때보다 결연해 보였지만, 그때 외할머니의 머릿속에서 떠오르던 생각은 한 가지였다. 우리집은 자신이 죽을 장소라는 것.

"저길 보세요!"

바람을 맞으며 내가 소리쳤다.

"저기요!"

나는 최초로 바다의 선물을 본 것이다. 모래와 자갈에 섞여 방파제 부근 바닥에 있던 그것은 반달이 새겨진 물때 낀 은화였다. 모래 아래 묻혀 있다가 파도가 지나가면서 드러난 것이다. 하지만 외할머니 눈에는 잘 보이지 않았다. 시력이 너무 약한 데다 안경마저 소금기 있는 물방울로 얼룩져 있었기 때문이다. 외할머니는 이미 인생의 보물을 찾았으니 지금은 내 차례였다.

나는 방파제의 가파른 계단을 내려가 그 동전을 줍고 싶었지만 외할머니의 앙상한 손이 내 팔을 꽉 잡고 있었다.

"지미, 내려가면 안 돼. 바다가 일부러 그러는 건 아니지만 자칫하면 너를 삼킬 수도 있으니까 말야. 배고픈 사자처럼 잡아먹을 수만 있으면 언제든 공격하지. 그럼 너는 순식간에 세상에서 사라지는 거야. 이런 날씨에는 여기 붙어있어야 해."

외할머니 얼굴이 연분홍색에서 지친 회색으로 변했다. 갑자기 피곤해진 것 같았다.

"나 좀 집에 데려다 주렴."

세월과의 투쟁에서 외할머니가 후퇴하는 모습을 보는 것은 서글픈 일이었다. 오랫동안 전투를 치러왔다고는 하지만 말이다. 외할머니는 자신이 더 이상 젊지 않고, 세상과 내가 자신을 뒤에 남겨두고 앞으로 가고 있다는 것을 알고 있었다. 외할머니에게는 뼈와 살 그리고 콧물이 흐르는 긴 코만 남았다. 그리고 내 팔은 어느새 외할머니 정강이보다 굵어졌다. 바람에 휩쓸릴 것 같아 나는 외할머니가 넘어지지 않도록 단단히 붙잡고 집으로 돌아왔다. 그리고 집 앞 계단을 힘겹게 오를 때는 뒤에서 받쳐 주었다.

계단 맨 위칸에서 외할머니는 나를 돌아보며 말했다.

"지미, 이제 가봐라. 가서 폭풍우에 대해 배워오너라. 하지만 바다를 조심해야 한다. 그놈은 사자나 코뿔소 같은 거거든. 다시는 일어나지 못할 정도로 너를 무자비하게 쓰러뜨릴지도 몰라."

외할머니는 미소를 지으며 얘기했지만 나는 그것이 의미심장한 말이라는 것을 알았다. 그 옛날 암흑시절에 내 생명을 구해주고 항상 내게 마음을 써주는 사람이 외할머니라는 것도 잊지 않고 있었다.

그 무렵은 내가 노스엔드의 숨겨진 비밀을 찾아 탐험을 시작하던 때였다. 하지만 여전히 나는 두려워하고 있었고 찾아야 할 것은 많았다. 그날 외할머니가 아침 바다로 나를 이끌었던 것은 단지 방을 나가기 위해서가 아니라, 세상 밖으로 내 등을 떠밀기 위한 외할머니만의 방식이었다. 나에게는 용기를 줄 아버지가 없었다. 그래서 그날 외할머니는 아버지의 역할을 대신 떠맡았고, 그것은 기대 이상이었다.

나는 다시 바다로 나가서 보물을 봤던 자리로 달려갔다. 바닷물은 방파제에 더 가까운 곳까지 들어와 있었지만 아직 그 자리가 물에 잠기지는 않았다. 그 순간 외할머니의 충고는 머릿속에서 바람과 함께 날아가 버리고 나는 계단을 급히 내려가 그 자리로 달려갔다.

방파제는 내 뒤에서 수직으로 캄캄하게 점점 높아졌다. 파도가 회색과 흰색의 큰 산이 되어 협박하듯 성난 말처럼 달려왔다. 나는 불안한 마음으로 뒤쪽 계단을 돌아봤다. 위험해지면 곧바로 뒤로 돌아 뛰어올라가기 위해서였다. 그때까지도 나는 자갈해변에서는 눈보다 귀를 더 믿어야 한다는 것을 모르고 있었다. 보물은 사람을 꾀어내어 눈멀게 한다. 그것은 이렇게 말한다.

"나 여기 있어, 바로 여기. 나를 갖고 싶으면 좀더 다가와. 뒤쪽 안전한 지대는 그대로 두고 말야."

보물을 찾는 것은 인생의 여정과 비슷하지만, 그것은 모험과 위험이 더 많고 우리를 죽음으로 밀어 넣을 수도 있다.

나는 모래사장이 돼버린 바닥을 내려다보았다. 털가죽이 벗겨진 동물의 분홍색 맨살 같았다. 밤새 맨 위층의 자갈들은 파도에 휩쓸려가서 단단한 진흙과 돌가루, 유리조각 그리고 부식한 철가루로 된 모래층만 남았다. 내가 보물을 발견한 것은 그 부근이었다.

해안의 작은 만(灣)들처럼 밤색 자갈들이 소금기 있는 바닷물에 씻겨 반짝거리며 보물이 있던 층으로 몰려와 있었다. 거기에는 보물이 하나도 없었다. 그저 근처 방어시설에서 떨어져 나온 검은색 건축자재물이 부식되거나 죽은 삿갓조개와 함께 썩어가고 있을 뿐.

나는 무엇을 찾고 있었던가?

파도가 물러나고 잠시 안전한 시간이 생기자 나는 앞으로 몸을 숙였다. 모래바닥에서 녹색과 은색이 섞인 그 신비한 보물을 찾기 위해서였다.

철썩! 철썩!

파도가 내 오른쪽에서 밀려와 나를 향해 달려왔다. 바람은 내 등 뒤에서 포효하며 목에 찬물을 끼얹었다. 자갈이 구르는 소리도 들려왔다. 하지만 내가 할 수 있는 것은 내 발 아래를 살피는 것이었다. 내 눈은 열심히… 열심히….

내 눈에 띄는 것은 검붉은 철 조각뿐이었다. 장화를 신은 채 반색하며 뛰어가 가까이 가보니 오래된 구리철사였던 것이다. 나는 그것을 집어들었다. 보물찾기에 나섰으니 아무것도 없는 것보다는 나을 것 같았기 때문이다. 그때 산더미 같은 파도가 나를 덮치려 하자 나는 벌떡 일어나 뛰었다. 계속 뛰었다.

으르렁거리며 뒤쫓아온 그것은 어느새 내 다리와 발을 잡아채 쓰러뜨렸다. 내 손은 초록색과 흰색의 물에 빠져 바닥을 짚었고 물은 소매까지 올라왔다. 나는 안간힘을 쓰며 일어섰으나 파도는 멈추는 듯하더니 방향을 바꿔 바다 쪽으로 나를 끌고 가려 했다. 이번에는 내 다리를 잡아끄는 힘이 너무 강해 다음에 올 파도 위로 나를 쓰러뜨릴 것 같았다. 장화에 물이 들어오는 동안 수천 개의 손으로 변한 물은 나를 계속 잡아끌었다. 내가 포기하는 순간 포효하는 파도소리는 거대한 침묵으로 이어져 영원히 지속될 터였다.

나는 비틀거리다가 뒤로 넘어져 다시 물에 빠졌고, 파도가 나를 바다로 끌고 가려는 순간 겨우 일어나 허겁지겁 해변 쪽으로 달렸다. 퍽! 소리와 함께 나는 방파제에 부딪혔고 이마를 만진 손에는 피가 흐르고 있었다.

위로 올라가는 계단은 너무 멀어서 다음의 거대한 파도가 오기 전에 그곳까지 닿는 것은 불가능했다. 하지만 발 밑의 파도가 약해지더니 후퇴했다. 그리고 뒤에 남은 노란 거품은 내가 서 있던 자갈 바닥 아래로 스며들었다.

그 다음에 온 파도는 앞의 것보다 약했고, 그 다음에 온 파도는 더약했다. 흠씬 젖기는 했지만 보물에 대한 집착이 되살아나면서 내눈은 다시 바닥을 훑어보기 시작했다.

나는 겁 없이 아까 그 자리로 다시 갔다. 한 눈으로는 더 큰 파도가 오는지 살피고, 다른 한 눈으로는 방파제에서 너무 멀어지지 않도록 경계하면서….

바로 그때 내가 아까 보았던 푸르스름한 은화가 눈에 들어왔다. 자갈과 모래에 가려 달 모양이 일그러져 보였지만 그것은 누군가 용감하게 다가와 집어 주길 바라며 오랜 세월을 기다린 것 같았다.

다른 거대한 파도가 내 뒤에서 달려오고 있었지만 나는 몸을 굽혀 바다가 주는 최초의 보물을 집어들었다. 그것은 초록색과 검은색 물때가 끼어 있었지만 그 아래의 은빛은 알아볼 수 있었다. 1937년이라고 새겨져 있었다.

바비는 1실링이 있었어요

틀림없는 자기 돈이었지요.

바비가….

거기까지만 읊었다. 동전이 거기 하나 있었으니 부근에 몇 개가
더 있을지도 모른다는 생각에 나는 다시 주변을 살피기 시작했다.
다음 파도가 오기 전에 빨리 찾아야 한다는 조바심 때문에 심장은
뛰고 장화는 물에 젖은 바닥에서 저벅거렸다.

파도의 포효 소리가 들리자 이번에는 망설이지 않고 뒤도 돌아보
지 않고 계단을 향해 뛰었다. 첫번째 계단으로 뛰어올랐다가 파도가
발에 닿자 몇 개를 더 올라갔다. 파도가 물러나기를 기다리면서 나
는 모래 묻은 엄지손가락으로 동전을 문질러 은빛을 드러냈다. 앞면
에는 왕의 얼굴과 라틴어 몇 단어가 있었다. 잠시 후 나는 은화를 손
에 꼭 쥐고서 밀려나는 파도를 뒤쫓아 보물이 묻혀있을 자리로 다
시 달려나갔다.

그리고 다시 찾기 시작했다. 한 순간도 지체할 수가 없었다. 다른
하나를 찾으려는 갈망은 두 배가 되어 나는 눈에 불을 켜고 바닥을
훑었다. 하나만 더, 더 좋은 보물을 찾아야 돼. 방파제에 부딪힌 머리
에 통증이 왔고 온몸이 흠뻑 젖었으면서도 나는 그렇게 넋이 나가
있었다.

해변의 보물을 찾으려는 집념에는 약도 없었다. 그것은 바람이 불
기 시작하면, 바다의 파도소리가 들리면, 바다의 소금냄새가 코끝을
스치면 다시 되살아난다. 또한 조개껍질에서 나는 먼 바닷소리나 마

른 해초냄새에도 재발한다. 심지어는 내륙 쓰레기더미에서 들려오
는 갈매기 울음소리만 들어도 그 증세가 나타났다.

그날부터 내 눈은 항상 뭔가를 찾아내려는 열망에 이글거렸다. 나
는 그때 해변의 보물찾기에 중독된 지미라는 소년이었다.

그것을 치료하는 약은 무엇일까?

그것은 해변에서 발견되기를 기다리는 어떤 물체다. 그것은 내 발
주위 어딘가에서 커다란 파도를 기다리고 있다. 필요 없는 것들은
쓸어가 버리고 보물만 남겨놓는 파도. 그 병을 치료하는 약은 우리
가 절대 찾을 수 없는 보물이다. 나에게 그 치료제는 내가 절대 찾을
수 없는 어떤 것, 나의 친아빠, 내 혈육인 아빠였다. 어쩌면 그것이
내가 정말로 찾고 싶은 보물이었는지도 모른다. 해변에서 파도에 쓸
려가지 않고 남아있는 동전 같은 것들이 아니라.

그날 아침 나는 형태와 소리로 파도를 읽을 수 있게 됐다. 그리고
조류의 진행 양상을 몸으로 느끼게 되었다. 하지만 그날 야만스러운
폭풍우는 나를 미치게 만들었다. 파도가 최고점에 도달하여 방파제
를 향해 몰려오고 있었음에도 나는 보물찾기를 계속하고 있었던 것
이다. 나는 손에 동전 하나와 녹슨 철사를 들고 흠뻑 젖은 채 언제든
계단으로 뛰어갈 태세를 갖추고 있었다. 그리고 파도가 물러가면 다
시 뛰어들어가서 주위를 훑어보며 쓸 만한 것을 찾아 집어들었다.
그러다 뒤에서 파도가 밀려오면 다시 계단으로 달려가고… 쏴아!
쏴아! 쏴아! 파도가 물러가면 바다 쪽으로 향하는 내 얼굴에 물방울
이 튀었다.

그때 나는 위험하다는 것을 몰랐다. 다만 상쾌한 느낌과 함께 오

는 직감만 믿었다. 내 보물은 신들이 준 선물이 아니라 어떤 신한테서 뺏은 전리품이었다. 그 신은 바다라는 신이었다. 파도가 밀려오다가 내 눈앞에서 스러지는 것을 보면서 나는 한편으로는 두려움을 한편으로는 황홀감을 느끼며 죽음을 응시했다.

나는 그 높은 파도 안에 무엇이 도사리고 있는지 알고 싶었다. 모든 보물을 능가하는 가장 위대한 보물을 찾지 못한다면 나의 보물찾기는 아무 쓸데없는 짓이 될 것 같았다.

계단의 북쪽으로 방파제를 따라 더 멀리 가면 오래된 방사제(防沙堤)가 있었는데, 그곳은 바닷물이 들이쳐서 안전하게 걸어다닐 만한 길이 없었다. 가끔은 방파제와 다음 파도가 오는 자리 사이에 30센티미터 깊이의 물이 남아 있었다. 처음 나를 덮쳤던 그 파도처럼 한 사람 정도는 쓰러뜨려 바다 쪽으로 끌고 가버릴 만큼 강력한 파도가 방파제에 정면으로 부딪치면서 남은 물이었다.

그렇게 세게 부딪치고 파도가 퇴각하면 내 시선은 방파제에서 내가 보물찾기를 하는 자갈과 모래로 된 해변으로 이동한다. 나는 아무리 작더라도 그것이 뭔가를 찾을 마지막 기회라는 느낌이 들면 주저하지 않고 바다 쪽으로 달려나갔다. 내 허기를 채우기 위해서였다. 이제 파도는 다시 물러가기 싫다는 듯이 계단의 맨 아래 칸까지 쉬지 않고 밀려오고 있었다. 그리고 내가 보물찾기를 할 수 있는 시간도 점점 짧아졌다. 하지만 나는 여전히 희망을 버리지 않고 기다렸다.

그때였다. 파도가 갑작스레 후퇴하고 파도와 자갈들이 흩어지면서 두번째 동전의 반짝임이 시야에 들어온 것은.

나는 뛰어내려가 한 걸음에 내딛고는 진창의 해변에 넘어졌다. 심술궂은 바다가 놓은 덫에 걸린 것이다. 나는 넘어지는 것을 막으려고 손을 내밀었고, 그때 내 손에 있던 보물들이 빠져나가 뒹굴었다. 내가 처음 발견한 동전을 포함해서 하나하나가 흩어지면서 눈에 들어왔다. 두 번째로 발견한 동전은 흔적도 없이 사라져 버렸다.

나는 사라진 보물을 찾기 위해 미친 듯이 진창의 자갈을 파다가 파도의 포효소리가 나를 향해 가까워오자 일어섰다. 몸을 돌려 달리려고 하는 찰나 물망치가 내 다리를, 그리고 내 등을 때리는 것을 느꼈다. 퍽! 철퍼덕 넘어진 나를 파도가 덮치고 지나갔다. 내 손은 붙잡을 만한 단단한 것을 찾아 밀려가는 자갈과 모래를 파고들었다.

밀려드는 파도를 이기고 일어서려 했지만, 아무리 애를 써도 물이 가득 찬 장화를 신고 계단까지 닿지 못한다는 것은 분명했다. 나를 덮치고 간 파도는 이미 방파제에 닿아 위로 솟구친 후 부서졌고, 이제는 나를 바다 쪽으로 끌고 가기 위해 후퇴하기 시작했다. 또한 뒤에서는 다음 차례의 거대한 파도가 으르렁거리며 다가오는 소리가 들렸다.

그 잠깐 동안의 잠잠함 속에서, 나는 내가 계단에서 너무 멀어져서 죽을 힘을 다해도 절대 그곳에 닿을 수 없다는 것을 깨달았다. 나는 멍하니 서서 방금 파도가 치고 난 텅 빈 방파제를 무력하게 바라봤다. 그리고는 시선을 들어 하늘을 올려다봤다. 희망이 아니라 절망감에 차서.

내가 그를 본 것은 그때였다. 어떤 파도보다 더 거대하고 어둡고 사나운 모습으로 그는 나를 내려다보며 서 있었다.

그러다가 첫번째 파도가 나를 향해 후퇴할 때 그가 뛰어내렸다.

나는 그때 두 개의 장화를 봤다. 칠흑처럼 까맣고 벽처럼 큰 장화. 그리고 다음 순간 어떤 손이 괴력의 파도에 맞서 내 등을 받치고 다른 한 손으로는 내 점퍼를 붙잡는 것이 느껴졌다.

그는 나를 파도에서 들어올려 계단 쪽으로 가더니 중간쯤 되는 곳에 던져 놓았다. 그 동안 내 머리는 검은색 코트를 입은 그의 품에 기대고 있었다.

계단에 던져진 나는 아픔을 참으며 뒤를 돌아보았다. 거대한 몸집의 남자가 녹슨 쇳조각을 붙잡기 위해 손을 뻗치고 있을 때, 나를 부숴버렸을 파도가 그를 덮쳤다. 파도는 그의 머리를 넘고, 손가락을 빠져나가고, 다리 사이를 지나고, 커다란 장화를 넘어 마침내 사라졌다. 그때까지 그 남자는 바위가 되어 버티고 있었다.

그런 다음, 젖은 채 천천히 일어나 계단 중간쯤에서 웅크리고 있는 나를 바라봤다. 그의 진한 갈색 눈은 어두웠고 턱에는 짧은 수염이 나 있었다. 코트는 장화의 목 부근에서 펄럭거리고 있었다. 그가 나를 쳐다보았다. 그의 눈빛에서 느껴지는 것은 내가 익사할 수도 있었다는 두려움도 아니었고 나를 구해냈다는 뿌듯함도 아니었다. 다만 놀라움, 내가 거기에 있다는 것 자체에 대한 놀라움이었다.

나도 그를 쳐다봤다. 그의 긴 다리, 거대한 체구, 온통 검은 수염으로 덮인 듯한 얼굴과 손등뿐 아니라 손가락 등에까지 털이 나 있었다. 그러다가 내가 있던 계단으로 올라올 때까지도 그가 오른손에 – 내 손보다 훨씬 큰 – 바다의 선물을 한 움큼 쥐고 있다는 것을 문득 깨달았다.

내 인생에서 그렇게 크고, 강하고, 야성적인 사람은 처음이었다. 또한 그렇게 온화한 눈빛과 그렇게 어리둥절한 표정도 처음이었다.

나는 계단을 올라 해안산책로로 향하는 그를 뒤따라갔다. 가다가 그는 걸걸한 목소리로 이렇게 말했다.

"어디 네가 갖고 있는 것 좀 볼까. 뭘 찾아냈냐?"

나는 꽉 쥐고 있던 손을 내려다보고 천천히 그것을 폈다. 한 웅큼의 모래에 파묻혀 1실링 은화가 하나 있었다. 잃어버릴 뻔한 은화였다.

그는 내 옆에서 공모자처럼 몸을 숙이며 자신의 큼직한 손을 천천히 폈다. 거기에는 반크라운 백동화 한 개, 찌그러진 1페니짜리 동전 몇 개, 납으로 된 둥그스름한 낚시추 하나가 있었다. 그것뿐이 아니었다. 모래와 섞인 초록색 구리철사가 있었고 납 토큰, 거대한 주조 낚시바늘 그리고 아름다운 녹색으로 산화한 루핑못도 있었다.

"네가 지미 로바지?"

갑자기 낮고 걸걸하면서도 다정한 목소리로 그가 물었다.

"프레디 하멜한테 네 얘기 들었다."

우리 뒤 방파제 아래쪽에서는 화가 나서 으르렁거리는 듯한 파도 소리가 들려왔다. 그의 얼굴은 너무 어둡고 털이 많아서 경계선이 불분명했다. 눈동자에는 회색 파도와 멀리 있는 수평선이 비쳤다.

잠깐 그의 손이 내 어깨에 얹혔다.

"얼른 집에 가서 몸을 말리거라. 다음에 또 해변에서 보물찾기를 하려면 나랑 같이 가자. 나는 버드 가 7번지에 사니까 그리 찾아오너라. 너 같은 어린애가 혼자서 그런 걸 하면 위험해. 하지만 처음치고는 잘 하더라."

그는 내게서 눈을 돌려 바다를 향하더니 멈춰섰다. 키가 내 위로 우뚝 솟아있었다.

나는 바다를 바라보다가 내 첫번째 보물을 내려다봤다.

"아저씬 버블스 아저씨죠?"

내가 말했다.

"하멜 아저씨 친구요."

그는 고개를 끄덕이며 나를 내려다보더니 친구라고 할 수도 있다고 투덜거리듯 말했다.

그가 우리집 근처 해변에 있는 것을 본 적이 있었다. 보통은 먼발치로 봤지만 낡은 자전거를 타고 프로우 가를 지나가는 것을 보기도 했다. 그가 하멜 아저씨의 오두막에서 이야기하는 것을 본 적도 있다.

너무 크고, 어둡고, 낯선 그에게서 나는 위압감을 느껴 가까이 가지 못했다. 하지만 이젠 아니었다. 그가 내 목숨을 구해주고, 그를 가까이에서 대하게 되고, 내가 느낀 두려움 너머에서 뭔가를 봤기 때문은 아니었다. 그걸 뭐라고 불러야 할지 모르겠다. 남들은 내가 여러 가지 감정들을 모를 거라고 생각하지만, 그것을 뭐라고 하는지를 모를 뿐이었다.

어쨌든 나는 그의 깊고 어두운 눈을 보며, 그가 그때까지 찾지 못했던 것을 내 안에서 찾았다는 것을 눈치챘다. 그도 바다에서 보물을 찾은 것이다.

그것을 뭐라고 해야 할지 그도 몰랐겠지만 나는 그가 소중하게 여겼던 것이 무엇인지 알아차렸다. 그가 아무데서도 찾을 수 없었던 그것은 다치고 멍든 몸으로 흠뻑 젖은 채 떨고 있던 소년이었다. 그는 그 소년과 평생 동안 우정을 나누며 그가 알고 있는, 하지만 다른 누구와도 나눌 수 없었던 바다에 관한 지식을 나눠주고 싶었다. 또한 거칠고 투박하게, 열정과 즐거움으로, 아무에게도 말하지 않았던 자연의 힘과 꿈에 대해 나누고 싶었다.

그것이 내가 그의 눈에서 본 이름 없는 어떤 것이다.

나는 바다를 둘러보다가 내 어깨에 손이 닿는 것을 느꼈다. 이어서 무뚝뚝한 말이 들려왔다.

"이제 가봐라."

집으로 가면서 내가 마지막으로 본 것은 버블스 아저씨가 아니라 스토닝의 이름난 보트제작자인 하멜 아저씨였다. 그는 고맙다는 표정으로 그에게 손을 흔들었다. 그것을 보고 그날 나를 지켜보라며 버블스 아저씨를 보낸 것은 하멜 아저씨라는 생각을 하게 됐다.

하멜 아저씨와 그 사람은 노스엔드에서 마지막 남은 연안어부였다. 그들이 더 젊고 시대가 달랐더라면 그리고 내가 그들과 같은 계층이었다면, 그들은 내게 정식으로 기술을 가르쳐줬을 것이다. 사실 하멜 아저씨의 아들들은 그런 생활에 관심이 없었고 버블스 아저씨네는 아이가 없었다.

그것이 그들에게는 아쉬운 일이었지만 나에게는 행운이었다.

버블스 아저씨는 바닷가에서 내 아버지 역할을 했고, 하멜 아저씨는 내 삼촌이자 친구 역할을 했다. 나는 그들의 견습생이 아니었고 그럴 계획도 없었지만, 두 사람은 내게 보물의 특성과 그것을 얻는 법을 가르쳐 주었다.

하지만 어느날 마지막 파도가 밀려와 우리의 보물을 모두 빼앗아 가서, 그것을 찾는 사람에게 마지막 1실링까지 그리고 바닷물에 닳고 닳은 구리 조각까지 되돌려준다는 것을 가르쳐준 사람은 버블스 아저씨였다.

집에 가서 물기를 닦고 몸이 좀 따뜻해지자, 나는 축축한 팬티만 입고 외할머니 방으로 갔다.

"지미, 여태 어디 있었니?"

"1실링을 주웠어요."

나는 녹색 빛을 띠고 있는 그것을 외할머니에게 보여주었다.

"이것도 네 보물상자에 들어가겠구나."

"그 보물상자는 옛날 집에서 모은 것들이에요. 제가 암흑유령이 있다고 믿었던 때요. 이 1실링은 윤나게 닦아서 쓸 거예요."

"보물을 다 써버리진 말아라. 그럼 다른 사람에게 줄 게 없잖니."

"어떤 사람을 알게 됐는데요, 그 사람은 버드 가에 산대요. 여기서 가까워요."

"그 사람 얘기 좀 해보렴."

나는 알고 있는 것을 모두 얘기해 주었다. 그 사람이 파도에서 나를 구해준 얘기만 빼고. 외할머니는 밤이 깊어 잠들 때까지 내 얘기를 들어 주었다. 나는 외할머니의 따뜻한 난로 옆에 앉아 생각했다. '이제 노스엔드에서 두 명을 알게 됐어. 한 명은 하멜 아저씨, 한 명은 버블스 아저씨. 아, 네 명이구나. 외할머니와 엄마가 있으니. 나까지 하면 다섯.'

그것은 시작이었다.

입학시험

우리가 노스엔드로 이사했을 때 나는 열 살이 었고, 마이클 형은 열두 살이었다. 엄마는 갱년기에 접어들었고 외할머니는 늙어가고 있었다.

그때는 노스엔드가 보존지구로 지정되기 전이라 그저 황폐한 슬럼가에 불과했다. 금방이라도 쓰러질 듯한 오래된 연립주택이 다닥다닥 붙어있었고, 문 닫은 상점들 사이로 몇 안 되는 상점들이 명맥만 유지하고 있었다. 집들은 대부분 현관문이 썩고 옆문도 축 처져서 지저분했으며, 창유리는 금이 간 데다 오랫동안 방치한 석탄난로의 검댕과 소금기 머금은 바닷물로 때가 잔뜩 끼어 있었다.

해안과 나란히 달리던 프로우 가, 노어 가, 로어 가 사이사이에는 역사적인 이름을 붙인 작은 간선도로가 끼어들어서 서로를 이어줬다. 컴퍼스 가, 버더 가, 넬슨 가, 조지앤카우퍼 가 … 세관 도로, 앵커 필드. 이 도로들은 내 도로가 되었고 나는 그곳에서 추억을 만들며 내 삶을 상상해 보았다. 내가 누구인지, 내가 무엇이 될 것인지.

그곳에는 한 채만 따로 떨어져 있는 집이 거의 없었다. 우리집도 옆집과 벽이 나란히 붙어 있는 18세기식 연립주택이었다. 서로 출입문도 다르고 박공 모양도 다르며, 작고 좁고 어둡지만 여러 해에 걸쳐 복잡하면서도 아름답게 지어진 집이었다. 태양이 비치는 각도가 시시각각 달랐고, 바람은 외진 구석과 후미진 곳에 쓰레기와 해초들을 몰아넣었다. 재개발이 시작되기 전까지는 그런 곳이었다.

전쟁 후, 스토닝은 재개발 가능성 목록에서 최하위에 위치할 정도로 가치를 인정받지 못해서 살아남은 지역이었다. 이윽고, 개발업자들이 시 의회의 문을 두드리며 사람들을 혹하게 하는 말을 늘어놓았지만, 그때는 이미 엄마처럼 그 지역의 아름다움에 눈뜬 사람들이 많아져서 그들에게 분명히 개발 반대 의사를 밝혔다.

예전 전성기 때는 이곳 노스엔드에도 해군공창이 있었고 연안어부와 수로안내인과 이 두 가지를 겸하는 사람들이 많이 살고 있었지만 우리가 이사할 무렵엔 당시의 상점이 거의 남아있지 않았다.

우리가 이사할 무렵 화려했던 과거는 흔적도 없이 사라지고, 그저 사람들의 기억에만 남아 있을 뿐이었다. 젊은이들은 학교를 마친 후 직업을 찾아 도시로 나갔기 때문에 길거리에는 늙은이와 가난한 사람들만 남았다. 하지만, 천성적으로 퇴락과 빛바랜 영광을 찾아다니는 엄마는 그런 노스엔드에서 안정감을 느껴 그 집을 구입했다.

허름한 집들 사이에서도 3층으로 지어진 크고 높은 집들이 몇 있었다. 그것들은 해군 대령이나 제과점 주인, 양조장 주인, 세관관리들이 살던 집이었다. 우리가 이사왔을 때 그런 집들은 수리하는 데 돈이 많이 들었기 때문에 헐값에 나와 있었다. 그보다 더 큰 집에 살면서 수리하는 데 이골이 난 엄마에게 집수리는 걱정거리가 아니었다. 엄마가 중요하게 생각한 것은 공간이었다. 다른 사람들한테서,

특히 일가친척들한테서 떨어져 있을 수 있는 공간. 그래서 낡은 방들, 썩은 문틀, 구석이 젖고 금간 지붕들을 보고도 아랑곳하지 않았다. 엄마가 바라는 것은 자신의 방문을 닫고 세상과 가족들로부터 가능한 한 멀리 떨어져 있는 것뿐이었다.

그 무렵 가족들은 엄마에게 무용지물이었다. 남편이라는 사람은 옥스퍼드에 살면서 가끔 휴가 때나 들렀고, 외할머니는 방에서 거의 나오지 않았으며, 마이클 형은 이미 변해서 남처럼 서먹서먹했다. 형은 밤에도 밖에 나가 있을 때가 더 많았다. 열두 살 남자아이가 그렇게 산다는 게 이상했지만 엄마는 신경 쓰지 않았고, 그 이유도 묻지 않는 것 같았다.

결혼생활을 30년 징역형이라 생각하고 있던 엄마는 이사한 후 자유의 냄새를 맡았고 그것을 기쁨으로 받아들였다. 하지만 자신이 완전한 자유의 몸이 된 것은 아니라고 생각했다. 외할머니가 떠나거나 돌아가시고, 마이클 형과 가장 어린 나까지 떠나야 완전히 자유로워진다는 것이다. 복무기간의 3분의 2를 채운 수감자처럼 엄마는 한 해, 한 달이 지날 때마다 남은 기간을 헤아렸다. 어쩌면 날짜까지 계산하고 있었는지도 모른다.

그런 엄마에게 컴퍼스 가 10번지는 남자아이 둘과 나이든 외할머니가 걸리적거리는 집이었다. 노스엔드는 어린이를 찾아보기 힘든 곳이어서 사람들은 거리에서 나 같은 아이를 보면 이미 성인이 되어버린 자식들을 떠올리면서 다시 한번 쳐다보곤 했다. 뛰어다니고, 술래잡기를 하고, 돌차기 놀이를 위해 도로에 분필로 선을 긋고, 굴렁쇠를 굴리고, 도마뱀이 나올까봐 보도의 금간 틈을 피하던 아이들을 생각하면서 말이다. 그 세대는 사라져 버리고 뒤에 남은 그들의 부모들은 손자들을 가까이 두고 볼 수 없다는 것을 아쉬워하고 있었다.

그래서 오랫동안 내 친구들은 항상 어른들이었고, 조금씩 내가 노스엔드를 알아간 것도 다른 아이들이 아니라 그 어른들의 눈을 통해서였다. 그런 과정에서 노스엔드의 분위기가 내 마음에 들어왔다.

우리가 노스엔드로 이사하고 몇 달 후, 내가 열한 살이 되자, 두 군데 중학교 중 하나를 선택하는 일이 문제로 떠올랐다. 마이클 형은 스태닉에 있는 인문중학교에 이미 다니고 있었다. 거리가 10킬로미터가 넘어서 기차를 타고 가야 했다.

사람들은 마이클 형 보고 총명하다고 했다. 그 말은 사실이었다. 하지만 그들도 모르는 것이 있었는데, 그것은 형이 다른 아이들을 괴롭힌다는 것, 그리고 들킬 염려가 없을 때는 가학적인 성격을 드러낸다는 것이었다.

잠이 깼을 때 내 얼굴에 베개가 얹혀 있다면 그것은 틀림없이 마이클 형 짓이었다. 한번은 내 얼굴과 코를 세게 얻어맞는 꿈을 꾸고 깨어났다. 빙빙 도는 듯한 어둠 속에서 정신을 차려보니 계단 쪽에서 빛이 새어 들어오고 있었다. 바닥을 걷는 발소리에 이어 마이클 형의 방문이 삐걱 하며 닫히는 소리가 또렷이 들렸다. 아침에 일어나보니 코는 아팠지만 상처는 없었다.

형의 소행을 확신하게 된 것은 시간이 좀 지난 어느 부활절이었다. 가족이 모두 식탁에 모여 앉았는데, 엄마가 '그 남자'가 코를 골아서 서로 다른 방에서 잔다고 했다. 그러자 마이클이 말했다.

"지미도 어찌나 코를 고는지 기차가 지나가는 것 같아요. 얼마나

화가 나던지…"

나는 형의 눈을 쳐다보면서 자는 동안 내 얼굴을 친 사람이 형이라는 걸 알게 됐다.

우리집에서 두 사람을 칭찬할 때 엄마는 내 감정을 생각해서 조심스럽게 했다. 보통 한 명은 집에 있고 한 명은 밖에서 지냈지만.

"물론 마이클은 영리하지, 그건 확실해. 힐러리도 마찬가지고. 지미는… 음… 좀 달라… 걱정되는 건…"

그 오래된 집은 벽이 얇은 판자로 되어 있었고 구석이 잘 보이지 않아서 나는 내가 남들만큼 영리하지 않다는 것을 알고 있었다.

내가 다른 형제들과 다르다는 것, 완전히 다르다는 것은 그 전에 느낌으로 알고 있었다. 그들이 말하는 '다르다'는 것은 더 못났으며 장애가 있다는 의미와 비슷했다.

나는 내가 책에서 읽은 고아가 된 듯한 기분이었다. 항상 비굴한 모습으로 다니고 그 신세를 벗어나지 못하는 그런 고아 말이다.

풀밭 위를 덮고 있는 아침안개처럼 미묘하고 고요한 어떤 분위기가 있었다. 그것은 힐러리 누나와 마이클 형의 당연한 의무와 내 의무는 다르다는 분위기였다. 그것은 오래 전, 내가 말을 알아듣기도 전, 어쩌면 태어나기도 전에 일어난 일 때문인 것 같았다. 그것이 무엇이든지 간에 그 '무슨 일'은 나를 주눅들게 했고, 그것 때문에 엄마와 하워드 스커플, 마이클 형, 힐러리 누나는 내게 별 기대가 없는 것 같았다. 하지만 어쨌든 지금은 그 유명한 통학열차를 타고 다니는 스태닉 인문중학교에 들어가기 위해 내가 도전해야 할 때였다.

하, 하, 하! 마이클 형은 큰소리로 웃었다. 이미 확실하게 결승선에 도달한 사람이 거기까지 절대 오지 못할 사람 - 나 - 을 바라보며 심술궂게 웃는 웃음이었다. 엄마는 법률상 내가 중학교 입학시험을 봐야 한다고 했다. 합격하면 나도 마이클 형과 같은 학교에 다니게 되고, 내 미래는 형만큼 황금빛으로 빛나게 될 터였다. 내 시작은 미약했지만 말이다. 하지만 내가 시험에 떨어지면 어퍼스토닝에 있는 보통중학교에 가야 하고, 내 운명과 미래는 죽음보다 더 비참해질 것이다. 거기서 나는 광부의 아들들과 정육점의 딸들과 한 교실에 앉아 수학 대신 금속공예를, 영문법 대신 목공예를 배울 것이다.

마이클은 나이프를 흔들며 내가 꽃무늬 앞치마를 입고 케이크 굽는 일을 배우게 될 거라며 재밌어 죽겠다는 듯이 웃어댔다.

그 자리에 있던 가족들도 모두 웃었다.

"그게 무슨 뜻이야?"

나중에 나는 마이클 형에게 물어보았다.

"네가 들어갈 학교에서는 손을 쓰고, 내가 다니는 학교에서는 머리를 쓴단 말야. 너는 머리가 없으니까 그걸 이해 못할 거야. 그러니까 이해하려고 애쓰지 마라."

하하하, 나는 형의 누런 이를 주먹으로 쳐서 부러뜨리고 싶은 충동을 느꼈다. 하지만 형이 한 말을 이해하지 못한 나는 여전히 걱정이 됐다.

입학시험 전날 나는 엄마에게 물었다.

"마이클 형이 말한 머리 얘기가 무슨 뜻이에요?"

"무슨 말을 했는데?"

"자기 학교에서는 머리를 쓰고 제가 다닐 학교에서는 손을 쓴다는 거요. 저는 어느 학교로 가게 되는 거예요?"

엄마 얼굴에 갑자기 어떤 표정이 나타났다. 보기 드문 표정이었지만 나는 그것이 곤혹스러움을 의미한다는 것을 알고 있었다. 엄마가 권총을 바다에 던지려고 할 때도 그런 표정이었다. 그것은 초조함과 단호함이 뒤섞인 표정이었다.

엄마가 부드럽게 물었다.

"지금 몇 시지?"

학교에서 돌아온 지 별로 되지 않았기 때문에 늦은 시각은 아니었다.

"나랑 어디 좀 가자."

엄마는 오버코트도 입지 않고 나서더니 빠른 속도로 프로우 가를 걷다가 버스가 다니는 러거 가로 접어들었다.

우리는 버스를 탔다. 버스는 병원을 지나 브래드포드 가를 달렸다. 엄마 말로는 노동자 계층이 사는 동네라고 했다. 우리는 버스에서 내려 학교를 향해 걸었다.

"여기가 브래드포드 보통중학교야."

교문 근처에 자리를 잡고 서서 엄마가 말했다. 다른 엄마들이 수업이 끝나기를 기다리며 서 있었다.

"엄마가 어떻게 알아요?"

내가 물었다.

"여기에 내가 행정실 직원으로 지원했었거든."

깜짝 놀랄 일이었다. 엄마가 어떻게.

"지금부터 3시 5분에 나오는 여기 애들을 잘 봐라. 그리고 네 자신에게 물어봐. 너도 그 아이들과 같이 이 학교에 다니고 싶은지 말야."

엄마는 대체적으로 내 교육에 관심이 없었다. 그래서 효과적인 교육법도 없었다. 하지만 그날 엄마가 쓴 방법은 효과 만점이었다.

학교에서 쏟아져 나오는 아이들은 백과사전에서 본 야만인들 같았다. 그들은 누더기 같은 옷을 입고 소리지르고 싸웠다. 남자아이들은 모두 몸집이 컸으며 검은색 부츠를 신었고 머리는 지저분했다. 가장 꺼림칙한 건 엄마와 나를 쏘아보는 위협적인 눈빛이었다.

"네가 스태닉 인문중학교에 들어가지 못하면 여길 다녀야 돼."

엄마가 내 손을 꽉 잡았다. 그때 비가 내리기 시작했고 나는 겁에 질렸다.

"이제 집에 가요."

내가 엄마를 잡아끌면서 말했다.

나는 키도 더 커졌고 힘도 세졌지만 엄마는 나보다 더 컸고 손도 남자 손같이 억셌다.

"좀 보란 말야."

"엄마, 비 오잖아요."

내 머리를 때리는 비와 나를 붙들고 있는 엄마와 싸우느라 나는 녹초가 되었고, 학교에서 나오던 키 큰 아이들은 우리를 에워쌌다. 재밌다는 듯이 구경하던 그들은 소리를 지르며 계속 우리 주위를 돌았다.

"엄마… 집에 가요."

내가 애원했다.

하지만 내 팔다리는 굳어 있었고 비는 계속 내 머리를 때리고 있었다. 올려다보니 엄마의 안경은 빗물로 흐려져 있었다. 엄마는 나를 보는 게 아니라 냉정한 눈빛으로 정면을 응시하고 있었다. 엄마의 손은 내 손을 으스러뜨릴 것 같았고 나는 빗줄기의 철창에 갇혀 있었다.

"여기가 네가 들어갈 학교야."

엄마가 말했다.

우리가 밀고 당기며 싸우는 동안 빗줄기는 거세지고 우리 뒤에서는 기차가 요란한 기적소리를 내며 지나가고 있었다.

"엄마, 엄마…."

나는 절규하듯 소리치다 엄마 손을 세차게 뿌리치고 뛰기 시작했다. 뛰다보니 절대 나란히 가고 싶지 않은 덩치 큰 남자아이가 바로 앞에 가고 있었다.

그때 엄마가 나를 뒤쫓아왔고 우리는 버스를 타고 러거 가에서 내렸다. 그것이 엄마가 나에게 뭔가를 가르치는 방식이었고, 두 번 말하지 않아도 되는 확실한 방식이었다. 엄마는 항상 놀라운 일로 가득 차 있었다. 마음만 먹으면 사람들을 천 가지 방법으로 놀래줄 수 있었을 것이다.

그날 밤 나는 오래 전 암흑시절에 꾸던 악몽에 시달렸다. 나는 한없이 달리다가 갑자기 추락하기 시작했다. 추락을 멈추게 할 만한 것은 아무것도 손에 잡히지 않았고, 아래쪽의 어두운 공간을 향해 나는 계속 떨어졌다. 그곳은 고문이 벌어지는 곳이었다.

화들짝 깨어난 나는 두려움에서 벗어나기 위해 내 방에서 뛰쳐나갔다. 내가 뛰어간 곳은 엄마 방이 아니라 외할머니 방이었다. 나는 외할머니가 잠들어 있는 침대 옆 어둠 속에서 울며 서 있었다. 공포로 인해 싼 오줌은 내 다리를 타고 내리며 잠옷바지를 적셨다. 지독하게 외롭던 다섯 살의 암흑시절을 떠올리며 나는 몸을 떨면서 울었다. 외로움과 절망감의 비명소리가 다시 되살아나는 듯했다.

잠에서 깬 외할머니가 머리맡의 전등을 켜고 나를 쳐다봤다. 외할머니는 머릿수건을 하고 있었고 얼굴은 분필처럼 창백해서 해골 같아 보였다.

"지미!"

그러자 나는 외할머니 품으로 파고들었다. 내 눈물과 콧물이 외할머니 어깨에 범벅이 되었고 잠옷바지와 다리에 묻은 오줌은 이불을 적셨다.

"지미, 무슨 일이냐?"

외할머니가 물었지만 나는 경련을 일으키듯 울면서 외할머니를 더 세게 안았다. 외할머니는 너무 말라서 부서질 것 같았다.

침대에서 나온 외할머니가 내 옆에 가스난로를 켰다. 그리고는 코코아를 타고 크럼펫 몇 개를 구웠다. 그리고는 내게 잠옷바지를 벗고 타월을 가져와서 몸을 감싸라고 했다. 나는 외할머니가 보지 못하도록 부엌에 가서 옷을 벗었다.

"녀석도!"

나는 외할머니에게 악몽 얘기를 들려주고, 내가 입학시험에 떨어질 거라고 했다.

"떨어지다니! 누가 그래?"

"엄마랑 마이클 형이랑 다른 사람들이 다 그랬어요. 제가 앞치마를 두르고 케이크를 구울 거래요. 저는 그 무서운 학교에 들어가서 아이들한테 맞을 거예요."

"다 헛소리야."

외할머니가 말했다. 그리고 어두운 얼굴로 덧붙였다.

"어쨌든, 마이클도 자기 고민거리가 있단다. 내일 아니, 오늘 아침에 네가 학교 가기 전에 얘기하자. 그때 네가 어떻게 하면 합격하는지 말해주마. 지금은 외할머니도 자야 되고, 너도 그래. 중요한 날이 오면 네가 나를 이렇게 깨우듯이 나도 너를 깨워서 얘기를 나눠야겠구나."

"헛소리가 아니에요."

"헛소리라니까."

외할머니가 단호하게 말했다.

"자, 이제 크럼펫 하나 더 먹고 자러 가거라, 알았지?"

나는 고개를 끄덕였고 외할머니가 크럼펫을 구워 버터를 바르는 동안 행복한 마음으로 앉아 있었다.

"네 외할아버지도 크럼펫을 좋아하셨지."

갑자기 외할머니가 외할아버지 얘기를 꺼냈다.

"그런 점에서는 그분도 인간적이었어. 지미, 가끔 네가 외할아버지랑 너무 닮아 보인단다. 정말로 그래. 하지만 얼굴은 얼굴일 뿐이지."

나는 침대로 돌아와 다시 잠이 들었고, 내 어깨에 외할머니의 앙상한 손을 느끼며 잠에서 깨어났다.

"지미, 일어날 시간이다. 씻고 옷 입고 밥 먹어라. 그리고 할 얘기가 있으니까 나 좀 보고 가라."

그날은 수업은 없었다. 우리는 체육관에 줄맞춰 놓여 있는 반들거리는 책상에 앉았다. 책상 위에는 깨끗한 백지와 인쇄된 시험지가 놓여 있었는데, 허락이 떨어질 때까지 그것을 들춰볼 수 없었다. 체육관 문 위 벽에 걸린 커다란 시계는 시험이 시작되기 전의 적막 속에서 똑딱똑딱 소리를 내고 있었다.

내 귓속에서는 아침에 외할머니가 한 말이 울리고 있었다.

"지미, 옛날에 너는 어려운 고비를 잘 넘겨서 나를 안심시켰지. 오늘 네가 치를 입학시험은 중요하단다. 그러니 다시 한번 이 고비를 잘 넘겨야 한다. 너도 머리가 있으니까 오늘 그걸 써야 되는 거야. 엄마한테 듣자하니 내일도 시험이 있다면서? 여태 까맣게 모르고 있었지 뭐냐. 진작 말해줬으면 너를 도울 준비를 했을 텐데. 네 엄마는 항상… 그렇게 생각이 부족하단 말이야. 자, 펜이랑 연필이랑 다른 준비물 잘 챙겨서 미리 시험장에 가서 기다려야지. 시험지에 뭐라고 써 있는지 잘 읽고 너에게 뭘 물어보는지 잘 생각해봐. 답을 표시하지 않은 건 점수를 안 주니까 빼먹지 말고 모두 표시하고. 하지만 모르는 문제를 붙들고 시간을 낭비할 건 없다. 한 가지만 더. 네 머리를 믿어라. 너를 위해 답을 찾아낼 거다. 꼭."

"눈을 감고 집을 찾아오던 때처럼요?"

그것은 어느 크리스마스 이브 때 교회에서 집으로 돌아오면서 외할머니와 하던 게임이었다.

"지미, 너는 캄캄할 때 길을 찾는 방법을 여러 가지 알고 있지. 네 또래 누구보다 많이 알고 있어. 그런데 사람은 누구나 눈에 보이지 않더라도 경험으로 쌓아온 저력이 있단다. 그 힘을 이번에 발휘하는 거야. 알았니?"

"전에 맥스 삼촌이랑 산에 갔을 때 우린 꼭대기까지 올라갔었어요."

외할머니는 고개를 끄덕였다. 외할머니도 알고 있었다.

"어쩌면 입학시험도 같은 걸 거예요."

내가 말했다.

"아니면 옛날 우리집 대문 밖에 있던 큰단풍나무 오르는 것하고 비슷할지도 몰라요. 꼭대기까지 가장 빨리 오르려면 가장 올바른 길을 찾아내야 하거든요."

외할머니는 이 비유가 더 마음에 든 것 같았다.

"맞다, 지미. 그것과 같은 거야. 내가 보기엔 수학이 특히 그래. 나는 수학은 잘 했고, 할아버지도 잘 하셨지. 네 엄마도 잘했고, 마이클도 잘 하잖니. 그러니 너도 당연히 수학을 잘 하게 되어 있어. 네가 여태 현명한 선생님을 못 만나서 뭐가 뭔지 잘 몰랐던 거야. 다행히 오늘은 너희 수학선생님이 시험장에 오시지 않을 거다. 그건 불법이거든. 그러니까 지금까지 네가 할 수 있는 것과 할 수 없는 것에 대해 선생님이 한 말은 모두 잊어버려. 문제를 읽은 다음에는 올바른 길을 네가 찾아내는 거야. 큰단풍나무 꼭대기에 올라가는 방법을 찾듯이 말이다. 너는 분명히 찾아낼 거야. 할아버지도 시험출제위원이 있는데 항상 그러시더라. 선생님들은 자기 학생들이 할 수 없는 일을 찾아내고 지적하는 걸 좋아한다고. 그럼 학생들이 자신감만 잃어버리는데도 말야. 반대로 출제위원들은 학생들이 무엇을 할 수 있는지에 대해 관심이 있단다. 그러니까 오늘은 가능성이 있어. 알겠지?"

"네, 외할머니. 알 것 같아요."

그날 나는 그런 마음가짐으로 수학시험에 임했다. 학교에서 내가 수학문제를 즐겁게 풀어본 것은 그때가 처음이었다. 외할머니가 시킨 대로 검토까지 다 했는데도 시간이 남았다.

나는 제일 먼저 자와 연필, 펜, 지우개를 필통에 넣고 시계를 쳐다 봤다. 똑딱똑딱 시계가 갔고 드디어 시험이 끝났다.

다음날은 영어시험이었다.

"하나는 끝났고, 하나가 남았구나. 지미. 수학은 큰단풍나무 오르 듯했는데, 영어는 어떻게 할 거냐?"

나는 어깨를 으쓱 하며 잘 모르겠다고 했다. 이번에는 외할머니도 잘 모르겠다고 하며 씩 웃었다. 우리는 인상을 쓰며 고민했다.

"외할머니가 영어시간에 함께 있으면 제가 단어를 외할머니한테 잘 설명할 수 있을 것 같아요. 틀린 것보다 옳게 설명하는 것이 더 많을 거예요. 하지만 웰치 선생님한테는 그렇게 잘 안 돼요. 그 선생 님은 항상 제가 틀렸다고 하거든요."

"그럼 외할머니가 너랑 시험장에 들어가야겠구나."

"그렇게는 안 돼요."

"그럼, 이렇게 하자. 시험이 몇 시에 시작되니?"

"정각 10시요."

"그럼 정확히 10시에 내가 시험장에 있는 너를 생각하마. 네가 실 수하려고 하는 게 보일 때마다 나는 내 흰 지팡이로 바닥을 딱 때릴 거야. 차가 나를 못 보고 다가올 때처럼 말야. 네가 틀린 답을 쓰려 는 행동은 나한테 달려오는 차 같은 거야. 반대로 네가 잘 풀고 있으 면 나는 안전하니까 웃고 있을 거다."

"외할머니가 그걸 어떻게 알아요."

"알 수 있어."

"저는 외할머니 신호를 모를 거예요."

"어쨌든 나는 그렇게 할 거다."

"그럼, 외할머니가 해안산책로에서 바다쪽을 향한 벤치에 앉아 있어 주세요. 그럼 외할머니가 어디에 계시는지 알 수 있고, 바다에서 불어오는 바람을 얼굴에 느끼면 더 생각이 잘 날 것 같아요."

"그럼 거기로 가마."

"10시부터 꼬박 2시간이에요."

외할머니는 고개를 끄덕였다.

"이 할미가 독감 걸리겠구나."

"그럼 제가 바닷가에 나갈 때처럼 옷을 두껍게 입으세요. 그리고 아무하고도 얘기하지 마세요. 제가 생각하는 데 방해되니까요."

"알았다."

그렇게 몇 킬로미터 떨어진 곳에서, 외할머니가 감기에 걸리면서까지 격려하는 동안 나는 영어시험을 치렀다. 헷갈리거나 지루해지거나 확실히 모르는 문제가 나올 때면 외할머니의 지팡이 소리가 들렸고, 차가 위험하게 가까이 오는 모습도 떠올랐다. 그러면 나는 시험지와 내 펜을 보고 곰곰이 생각하다가 정답을 찾아냈다. 그래서 외할머니가 미소짓게 만들었다.

시간이 다 됐을 때 내가 그렇게 깔끔하게 글씨를 쓰고 그렇게 많은 단어를 기억해냈다는 것이 믿어지지 않았다. 또한 내가 표시한 답이 거의 맞았다는 느낌이 들었다. 선생님이 답안지를 걷어갈 때, 나는 합격했음을 직감했다.

기분이 좋았고 거기가 전혀 학교 같다는 느낌이 들지 않았다.

발표날이 되자 외할머니와 나는 부엌에 앉아 기다리고 엄마가 거실에서 전화를 걸었다. 잠시 후 부엌으로 들어온 엄마의 표정은 놀라움뿐이었다.

"세상에나! 네가 합격했단다."

엄마는 내게 돈을 주며 펜더스 가게에서 동화책도 사고, 사탕도 사먹으라고 했다. 우리집 근처의 길모퉁이에 있는 가게였다. 내가 돌아오자 외할머니는 엄마에게 이런 얘기를 하고 있었다.

"충분히 할 수 있는 일을 했을 뿐인데, 그렇게 돈을 줄 필요가 뭐 있니. 내가 말했지. 지미는 합격할 거라고. 지미는 머리가 좋은데 다른 사람들이 그걸 몰랐던 것뿐이야. 너도 마찬가지고!"

엄마와 외할머니는 항상 서로를 못마땅해했고, 언쟁을 하다가 누군가가 발끈 화를 내며 방을 나가곤 했다. 하지만 나는 신경 쓰지 않았다. 특히 그날은 내가 아무도 - 특히 마이클 형과 힐러리 누나가 - 훔쳐갈 수 없는 멋진 일을 해냈기 때문이다.

인문중학교에 처음 등교하던 날 나를 배웅해준 사람은 외할머니였다. 교복은 진한 파란색이었는데 모자와 재킷에는 금색실로 학교 이름이 수놓아져 있었다. 엄마는 독감에 걸려 집에 있었다. 외할머니 눈은 눈물로 가득했지만 내 눈은 희망으로 가득 차 있었다.

"이제 네가 넓은 세상으로 나가 영영 다른 사람이 될 거라는 생각을 하니 눈물이 나는구나. 너는 이제 곧 늙은 외할머니를 잊겠지. 암, 당연히 그래야지. 사는 게 생각대로 되지 않으니 네게 무슨 일이 일어날지는 아무도 모른단다. 하지만 아무리 절망스러운 상황에서도 희망은 조금이라도 남아있으니 항상 좋은 쪽으로 생각해야 한다. 알았지? 잊지 마라."

"네, 외할머니."

외할머니는 아프리카 신사와 얘기할 때처럼 미소를 지으며, 뼈만 남은 앙상한 팔로 나를 안아주었다. 그리고는 컴퍼스 가를 따라 멀어져가는 나를 지켜보았다.

내 교복은 새것이었지만 가방은 다른 사람한테서 물려받은 것이었다. 엄마가 아는 사람한테서 사준 것이다.

뒤돌아보았을 때 외할머니는 집 앞 계단에 그대로 서 있었다. 하지만 내 모습이 자세히 보이진 않았을 것이다. 나는 쑥스럽게 손을 흔들었고 외할머니는 내가 손을 흔들었는지 확실히 모른 채 손을 흔들어주었다.

노어 가로 접어들면서 내 정신적 지주가 누구일지 생각해 봤다. 엄마는 아니었고 마이클 형도 아니었다. 엄마는 그 무렵 좀 이상해졌다.

그 동안 나한테 한 짓이 걸리기는 했지만, 나는 조금 긴장이 돼서 마이클 형에게 학교에 같이 가자고 했었다. 하지만 형은 나랑 기차역까지 가는 것도 싫다고 하며 먼저 가버렸다.

힐러리 누나는 휴가 때나 가끔 보는 이방인이었다. 내게 별로 의미 없는 사람이었다. 그래서 내 정신적 지주는 외할머니였다. 그리고…

"지미, 안녕!"

버블스 아저씨가 커다란 검은 자전거에 기댄 채 파일럿 가 끝에서 기다리고 있었다. 그날은 갯지렁이를 캐러 가는 날이 아니었기 때문에 쇠스랑은 자전거에 묶여 있었다.

"안녕하세요, 버블스 아저씨."

"오늘이 네 첫 등교일이라 인사하려고 왔지. 이제 좋은 학교를 졸업하고 언젠가는 이 동네를 떠나겠구나."

"네."

아저씨는 큼직한 손을 들어올리며 말했다.

"학문이나 졸업장에 대해서는 잘 모르지만 생존에 대해서는 내가 좀 안다. 살아남지 못하면 배울 수도 없는 것 아니냐."

그는 털투성이 손을 꽉 쥐어보였다.

"누군가가 너를 치려고 다가오면 네가 먼저 치는 거야. 있는 힘껏 세게. 그게 제일 좋은 방법이다. 만일 그 녀석이 너보다 훨씬 덩치가 크고 이길 승산이 없으면 나를 불러라. 그 녀석에게 버블스 아저씨가 가만 안 둔다고 전하고. 자, 얼른 가봐라. 가서 열심히 배워."

그는 큼직한 손을 내 어깨에 올리더니 나를 보내주었다. 그리고 내가 그 길을 다 벗어날 때까지 지켜보았다.

볕에 그을리고 주름진 얼굴을 타고 턱수염에 스며들던 그의 눈물을 나는 보지 못했다. 나를 배웅하기 위해 첫 등교일이 언제인지 물어보러 왔었다는 것도 그때는 몰랐다. 배웅은 아버지들이 할 일이었다. 버블스 부부에게 내가 아들 같은 존재였다는 것도 나는 몰랐다.

하지만 내가 학교에 다니는 동안 그 두 사람과 외할머니가 훌륭한 정신적 지주였다는 것은 분명히 알고 있었다.

좌절하는 아이들

아침에 기차역까지 가려면 도중에 세인트앤드류 묘지를 지나야 했다. 18세기에 지어진 세인트앤드류 교회는 검붉은 벽돌로 된 높은 직사각형 건물이었으며, 흰색 지붕은 꼭대기가 둥근 형태였다. 널따란 교회묘지 주변은 벽돌담이 두르고 있었는데, 묘비는 대부분 담 쪽으로 옮겨져 있었다. 묘지공원을 나무와 벤치로 조성하기 위해 가운데를 비운 것이다. 외할머니는 그것을 못마땅해했다.

"지미, 시신과 그 묘비를 따로 갈라놓는 게 말이 되니. 절대 안 되지. 어떤 일이 있어도 사람이 묻힌 자리 위에는 앉는 게 아냐. 생각해 봐라, 너무 서글픈 일 아니니."

듣고 있던 엄마가 끼어들었다.

"그리고 수상한 사람들이 후미진 곳에 숨어있다고 하더라. 어두워질 때는 거기 가지 마."

외할머니가 하던 얘기를 계속했다.

"어쨌든, 내가 죽은 뒤에 내 묘비가 공원벤치에 자리를 내주고 다

280

른 데로 치워지는 일은 없도록 해라. 내가 속물근성이 있어서가 아니라, 일요일 오후에 얼굴도 모르는 애들이 내 머리 위에 앉아서 샌드위치랑 맥주를 먹고 마시는 꼴을 보기 싫어서 그래. 지미, 내 말 듣고 있는 거냐?"

"네, 외할머니."

"내가 뭐라고 했는데?"

"공원 벤치 아래에 외할머니 묻지 말라구요."

"그렇지. 그리고 절대 나를 화장하지 마라. 그게 과학적일지는 모르지만 인간적인 방식은 아냐."

"말도 안 돼요, 엄마. 죽은 사람이 뭘 느낀다고 그래요."

엄마가 핀잔을 줬다.

"못 느끼지. 하지만 산 사람은 느낀단 말이다. 고통을 겪는 사람은 남은 사람들 아니냐. 도자기에 든 재와 가루를 보고 어떻게 슬픔이 우러나오겠니. 슬픔을 느끼는 건 중요한 일이야. 슬픔을 드러내야 마음이 죽어버리지 않고 삶을 지속할 수 있으니까 말이다."

할 말을 잃은 중년의 엄마는 짜증스럽다는 듯이 얼굴을 찌푸렸다.

"재를 보고 어떻게 화를 내겠니?"

외할머니가 계속했다.

"가끔은 죽은 사람에 대해 산 사람이 화를 낼 권리도 있는데 말이다."

외할머니는 화장한 외할아버지를 얘기하고 있던 것이다.

"엄마, 제발요!"

엄마가 말했다.

"흠!"

외할머니는 일어서서 나가버렸다.

우리 학교 교감선생님은 보통 선생님들과 달랐다. 학교에 들어오기 전에 자기 형이나 선배들이 비밀을 털어놓듯 두려운 표정으로 그 사람에 대해 알려주지 않았더라도, 학교에 도착한 지 얼마 되지 않아 우리는 그의 존재를 알아차릴 수 있었다. 그리고 첫 조회시간에 그는 다시 한번 자신의 권위를 우리 머릿속에 각인시켰다. 차갑고 위압적인 행동으로 전체 분위기를 얼어붙게 만드는 것이다.

그의 이름은 레너드 플랙스였으며, 기숙사 사감선생이자 언어과목의 학장이었고, 학교행정실장과 학생주임까지 겸하고 있었다.

전쟁에서 받은 훈장으로 그는 누구도 저항할 수 없는 도덕적 권위를 행사했다. 학생들 사이에서는 그의 전공이 독일어라는 것, 그리고 전쟁 중 맡았던 임무가 독일군 포로를 심문하고 고문하는 것이었다는 소문이 돌았는데, 그로 인해 그에게는 오싹하고 두려운 후광이 따라다녔다.

그것은 실제로도 확인할 수 있었다. 교장인 버나드 스마일즈 신부님을 포함한 다른 선생님들도 모두 그를 두려워한다는 것이 눈에 훤히 보였다. 플랙스 학장은 선생님들 중에서 가장 날카롭고 가장 마르고 가장 무서워 보였으며, 다른 선생님들은 그 사람 앞에서 주눅이 들어 보였다. 그들은 장군 앞에 선 초급장교들처럼 순종적인 자세로 서 있었고, 우리도 그들을 따라 똑같은 자세를 취했다. 그의 인상이 그토록 두렵고 위협적이었기 때문에, 그가 교실에 가까이 다가가기만 해도 교실의 소란함은 금세 정적으로 바뀌었다. 그가 눈에 띄지 않는 그늘이나 복도 구석에 나타나기만 해도 학생들은 사나운 개의 냄새를 감지한 양떼처럼 즉각 입을 다물고 겁에 질려 제자리에 앉았다. 나는 그 개가 알 수 없는 이유로 나에게 유별난 적대감을 갖고 있다는 사실을 알게 되었다.

첫 학기가 시작되고 며칠이 지나 프랑스어 수업을 처음 시작하던 날이었다. 문이 열리자 우리의 잡담소리는 일시에 사그라들었다. 5년이라는 지루한 세월 동안 우리에게 프랑스어를 가르칠 선생님이 들어섰기 때문이다. 그는 잡 선생님이었다.

"어흠!"

그가 자신의 출현을 알리는 헛기침을 했다. 그런데 우리의 침묵은 곧 두려움으로 바뀌었다. 그 뒤에 차갑고 음산한 그림자가 보였기 때문이다. 그림자에서는 옅은 파란색 눈이 우리를 쏘아보고 있었다. 그것은 플랙스 학장의 그림자였다.

잡 선생님이 교탁 쪽으로 가는 동안 플랙스 학장은 교실 안으로 들어서서 자리를 잡고 섰다. 그냥 서 있을 뿐이었다.

"잡 선생님, 계속 하시지요."

하지만 그의 눈은 우리를 향하고 있었다. 그의 목소리는 석영처럼 단단했고 눈빛은 죽은 사람처럼 표정이 없었다. 차가운 파란색 눈은 햇볕의 따사로움을 일시에 얼려버릴 정도로 싸늘했다.

잡 선생님은 출석부를 들고 한 명씩 이름을 불렀다. 그러면 우리는 일어서서 '네!'라고 대답하고 다시 자리에 앉았다. 내 이름이 가까워졌다.

"로바?"

"네."

내가 대답했다.

플랙스 학장은 조용히 한숨을 내쉬었다. 무서운 느낌을 주는 한숨이었다. 그리고 그의 눈은 교실을 훑다가 나를 찾아냈다. 나는 그가 한 가지 목적으로 우리 교실에 왔다는 것, 그리고 그 목적은 내 얼굴을 확인하는 것이라는 섬뜩한 확신이 들었다. 앉으면서 나는 그의 시선에 붙들렸다. 헤드라이트 불빛에 걸려 옴짝달싹 못하는 토끼처럼.

나는 그의 눈에서 본 것은 무표정이 아니라 그보다 훨씬 심한 냉혹함을 봤다. 나를 패배로 안내하는 거대한 철문이 열리는 순간이었다. 나에 대한 혐오감과 반감으로 가득 찬 그 표정은 뭐라 설명하기 힘든 예기치 못한 것이었다. 그것은 복수심에 불타는 눈빛이었고 곧이어 처벌이 가해질 것이라는 경고였다.

잡 선생님이 물었다.

"전에 프랑스어를 배운 적이 있는 사람?"

플랙스 학장의 적대적인 태도에 놀라 고동치고 있던 내 심장은 잡 선생님의 질문에 희미한 구원의 빛을 느끼며 조금 진정됐다. 나를 포함해 세 명이 손을 들었다. 사립예비학교를 다녀서 프랑스어를 한두 학기 배운 것이다.

"세 명 일어나도록."

잡 선생님이 말했다.

우리는 쭈뼛쭈뼛 일어섰다. 선생님의 말투로 보아 우리를 칭찬하려는 것은 아니었다. 그것은 왠지 덫처럼 느껴졌고 과연 덫으로 드러났다.

잡 선생님의 눈이 점점 가늘어지더니 딱딱하고 형식적인 미소가 언짢은 표정으로 바뀌었다. 일종의 빈정거림이었다. 그는 오싹함을 풍기며 말없이 서 있는 플랙스 학장에게 눈길을 던졌다. 두 사람 사이에서 기분 나쁜 공모의 분위기가 느껴졌다.

"알았다."

가시 돋친 말투였다.

"너희 세 명이 이 반에서 골칫덩이구나."

그리고는 숨죽여 웃었다. 반 학생들과 플랙스 학장 앞에서 일어선 채 노골적으로 모욕을 당하자 나는 뭐라 형언할 수 없는 비참한 기분이 들었고, 잡 선생님에 대한 신뢰도 사라졌다. 방금 전까지만 해도 불타오르던 배움에 대한 열망도 갑자기 사그라졌다. 그리고 방금 나의 신뢰를 잃은 선생님의 덫에 걸렸다는 낭패감에 휩싸였다.

"앉아라."

잡 선생님이 말했다.

우리는 풀이 죽어서 천천히 앉았다.

하지만 나는 볼 일이 더 남아 있었다. 일어날 것 같지 않은 일이었지만 어쨌든 더 곤혹스러운 일이었다.

플랙스 학장이 갑자기 움직였다.

그는 짧고 곱슬곱슬한 회색 머리였고, 코밑수염을 길렀으며, 마른 몸에 꼭 맞는 트위드 양복을 입고 있었다. 넥타이는 카키색, 구두는 반짝거리는 갈색이었고, 양복은 주름 하나 없이 반듯했다. 그리고 서류철을 지휘봉처럼 겨드랑이에 끼고 다녔다. 애써 노력하지 않아도 그의 통제력과 권위의 효과가 나타났다.

그는 거의 낌새도 없이 움직였지만, 학생들은 모두 두려움을 느끼며 그의 움직임에 주목했다. 우리가 서 있었다면 몸을 더욱 곧추세웠을 것이다.

그가 움직인 방향은 내가 있는 쪽이었고, 그 움직임이란 눈에 잘 띄지도 않을 정도로 머리를 조금 돌린 것이었다.

"수고하셨습니다. 잡 선생님."

그가 차가운 눈동자를 내게 고정시킨 채 말했다.

그러더니 놀랍게도 미소를 지었다. 하지만 그것은 상대방에게 고통을 가하기 전에 짓는 가학적인 미소였다. 나는 몸이 마비될 정도로 공포심에 사로잡혔다. 그것은 마이클 형의 미소와 똑같은 것이었다.

"독일어 할 줄 아는 사람?"

그가 나를 응시하며 물었다.

나는 그 자리에서 당장 달아나고 싶었다. 잡 선생님의 배반 후에 나는 그 질문이 또 다른 속임수라는 것을 감지했기 때문이다. 이번에는 공격을 앞세운 속임수였다. 하지만 나는 그런 종류의 인간을 이미 체험했었다. 비록 그때처럼 꼼짝 못할 정도로 위협적이지는 않았지만 말이다.

예방이 치료보다 낫다는 것을 나는 오래 전에 배웠다. 나약한 사람은 누군가로부터 사적인 감정의 공격을 받았을 때 그 상처를 쉽게 치료하지 못하기 때문이다. 나는 그런 공격에 직면하면 슬쩍 빠져나와서 숨어버리곤 했다. 그런 괴팍한 행동에 맞서서 이길 수 있는 방법은 없다.

하지만 두 선생님이 나를 주시하고 있고 누군가의 고통에서 스릴을 느끼는 남학생들로 가득 찬 그 조용한 교실에서는 달아날 구멍이 없었다. 공공연히 독일어를 한다고 말하면 그것은 자랑으로 들려 나는 따돌림을 받을 것이다. 게다가 독일어가 유창한 그 사람이 말을 시킬 수도 있는 위험한 상황을 각오해야 한다. 내가 절대 이길 수 없는 도전이다. 반면 내가 독일어를 할 줄 모른다고 하는 것은 미지의 영역에 들어서는 것이다. 플랙스 학장이 나에 대해 어디까지 알고 있는지를 내가 모르고 있기 때문이다.

더군다나 그가 왜 나를 지목했는지도 나는 모르고 있었다.

그런 사전지식이 없던 나는 제대로 방어할 수가 없었다.

"로바, 너는?"

"조금 할 줄 압니다."

내가 대답했다.

"선생님이 질문할 땐 일어서서 대답하도록."

학장은 약간 목소리를 높여서 말했다.

나는 사람들의 시선을 느끼며 일어서서 다시 대답했다.

"조금 할 줄 압니다."

"Wieviel(어느 정도)?"

그가 물었다.

어느 정도? 6개월 동안의 독일 생활이 뇌리를 스쳤다. 베저에서의 송어 낚시, 버터컵만큼이나 샛노랗던 스크램블 에그, 가죽반바지를 입고 풀밭언덕에서 미끄럼을 타던 일 그리고 자식이 없었던, 나를 입양하고 싶어했고 평생 못 잊을 사랑을 보여줬던 농장 아저씨와 그의 부인….

어느 정도? 그 질문은 그의 측정수단이었다. 하지만 어떤 언어를 쓰는 사람이 그 언어에 대해 느끼는 사랑, 그 언어를 쓰고 있는 나라와 그곳 사람들에 대해 느끼는 사랑은 측정할 수 없다.

Wieviel, Herr Kapitän Flax?(어느 정도 하느냐고요, 플랙스 학장님?)

나는 그가 묻는 질문을 알아들었고 어떻게 대답해야 할지도 알고 있었지만, 알고 있던 독일어 단어는 그의 목소리와 눈빛 앞에서 모두 도망가 버렸다. 자신보다 우세한 상대 앞에서 무기를 버리고 도망가는 비겁자처럼.

내 목구멍은 말라갔고, 내 안의 깊은 곳에서는 뭔가 중요한 것이 시들며 죽어갔다. 잡 선생님이 시작한 속임수 같은 질문으로 인해 신뢰는 이미 그 전에 상실했고, 언어를 배우고 싶은 열망과 외국어에서 풍기는 새롭고 풍부한 발음을 즐기고 싶은 열망은 아직 다치지 않고 남아 있었다. 시들며 죽어간 것은 기쁨이었다.

나는 기쁨의 죽음을 느꼈다. 마치 하나밖에 없는 친구가 갑자기 죽었을 때처럼.

나는 플랙스 학장을 똑바로 쳐다보았다. 너무 겁에 질려서 내 다리가 책상에 달달달 부딪혔다. 내 입은 벌어진 채 아무 소리도 내지 못했고, 바지에는 오줌이 새기 시작했다. 두려움이 한계를 넘었다는 증거였다.

몇 초만 더 서 있었어도 오줌은 걷잡을 수 없이 흘러나와서 다리를 적시고 무릎을 적시고 신발을 적시고 마침내는 책상 아래 바닥까지 흥건해졌을 것이다.

분명히 불쌍한 독일군 포로들은 그에게 심문받으면서 그렇게 됐을 것이다.

그는 다시 거만한 태도로 반쯤 돌더니 경멸하는 투로 말했다.

"앉아라. 로바."

하지만 다 끝난 것이 아니었다.

냉혹한 독일군 같은 그는 다시 한번 차가운 미소를 잡 선생님과 교환하더니 마지막으로, 오금을 저리게 하는 무시무시한 미사일을 내게 날렸다.

"그러니까… 이 애가 우리가 다룰 두번째 로바군. 제발 세번째 로바는 없었으면 좋겠다만!"

그는 그렇게 멸시하는 말투로 내 성을 언급했다. 뭔가 이유가 있는 게 틀림없었다. 그것이 무엇인지 나는 알지 못했다, 아니 알 수가 없었다. 하지만 그가 나를 우리 가족의 두번째 대표로 보고 적대감으로 대한다는 것은 너무나 명백했다.

그 순간 나는 감지했다. 그의 증오심은 너무나 강렬해서 나를 상대로 한 그의 전쟁은 끈질기고 잔인하고 오싹하며, 죽음에 이를 때까지 계속될 거라는 것을.

내 두려움은 갑자기 왔다가 갑자기 사라졌다. 하지만 슬픔과 절망감까지 사라진 것은 아니었다. 나는 내가 알지도 못하는 전쟁에 내던져졌지만, 그런 경험이 처음은 아니었다. 바로 내 혈육들과 전쟁을 치렀던 것이다. 나는 전투에서 겨우 살아남았다가 다시 적군에게 에워싸인 군인처럼 넌덜머리나는 슬픔을 느꼈다. 작은 산을 올랐더니 그 너머에 태산이 버티고 서 있는 격이었다.

이것이 비참하고 고독했던 나의 첫 프랑스어 수업시간이었다. 그토록 고대하던 새 학교에 입학했건만, 며칠 만에 나는 다시 내 안으로 침잠하면서 실패를 향해 기울어가고 있었다.

잡 선생님에게 고개를 까딱 한 뒤 플랙스 학장은 교실을 나갔고, 우리의 프랑스어 첫 수업이 시작되었다. 하지만 내 마음은 이미 철문 너머 계단에 내려섰고, 수업하는 소리는 먼 곳에서 희미하게 들려오는 소음으로 들렸다.

에에!

이이!

아아!

오오!

우우!

잡 선생님은 프랑스어의 다섯 모음을 이상하게 파열음을 내듯이 발음했다. 내 일생에서 그렇게 성공적인 발음공부는 없었다. 결코 잊혀 지지 않았기 때문이다. 하지만 배움이 신뢰에 관한 거라면, 그리고 즐겁게 발전하기 위해 선생에 대한 학생들의 신뢰가 필요한 거라면, 그것은 처음부터 잘못된 출발이었고 다시는 회복할 수 없는 어긋남이었다.

잡 선생님이 프랑스어 발음을 가르치는 동안, 나는 혼자만의 세계로 빠져 들어갔다. 내 생각의 그림자 속으로 숨어 선생님의 말소리를 외면하면서, 그가 혼자서 앞서가도록 내버려 두었다. 그런 행동은 몇 년 동안이나 계속되었다.

그 첫번째 학기는 나의 유일한 상급반 시절이었다. 내가 입학시험을 좋은 성적으로 합격하고 형 마이클이 영리했기 때문에 학교에서는 나를 63명의 인원 중에서 성적이 좋은 30명에 넣었던 것이다.

하지만 그들은 내가 별로 똑똑하지 않다는 결론을 내렸다.

혼란과 절망감에 차 있어서인지, 내 작문은 형편없었고 철자도 많이 틀렸으며 교과서는 파란색 잉크로 얼룩져 있었다. 그래서 내가 그토록 분투하며 글로 쓰려고 하던 내 머릿속 생각은 근엄한 얼굴에 검은색 가운을 입고 다니던 선생님들과 공유할 수 없었다. 그들은 외할머니도 아니었고 버블스 아저씨도 아니었다. 습자교본에 얼룩이 있는지 없는지가 아니라, 파도를 읽을 수 있는지 없는지 그리고 자신의 보트를 조종할 수 있는지 없는지로 사람을 판단하는 하멜 아저씨도 아니었다.

내 생각은 선생님들이 붉은색 펜으로 쓴 평가에 갇혀 버렸다. 그 평가는 주로 '형편없음' 그리고 '깨끗이 다시 쓸 것'이었고 가끔은 '구제불능!'일 때도 있었다. 배움에 대한 열망은 나한테서 순식간에 빠져나가 다시는 돌아올 것 같지 않았다.

학기가 반쯤 지났을 때 성적표가 나왔고 선생님은 그것을 모두에게 공개했다. 나는 모든 과목이 바닥이었고 수치심 때문에 내 이름이 불리기를 기다리는 시간이 길게만 느껴졌다. 실패는 밀려오는 파도보다 더 빠르게 나를 낚아챘다.

우리는 성적표를 집에 가져가야 했다. 그런데 그날 저녁에는 강풍이 불었고, 교회묘지에 왔을 때 성적표는 바람에 날려 여러 조각으로 찢어졌다. 그리고 그것들은 낙엽과 함께 흩어져 묘비 사이사이에 내려앉았다. 엄마와 외할머니는 성적표에 대해 물어보지 않았다. 며칠 후에 가보니 흩어진 종잇조각들은 낙엽과 함께 썩어가고 내 성적을 적은 빨간색 잉크는 핏물처럼 땅으로 스며들고 있었다.

외할머니에게는 내가 그 학교에 들어간 것만으로도 대견한 일이었기 때문에, 나는 내가 어떻게 학교생활을 하는지 굳이 얘기하지 않았다. 엄마는 모든 걸 잘해나가는 마이클 형을 이미 겪어봤었고, 다른 생각할 일이 많았다. 그래서 나에게 얘기를 시키지 않았고 나도 굳이 엄마와 얘기하려 하지 않았다. 주위는 온통 툴툴거리는 소리 아니면 침묵뿐이었다.

내가 한 학기를 마치고 다시 학교에 돌아와 보니 내 책상에 있던 물건들은 모두 없어졌고, 하급반에 있던 어느 영리한 아이가 내 자리에 앉아 있었다. 그의 눈에는 승리자의 거만함이 담겨 있었다.

"로바, 넌 이제 하급반이야."

그가 말했다.

"아직 얘기 못 들었어?"

주위에서 킥킥대는 소리가 들렸다.

나를 쳐다보는 눈들. 비참함의 고통으로 인해 나는 숨도 쉬기 힘들었다. 시선들이 점차 나한테서 떠나갔다.

내 급우들을 뒤에 두고 나는 교실에서 기어 나오다시피했다. 그리고 인적이 없는 복도를 따라 걷다가 어떤 교실로 들어갔다. 한 학기가 나를 그곳의 이방인으로 만들었다. 나를 반기는 눈빛은 없었다.

"로바 2세?"

나는 고개를 끄덕이며 다시 한번 놀랐다.

그가 내 이름을 알고 있는 건 당연했다. 하급반의 담임선생님이자 우리의 모든 학교생활을 책임지고 있는 그는 바로 잡 선생님이었던 것이다. 나는 움츠린 채로 안으로 들어갔고 나에게 재시해준 책상으로 다가갔다. 패배감, 창피함, 말할 수 없는 비참함이 나를 내리눌렀다.

"로바 2세?"

교실이 얼어붙은 듯했다.

그것은 하반기가 시작한 후 처음으로 교실순례를 시작한 플랙스 학장의 목소리였다. 하지만 나는 미처 그의 목소리를 듣지 못했다. 절망감으로 인한 흐느낌이 목구멍까지 치받쳐왔기 때문이다.

"로바 2세, 못 들었나."

그 순간에 눈물을 대신할 강력하고 지속적인 감정을 불러올 수 있는 것은 그의 목소리밖에 없었을 것이다.

고개를 들어보니 서류철을 든 플랙스 학장이 차가운 파란 눈으로 나를 응시하고 있었다. 분명히 내 처지를 고소해하고 있는 눈빛이었다. 문득 그것은 끝이 아니라 시작이라는 생각이 들었다. 코너에 몰린 나는 새롭고 불쾌한 힘에 사로잡혔다. 더 이상 추락할 곳 없이 바닥까지 내려온 느낌이었다. 그 순간, 이제는 내가 무슨 짓을 하든 더 악화될 것도 없다는 깨달음이 왔다.

"네, 플랙스 학장님!"

나는 그가 못마땅하게 생각할 정도로 자신 있게 일어서며 큰소리로 대답했다.

그가 나를 쳐다봤고 나는 그를 쳐다봤다. 두려움은 전혀 느껴지지 않았다. 나는 내 눈빛에 그의 심사를 건드리는 어떤 빛, 말이 안 나올 정도로 화를 돋우는 어떤 빛이 있음을 알고 있었다. 야위고 말끔하게 면도한 그의 얼굴에 가벼운 홍조가 나타났다.

"학교 끝나고 남아!"

그가 차갑게 말했다. 나는 놀라서 눈을 깜박였다. 이제는 그에게도 약점이 있다는 것을 발견했기 때문이다. 하지만 그때도 그것이 무엇인지는 정확히 알지 못했다. 그때까지 여러가지 험악한 상황을 거쳐온 나는 더 이상 상처를 받고 말고 할 것도 없었다.

그가 몸을 돌리려고 했다.

"이유가 뭡니까?"

나는 그에 못지않게 차가운 어조로 물었다. 놀라움으로 인한 웅성거림이 교실에 퍼졌다. 잡 선생님조차 놀라서 몸이 굳었다. 학생들은 학장에게 질문하는 법이 없었던 것이다.

플랙스 학장이 돌아섰다. 확실히 마음이 불편한 기색이었다.

"무례한 언행."

그가 쏘듯이 말했다. 그게 무슨 의미이든 기분 좋게 들렸다.

"네, 알겠습니다!"

내가 외치듯이 대답하자 주위 학생들이 킥킥거렸다.

그 행동으로 인해 나는 하급반에서 반항아이자 구제불능 학생이
라는 딱지가 붙었다. 상급반에서 내쫓긴 데 대해 연민의 대상이 되
었다가, 이제는 하급반에서 플랙스 학장에 맞서는 인물이 된 것이
다. 나는 기분이 괜찮았다. 하지만 그것은 하급반에서마저 실패자들
의 일원이 되는 운명으로 이어졌다.

그런 행동이 불러들일 결과는 또 있었다. 그것은 우리들, 즉 플랙
스 학장과 나 사이에 오고간 시선에서 감지되었다.

나는 그때 그가 나에게 보복하리라는 것을, 그것도 처절하게 하리
라는 것을 예감했다. 더불어 나도 그에게 당할 수만은 없다는 전의
가 불타올랐다. 학기 초의 내 예감은 맞았다. 죽음에 이르는 전쟁, 그
것이 우리 게임의 이름이었다. 하지만 그때까지도 나는 그 전쟁을
해야 하는 진짜 이유를 알지 못했다.

그는 몸을 돌렸고 나는 그의 등과 어깨와 다리 그리고 그가 겨드
랑이에 끼고 있던 검은색 서류철이 복도의 어둠 속으로 사라지는
것을 지켜봤다. 내 안에서는 그에 대해 말로 형언할 수 없는 분노 같
은 것이 들끓기 시작했다. 그것은 아직 뭐라 이름붙일 수 없는 모호
한 감정이었다.

그는 우리 가족도 하지 못한 일을 성공시켰다. 마치 첫눈에 반한
사랑처럼 갑작스럽고 총체적이고 잠재적이고 강력한 증오를 일으

컸던 것이다.

그의 뒷모습을 쏘아보던 나는 기회만 주어진다면 어떻게든 그를 쓰러뜨리겠다고 굳게 결심했다.

"자리에 앉아라, 로바."

잡 선생님이 자기 힘으로 어떻게 할 수도 없고 이해할 수도 없는 일을 당한 표정으로 겨우 말했다.

"네, 잡 선생님."

그의 목소리가 멀리서 들려오는 듯했다.

에에!

이이!

아아!

오오!

우우!

하지만 그때 내 마음은 우리 교실에서 한참 아래에 있는 차가운 바위 위에 앉아 있었다. 그곳에서는 연이은 증오심이 내 발목과 손목을 감고 숨이 막힐 정도로 내 목을 조르고 있었다.

에에! 이이! 아아! 오오! 우우!

내 마음이 고통을 넘어 무심함으로 그리고 무심함이 웃음으로 바뀌는 것이 느껴졌다. 마치 다른 곳에서 들려오는 듯한 내 내면의 목소리가 들렸다.

하, 하, 하!

처음으로 나는 마이클 형의 무심함과 냉담함이 내 안에도 존재한다는 것을 느꼈다. 잡 선생님의 목소리를 한 귀로 흘리던 나는 한숨을 쉬며 내 앞에 있는 종이에 낙서를 하기 시작했다. 그러다가 창밖에 서 있는 잎이 다 떨어진 큰단풍나무를 바라봤다.

내 마음은 교실에서 벗어나 새로운 여행을 하기 시작했다. 하지만 새로운 여행이 오래된 여행과 무관한 것은 아니었다. 오래된 여행이란 진정한 생존자가 애용하는 것으로서 바로 공상의 세계로 들어가는 것이다. 반면, 새로운 여행은 더 은밀하고 더 자주 함정에 빠지고 훨씬 더 위험했다. 그것은 성공으로 안내하는 이정표를 찾는 것을 포기하고 실패라는 땅을 여행하는 것이었다.

역사 수업

　　노스엔드로 이사왔을 때 엄마는 바닷가에 가까운 거리로 우리를 데리고 나갔는데, 내가 보기에 그곳은 매일 억지로 역까지 걸어나가서 기차를 타고 10킬로미터나 가야 하는 스태닉의 학교보다 더 나은 학교였다.

　우리집의 벽돌들과 거리, 금이 간 보도, 부러진 계단난간, 문 닫은 상점들 그리고 버려진 보트와 해변 저 위쪽에 서 있는 녹슨 캡스턴 같은 것들이 이곳의 과거를 품고 있는 역사였다. 과거에 분명히 존재했던 그것들의 그림자와 신비 속에서 나는 내 어두운 삶의 의미와 위안을 찾아낼 수 있을지도 모른다는 막연한 느낌이 들었다.

　노스엔드에 살기 전에 역사란 학교에서만 가르치는 어떤 것이었다. 재미있기는 하지만 헷갈리는 것, 서로 관련 없는 사건들이 시대적으로 이리저리 엉켜 있는 것이었다. 포악한 존 왕과 매춘부들을 화형에 처한 알프레드 대왕, 로마인과 바이킹족, 헨리 8세와 그의 부인 여섯 명 그리고 1066년 등이 여기저기 조각으로 널려 있는 것이었다.

중학교에서는 그 조각들이 더 어지럽게 뒤섞였고, 역사는 내게 더욱 난마처럼 어지러운 과목이 되었다. 그것은 죽은 왕과 왕비들, 외우기 힘든 연대였으며 오래된 전투와 날짜가 덧붙여진 잊혀진 조약들이었다. 나는 그런 시대를 어떻게 여행해야 될지 알 수가 없었다. 1066년은 1944년에 태어난 소년에게는 아무런 의미가 없었다.

스토닝 성의 보이스 아저씨는 순서에 따라 얘기를 해줬다. 한 가지 일이 일어나고 그 다음에 다른 일이 일어난다는 식으로. 하지만 쇠자로 쉴새없이 내 책상을 두드리며 역사를 가르치던 델러 선생님의 설명은 전혀 이해할 수가 없었다. 내가 무엇을 이해하지 못하는지도 몰랐기 때문에 나는 아둔한 학생일 뿐이었다.

"로바, 1476년은 그 사람이 죽은 해야. 태어난 해가 아니라. 그거 지워. 칠판을 보란 말야. 네 형 마이클은 한 번도 연대 때문에 헤매지 않았어."

델러 선생님한테 배우는 역사는 몇 배나 험난했다. 내가 이미 노스엔드와 그 과거의 풍부한 느낌을 접했기 때문에 더 그랬다. 그곳의 역사는 배울 만한 가치가 있을 것 같았다. 누군가가 나를 이끌고 가서 그 비밀의 문을 열 황금열쇠를 준다면 말이다.

하지만 학교에서 배우는 역사과목은 내가 의무적으로 외우면서도 영원히 이해할 수 없는 내용같았다. 이해할 수 없기 때문에 항상 잊어버릴 수밖에 없는 운명이었다. 우리가 받아적는 날짜와 배워야 하는 인물들은 내게 아무런 의미가 없었다. 그들을 보거나 만지거나 냄새를 맡을 수가 없었기 때문이다. 나는 누군가가 필요했다. 역사를 해변의 자갈로 바꾸어서 그것을 손바닥에 놓고 뒤집어보면서 색깔을 살펴본 후, 내 보물상자에 넣어 보관할 수 있도록 말이다.

우리는 튜더왕조를 공부하는 데 한 학기를 할애하고, 그 다음 학기에는 로마사를 배우고, 그 다음에는 노르만족의 역사를 배웠다. 거기에는 운율도 없었고 그렇게 배워야 하는 근거도 없었다. 그것은 처음부터 조각조각 이어졌을 뿐, 학교는 그 조각들을 어떻게 이어붙여야 내가 안정감을 느끼며 공부를 시작할 수 있는지 가르쳐주지 않았다.

　만일 델러 선생님이 '우리'와 함께 수업을 시작했더라면 훨씬 효과적으로 가르칠 수 있었을 것이다. 하지만 때때로 그는 자신도 우리의 일원임을 보여주었다. 수업시간에 그의 이야기를 듣다가 머릿속에서 뭔가 공명하는 것이 느껴지면 나는 용기를 내어 손을 들었다. 때때로 어두운 구름이 갈라지면서 잠깐 동안 태양이 보이기도 했던 것이다.

　내가 2학년이었던 11월 어느 날, 영령기념일을 맞아 옷깃에 붉은 양귀비를 꽂고 들어온 선생님이 느닷없이 이렇게 말했다.

　"내 아버지는 제1차 세계대전에서 전사하셨단다."

　그 순간 나는 델러 선생님도 인간이라는 사실을 깨달았다. 나는 그의 눈에서 뭔가를 잃어버린 듯한 허전함을 눈치챘지만 그것을 뭐라고 하는지는 몰랐다.

　나도 모르게 손이 올라갔고 곧이어 내 목소리가 들렸다.

　"선생님, 우리 동네 해안에는 철로 만든 기둥이 있는데요, 그것들은 제1차 세계대전 때부터 있던 거래요."

　언젠가 외할머니가 외할아버지에 대해 얘기하다가 이렇게 말했었다.

　"지미, 말을 물가에 데리고 갈 수는 있지만, 물을 마시게 할 수는 없는 법이란다."

델러 선생님은 내가 말한 철 기둥이 모두가 함께 마실 수 있는 맑은 물이라는 것을 알았는지는 모르지만 어떻게 마시게 할 것인지는 알지 못했다.

"그래?"

예의 그 차갑고 냉소적인 말투로 그렇게 말하고 끝이었다. 그런 반응에 내 마음속에 일었던 조그마한 열정은 금방 사그라들었다.

내가 마련한 물을 그가 마셨더라면 수업이 재미있게 변했을텐데 아쉬웠다. 하지만 나는 포기하지 않았다. 그만큼 비참한 상태에서 벗어나려는 열망과 과거에 대한 애정이 컸던 것이다.

로마사를 배우던 시기에, 전투에 관한 내용에서 다시 한번 나도 모르게 손이 올라갔다.

"선생님! 선생님!"

우리 학교는 리치버러 성에서 멀지 않았다. 초기의 로마인이 세운 요새로서 영국에 남아 있는 가장 높은 성벽 중 하나였다. 나는 그 사실뿐 아니라 그것을 전투에 어떻게 사용했는지도 알고 있었다.

"선생님!"

나는 손을 내리고 리치버러 성이 나오기를 기다렸지만 선생님은 그곳을 언급하지 않았다.

나는 충동적으로 다시 손을 들고….

"선생님!"

"조용히 해, 로바! 수업 끝나고 가도록 해."

그는 내가 화장실을 가려는 줄로 알았던 것이다. 내 손은 개한테 물린 것처럼 화들짝 내려왔고 나는 그것을 내 무릎에 올려놓고 달랬다.

델러 선생님은 하드리안 성벽에 대해 얘기했다. 거기는 내가 자전 거로 갈 수 없을 만큼 멀리 떨어진 곳이었다. 그래서 그것이 머릿속 에 들어오지 않았다. 선생님은 끝내 리치버러 성 얘기는 한 마디도 하지 않았다. 그가 우리 눈에 배움의 열정이라는 불을 켜기 위해서 이렇게만 말하면 됐는데 말이다.

"하드리안 성벽에 대한 것은 잊어버리고 리치버러 성 얘기를 해 보자. 이제부턴 저기 보이는 도로 위쪽에서 그들이 무엇을 했는지 설명하겠다."

그는 그때 우리에게 배우려는 의욕을 불러일으킬 수도 있었지만 하지 않았다. 대신 우리를 하드리안 성벽의 사닥다리로 끌고 가서 그것을 붉은색과 검은색, 밤색으로 칠하게 했다. 그것은 아무 의미 없는 일이었다.

그는 내가 화장실에 가려는 것으로 생각했지만 나는 리치버러 성 에 대해 내가 알고 있는 것을 말하고 싶었다. 그리고 로마군들이 그 성을 어떻게 지켰고, 그 막강한 성에서 출발하여 어떻게 다른 지역 으로 진출하며 전쟁을 계속 이어갔는지를 말하고 싶었다. 보이스 아 저씨가 사준 백과사전에서 읽었던, 그들이 콘크리트를 영국으로 들 여온 과정과 우리집에 로마식 타일 반 조각이 있다는 얘기를 하고 싶었다. 스토닝에 보트가 들어오기 전부터 리치버러에는 항구가 있 었다는 사실도.

나는 말할 기회를 얻지 못했으므로, 그 지식을 혼자 간직할 수밖 에 없었다. 그러다가 굳이 손을 들고 뭔가를 말하려는 의욕이 점점 사라졌다. 그냥 창밖을 바라보거나 쉬는 시간을 향해 가는 똑딱거리는 시계를 지켜보거나 하늘을 나는 새들을 바라볼 뿐이었다.

그러던 어느 날, 내 배움의 암흑기에 한 줄기 빛이 비쳤다. 아더 샌더스 아저씨가 나한테서 역사를 자유롭게 해준 것이다. 그는 우리집의 지하창고 문을 고치러 왔다. 그의 연장상자에는 끌과 드라이버, 다림줄, 실톱 그리고 역사로 들어가는 수많은 황금열쇠가 줄맞춰서 들어있었다. 그것들은 몇 년에 걸쳐 하나씩, 내가 준비되었을 때 내 손에 주어졌다.

컴퍼스 가의 우리집 옆에는 보트창고라고 하기에는 거창하지만 어쨌든 그와 비슷한 창고가 붙어 있었다. 그것은 벽돌로 덧붙여 지은 건물로서 거기에 달린 샛문은 해안에서 보트를 끌고와 안으로 들일 수 있을 정도로 넓었다. 거기에 보트를 보관한 것은 오래 전의 일이었지만, 그때까지도 보트에 필요한 물건들이 많이 남아 있었다. 그 당시에는 원래 있던 물건들을 몇 년이고 치우지 않고 내버려 두었던 것이다. 못에는 밧줄이 걸려 있었고 갈고리 장대도 있었다. 코르크로 만든 낚시찌가 타르 묻은 밧줄에 붙어 있었고, 캡스턴의 권양기도 있었다. 보트창고의 뒤쪽, 통풍이 잘 되는 다락방에는 잡동사니가 더 많았다. 창고 문과 나무벽은 잘 벗겨지는 석회도료가 칠해져 있었다. 사람들이 이사를 가거나 죽으면서 그런 것들을 남겼지만 아무도 그것들을 치우려 하지 않았다.

나는 그곳 다락방을 내 비밀방으로 삼고, 촛불 두 개와 캔버스 천으로 감싼 방석을 갖다 두었다. 그리고 해안에서 주운 돌멩이 몇 개도 거기에 두었다. 그 외에 낚시추, 왕새우잡이 통발, 그리고 보이스 아저씨가 준 백과사전도 있었다. 그곳은 내 도피처이자 은둔지였다.

마이클 형은 감히 거기에 올 생각을 하지 않았다. 거기에 접근하면 내가 개집에 있는 개처럼 덤볐기 때문이다.

어느 날 추위와 비를 피해 거기에 들어간 나는 엄마의 눈에 띄지 않게 바짝 엎드려 있었다. 엄마는 외할머니하고 말다툼을 한 데다 부엌의 더러운 타일바닥에 우윳병을 깨뜨려서 기분이 언짢은 상태였다. 바람이 세게 불어서 보트창고의 무거운 출입문이 덜컹거렸다. 그러다 갑자기 쾅, 하는 소리가 나면서 활짝 열리더니 밖에 어떤 남자가 엄마와 함께 서 있는 것이 보였다.

두 사람은 나를 보지 못했지만 나는 그들을 보고 있었다.

엄마는 지하창고 문을 그 남자에게 보이며 경첩 하나가 문짝에서 떨어졌다고 했다. 남자는 말을 아끼고 고개를 끄덕이며 엄마가 하는 얘기를 듣고 있었다. 엄마가 간 후에 나는 몰래 남자를 지켜보았다. 그는 연장상자를 옮겨놓고는 떨어진 경첩을 찬찬히 살폈다. 연장상자는 니스 칠한 나무로 만들어졌고 손잡이에는 가죽이 감겨 있었다.

그는 나이가 많이 들어 마른 체구였지만 강인해 보였고, 숱이 적은 머리는 희끗희끗했다. 얼굴은 세파를 못 이겨 붉은 혈관이 드러나 보였다. 그는 무릎을 꿇고 앉더니 마치 날개 부러진 새를 다루듯이 문을 부드럽게 열었다 닫았다 했다.

"흠."

그는 물러서서 세심하게 살펴보는 것 같았다.

경첩을 바라봤다가 다시 문을 바라보고, 그 다음에는 그의 연장상자를, 그리고 다음에는 고심하며 다시 경첩을 쳐다봤다. 그는 다시 '흠' 하는 소리를 내더니 연장상자를 열고 안에서 뭔가를 찾아 더듬었다. 그가 꺼낸 것은 경첩이었다. 그는 그것을 문에 대보더니 다른 것을 하나 꺼냈다.

그의 연장상자는 그다지 크지 않았지만 마술상자 같았다. 거기에
는 작업에 필요한 것들을 언제든지 꺼낼 수 있도록 모든 것이 갖춰
져 있는 것 같았다. 누군가 주문만 하면 그 안에 있는 것만으로 집
한 채뿐 아니라 정원창고까지 함께 지을 수 있을 것 같았다.

그는 세번째 찾아든 경첩이 적당하다고 생각한 것 같았다. 그래서
윗옷을 벗어 못에 걸고, 손닿는 곳에 연장상자를 옮겨놓은 다음 무
릎을 꿇고 일을 시작했다.

그는 내가 지켜보고 있는 것을 모르는 것 같았다. 하지만 잠시 후
에 그는 연장을 조심히 내려놓고, 내 비밀방으로 이어지는 나무계단
앞으로 천천히 걸어와서는 이렇게 외쳤다.

"거기 계신 분!"

나는 그대로 누워 있어야 할지 얼굴을 내밀어야 할지 망설이다가,
그의 목소리가 친근하게 느껴져서 머리를 비밀방에서 내밀었다.

"안녕하세요?"

"안녕하신가?"

나는 그가 어떤 사람인지 살피며 그냥 쳐다보고 있었다. 그는 눈
이 반짝거렸고 얼굴에 주름이 있었다. 옷은 은색 클립이 달린 밤색
멜빵바지였다. 손은 거칠고 강해 보였는데 오른쪽 집게손가락 끝이
잘려나가고 없었다.

전체적으로 인상이 좋았다.

"네가 로바 부인의 아들이구나?"

내가 고개를 끄덕였다.

"내려와서 나 좀 도와줄래?"

그는 자신이 고장난 경첩을 떼어내는 동안 다른 경첩에 하중이 가지 않도록 문을 잡고 있으라고 했다.

그는 문을 자신이 받아들면서 내게 떼어낸 경첩을 내밀었다.

"자, 이거 가지고 있어라. 고장난 거라도 절대 버리면 안 되지. 여기에 쓰이지 못하더라도 다른 데서는 요긴하게 쓰일 수가 있거든. 아무데나 버리면 다른 사람이 다칠 수도 있고 말야. 내 이름은 아더 샌더스인데, 그냥 아더 아저씨라고 불러라."

"저는 지미예요."

아더는 서로 이름을 소개하는 것을 당연하게 생각하는 것 같았다. 뭐든지 올바르고 합리적으로 생각하는 사람으로 보였다.

그는 내 이름을 듣고 고개를 끄덕이더니 새 경첩을 어떻게 달아야 할지 생각했다. 샌더스 아저씨는 일을 천천히 하는 것 같았지만 실제로는 속도가 빨랐다. 시간을 낭비하지 않기 때문에 항상 끝내겠다고 약속한 시간에 끝마쳤다.

"자, 이제 마지막이다. 하지만 중요한 거야, 지미."

그는 조금 쉬었다가 이렇게 말했다.

"저 비하고 쓰레받기 좀 주렴."

그의 상자에는 필요한 것이 모두 들어 있었다. 일하면서 생긴 쓰레기를 담아갈 밤색 종이봉투까지.

엄마가 나타났다.

"샌더스 씨, 차 한 잔 하시죠. 큰 잔에 드릴까요?"

"네 큰 잔으로 부탁드립니다."

그가 말했다.

"크림하고 설탕 두 스푼 넣어주시면 고맙겠습니다, 로바 부인. 그리고 여기 있는 제 제자에게도 한 잔 부탁합니다.”

그는 엄마에게 한쪽 눈을 깜빡 하고 나에게는 씩 웃어보였다. 그러자 남 앞에서는 더할 수 없이 친절한 엄마도 웃음을 지었다. 내가 이해하기도 전에 엄마는 그 말이 나를 가리킨다는 사실을 알아들었던 것이다.

그날부터 비공식적으로 나는 그의 제자가 되었다. 그리고 경험이 쌓이면서 어떤 연장을 샌더스 아저씨에게 건네줘야 하고 어떤 연장을 치워야 할지를 알게 됐다. 또한 연결작업, 수도관공사, 내부디자인과 수리를 어떻게 하는 것이 잘하는 것인지도 배우게 되었다. 하지만 무엇보다도 중요한 것은, 우리가 처음 만난 날 그가 진정한 역사수업이 무엇인지를 보여줬다는 것이다.

그는 상자에 앉아 크림과 설탕 두 스푼을 넣은 차를 마시면서 새 경첩을 해넣은 지하창고문을 바라보며 이야기를 시작했다.

“옛날에는 너희 집에서 누가 살았는지 아니? 제지공장을 가지고 있던 헨리 제임스 선장이야. 그 사람은 성격이 좋고 인정도 많았지. 항상 남을 위해 좋은 일을 하면서도 대가를 바라지 않았어. ‘대가는 여기 이승이 아니라 천국에 가서 받는 거죠. 만약에 있다면 말이죠’ 그런 식이었다. 그런데 아들이 바다에 빠져죽은 후로는, 덩치 크고 힘도 세던 사람이 부쩍 노쇠해지더니 모든 일에 의욕을 잃고 절망에 빠져 살았단다. 은퇴할 무렵에는 조지가 맞은편에 있는 레이놀즈 보트대여점의 보트 절반이 그 사람 것이었어. 소형보트 하나를 여기에 두고 가까운 곳에만 나갔단다. 그때는 내가 어린애였지만, 그 사람은 이미 많이 늙었지. 뱃사람이라 제임스 선장으로 불렸는데, 그 사람이 마지막으로 지휘권을 행사한 배는 이 보트창고에 있던 말라비틀어진 소형보트였단다. 케이프 혼까지 항해해본 사람이 말이다. 나중에 그렇게 될 줄 누가 알았겠니. 넌 케이프 혼이 뭔지 모르지?"

내가 백과서전에서 읽었다고 하자 그는 놀라면서 무척 흡족해했다. 하지만 나는 더 알고 싶다고 했다.

멀리 돌아가는 방식으로 – 샌더스 아저씨는 이것의 명수였다 – 케이프 혼에 대해 설명하면서 그는 항해하던 당시의 여러 가지 사회상까지 얘기해 주었다. 그 덕분에 나는 역사지리뿐 아니라 사회공부까지 할 수 있었다.

그는 생각에 잠긴 얼굴로 차를 조금씩 마셨다. 외할머니와 얘기하면서 나는 언제 질문을 하고 언제 침묵을 지켜야 되는지를 배웠다. 그래서 그의 얼굴과 눈에서 기억들이 노니는 것을 조용히 지켜봤다. 대문 근처에 바람이 불어 먼지가 길을 휩쓸었지만, 그가 앉아 있는 곳에서는 오랫동안 침묵과 평화가 있었다. 샌더스 아저씨와 이야기를 하면 기분이 좋아지는 세계로 들어가는 것 같았다. 또한 옛날 사람들이 어떻게 어려움을 이겨냈는지를 배우며 나도 모든 어려움을 극복해낼 것 같은 자신감이 차올랐다.

그는 포켓용 시계를 꺼내 시간을 봤다.

"소형보트가 뭐예요?"

나는 그가 가지 않기를 바라며 물었다.

"강 이쪽저쪽을 건네주는 노 젓는 배야."

"그래서 어떻게 됐어요?"

"제임스 선장의 배 말이냐?"

나는 고개를 끄덕였다.

"그 사람 관을 차에 싣고 세인트앤드류 묘지로 가는 것이 그 사람의 마지막 항해였지. 너도 그 사람의 묘석이 북서쪽에 세워져 있는 걸 봤을 거다. 한쪽이 좀 깨진 채로 말이다. 그 사람은 바다에 묻히기를 원했지만 그렇게는 안 됐어. 장례식이 끝난 후에 아니 레이놀즈와 그의 아들들 – 제임스 선장의 선원들이었지 – 은 제임스 선장의 소형보트를 자신들의 보관소로 가지고 갔단다. 그리고 그날 밤 썰물 때, 바닷물과 면한 해변까지 보트를 밀고 내려가서 거기에 불을 놓았지. 밀물이 시작될 무렵에 말이야. 밀물이 들어왔다가 밀려 내려가면서 그 보트를 실어갔으니까, 제임스 선장은 원했던 대로 그 보트와 함께 바다에 묻힌 셈 아니냐."

나는 내 작은 종이배를 떠올렸다. 거기에 불을 붙여 파도에 맡기는 것도 괜찮겠다는 생각이 들었다.

"불타는 걸 보셨어요?"

"그것만 본 게 아냐. 함께 일했던 선원들이 작별을 고하는 모습이 어둠 속에서 형태만 보이더구나. 그 사람들은 술집에서 사온 맥주를 손에 들고 있었는데, 불이 타오르는 동안에는 각자 예를 갖추고 바라보더구나. 그리고는 건배하면서 바다를 건너는 제임스 선장에게 작별인사를 외쳤지. 아침에 보트는 썰물에 실려 흔적도 없이 사라져 버렸지만 그 기억은 한동안 남아 있었고, 어떤 사람에게는 영원히 남아 있었을 거다. 지금은 기억하는 사람이 많지 않지만 말이다. 나, 프레디 하멜, 그리고 다른 몇몇 사람들. 그리고 이젠 너도!"

그는 일어서서 창고 내부를 둘러보았다.

"제임스 선장의 소형보트 이름이 '저녁의 파도'였단다. 그래서 그의 동료들이 보트를 저녁에 불태운 거야. 제임스 선장은 스토닝의

선장 중에서 맨 마지막까지 항해한 사람이었어. 그러니 너희 엄마가
이 집을 산 건 잘하신 일이야. 여기에는 대양의 정신이 깃들어 있거
든."

그가 다가와서 나를 안아주었다.

"지미, 엄마한테 차 잘 마셨다고 전해주렴."

그리고는 내가 감히 부탁하지 못했던 일을 먼저 물어봐주었다.

"다음에도 내 일을 도와줄래?"

나는 고개를 끄덕였다.

"그래라, 그럼."

그는 '저녁의 파도'라고 불리던 소형보트의 추억을 남기고 돌아
갔다. 우리집의 공허했던 보트창고는 그 추억으로 가득 찼고, 내가
태어나기도 전에 이 대문을 들여다보았던 소년 아더 샌더스의 기억
그리고 밤에 해변에서 불타던 보트와 슬픔에 잠긴 남자들의 기억도
함께 남았다.

그렇게 해서 아더 샌더스 아저씨는 노스엔드를 내 마음에 심어주
었고, 일이 끝나고 차를 마시면서 자신의 기억들을 조금씩 내게 전
해주는 식으로 역사에 눈뜨게 해줬다. 그는 과거만이 아니라 그것을
둘러싼 모든 역사를 전해주었다. 하나하나의 가르침은, 일단 돌리기
만 하면 역사 속으로 스스로 여행할 수 있도록 문을 열어주는 황금
열쇠였다.

그는 노스엔드의 어떤 거리도 텅 빈 적이 없었으며, 사건 없는 날
이 없었으며, 밀담이 없던 밤도 없었으며, 미풍, 바람, 비, 떠오르는
태양에도 수많은 사연이 있다는 것을 가르쳐주었다. 그 모든 것들이
과거에서 나오고 있으며 그 과거는 지금도 계속되고 있음을 가르쳐

주었다. 또한 과거에도 아더 샌더스, 외할머니, 엄마, 제임스 선장처럼 다른 사람의 사랑을 받은 사람과 그렇지 않은 사람들이 살았음을 깨닫게 해주었다.

아더 샌더스 아저씨를 만난 그 해 겨울에, 나는 우연히 아저씨가 앵커 가의 어떤 집에서 일하고 있는 장면을 보게 되었다. 그는 회반죽을 칠하고 있었다. 그래서 회반죽가루가 든 부대를 실어나르고 천장에서 떨어져나오는 윗가지 조각들과 회반죽덩어리를 밖으로 실어나갈 손수레가 옆에 있었다. 그는 회반죽 칠하는 일은 하지 않지만, 화장실이나 욕실처럼 소규모 작업일 때는 친구들이나 오랜 고객들을 위해 해주기도 했다.

그날은 파도가 거칠어서 나는 낮에 버블스 아저씨와 밀물 때까지 보물을 주우러 다녔었다. 밀물이 들어와 일촉즉발로 위험해질 때까지 계속했다. 내가 마지막 보물을 찾을 때쯤 버블스 아저씨가 멀어져서 보이지 않자, 나는 높은 파도의 물방울을 피해 돌멩이를 방공호에 차 넣으면서 놀았다. 바람을 피해 재갈매기들이 해안도로에 웅크리고 있었는데, 그것은 파도가 더 거세질 거라는 징조였다.

차 마실 시간이 한 시간 정도 남아 있어서 여기저기를 돌아다녔고, 그러다가 앵커 가 5번지 앞에서 샌더스 아저씨의 손수레를 보게 된 것이다.

내 발치의 격자창문에서 목소리가 들려왔다.

"안녕, 친구."

그는 창문을 떼어내고 벽돌 사이의 줄눈작업을 다시 하기 위해 회반죽을 하고 있었다. 샌더스 아저씨는 시간을 유용하게 쓰려고 했고, 항상 요청한 일 이상으로 작업을 해줬다. 그가 제공하는 서비스 중의 하나였다.

"안녕하세요, 아저씨."

나는 지하실을 내려다보며 인사했다.

"현관문이 열려 있으니까 내려와 봐라! 보여줄 게 있어."

그 집은 우리집처럼 거의 방치된 상태였다. 이사오기 전 컴퍼스 가의 우리집처럼 색칠된 캔버스 천이 나무판벽에서 분리되어 늘어져 있었다. 집 뒤쪽의 부엌은 벽이 무너져내려 반은 밖으로 노출되어 있었다. 나선형 계단 위쪽 어디선가 삐걱거리는 소리가 났다. 마룻바닥은 진흙과 오래된 신문으로 쓰레기장 같았다.

집 여기저기를 돌아다녀보고 마당도 둘러본 뒤에 - 마당에는 녹슨 맹글, 썩은 수레바퀴 몇 개, 그리고 커다란 빈 통 세 개로 빈틈이 없었다 - 나는 지하창고로 내려갔다. 나무 계단이 썩어 있었고, 군데군데 빠진 곳도 있어서 조심해야 했다.

샌더스 아저씨가 전등을 켜놓은 지하실은 위에서 본 것보다 넓었다. 이리저리 얽힌 전깃줄은 서까래에서부터 둥근 고리 모양으로 걸려 있었는데, 너무 낮아서 내 몸에 걸릴 것 같았다. 지하실의 첫번째 방은 눅눅한 허섭스레기가 무릎까지 차 있었고, 길 쪽으로 면한 두번째 방은 석탄가루로 덮여 있었다. 세번째 방은 길가에 면하긴 했지만 창이 없었는데, 아저씨가 내게 보여준다는 곳이 그 방이었다. 아저씨는 전깃줄을 당겨와 우리 둘이 방을 잘 볼 수 있도록 최대한 높이 쳐들었다.

"이건 사실 방이라고 할 수도 없지."

그가 말했다.

"어쨌든 여기가 토대고 저기는 지지대야."

그는 집 위층 – 돌무더기로 변한 – 을 받치고 있는 벽돌 아치 쪽을 가리켰다.

샌더스 아저씨가 말했다.

"저건 자갈인데, 사람들이 여기로 가져온 게 아니야. 그 전부터 여기에 있던 거지. 그 위에 서봐."

나는 회색 자갈무더기 위에 저벅거리고 올라갔다. 그 자갈들은 해변에서 내가 본 것보다 더 컸다.

"지미, 자갈들이 움직이는 소리를 들어봐라. 그러면 스토닝이 어떻게 시작되었는지를 들을 수 있을 거다."

우리는 몇 미터 밖의 해변에서 자갈이 움직이는 소리에, 그리고 스토닝의 소리에 귀를 기울였다. 처음에는 귀로 들었고 나중에는 진동을 느꼈다. 그것은 멀리서 밀려오는 파도가 해안을 치면서 생기는 충격이었다.

자갈을 한두 개 들어서 살펴보니 회색으로 그을어 있었다. 수백 년 동안 집안에만 갇혀 있었기 때문이다.

"이 집이 지어지기 전에 바다가 밀어올린 자갈해변에 네가 서 있는 거야. 그 당시에는 스토닝의 중심이 여기에서 1킬로미터 정도 떨어진 섬이었는데, 그 자리에 지금 세인트메리 교회가 서 있지. 하지만 그 전에, 2천 년 전이지, 너도 알겠지만 줄리어스 시저가 이곳에 들어오기 전부터…"

나는 고개를 끄덕였다. 그가 영국에 상륙한 것을 기념한 기념비가 우리 마을에서 멀지 않은 곳에 있었다.

"… 여기에 사람이 살고 있었단다. 바람을 피하기 위해서 오두막

312

을 지어서 살던 어부들인데, 그 사람들은 바다로 휩쓸려 내려가지 않도록 보트를 해변 위쪽으로 끌어올려놓았고 썰물일 때는 다시 해변 아래쪽으로 밀고 내려가 배를 띄웠지. 파도는 자갈을 몰고와 제방을 쌓았고, 그 제방은 그 뒤에 있는 땅을 보호하는 역할을 했던 거야. 그래서 늪지였던 그곳이 소금평원이 되었고 점차 말라붙어 단단한 땅이 되었지. 그곳 너머 안전한 석회암층에 옛날 스토닝 마을이 건설된 것이고. 네가 서 있는 자갈해변 때문에 오늘날의 스토닝이 있게 된 거지. 네가 들고 있는 자갈을 어쩌면 2천 년 전에 너 같은 어떤 소년이 허공으로 던졌을지도 모르겠구나."

나는 집에 가는 길에 바다에 던지려고 그 돌멩이를 내 주머니에 넣었다.

그의 작업이 끝났을 때는 날이 어두워져서, 집으로 차 마시러 가기에는 늦은 시각이었다. 우리는 1층으로 올라갔고, 샌더스 아저씨가 그의 카키색 군용배낭을 뒤져 보온병을 꺼냈다. 주석으로 된 그것은 격자무늬가 있었으며 오래 사용해서인지 표면이 반질거렸다. 컵으로 사용하는 뚜껑은 색깔이 누르스름해졌지만 항상 깨끗하고 정갈했다.

우리가 앉아 있던 식기실은 식당으로 개조할 예정이었기 때문에, 주위에는 여러 가지 물품들로 널려 있었다. 창문이 있던 벽의 뚫린 자리는 캔버스 천이 가리고 있었는데, 그것은 미풍을 받은 배가 항해하듯 고요하게 움직이고 있었다. 샌더스 아저씨는 밤이 내리는 풍경과 첫 별이 나타나는 모습을 보기 위해 그 천을 한쪽으로 젖혔다.

그는 내게 차를 따라주고 자신은 담배를 말았다.

"지미, 모래언덕에는 가봤니?"

나는 고개를 저었다. 모래언덕은 노스엔드 너머에 있었고, 노스엔드의 집들은 램파트 가에서 끝났다. 그곳에는 무너진 성채가 남아 있지만, 지금은 바닷물을 막는 방파제 끝에 콘크리트로 고정된 노란 벽돌에 불과했다.

나는 거기까지만 가봤다. 모래언덕의 텅 빈 공간과 골프장을 보면 겁이 났다. 마이클 형은 그곳이 노상강도들의 근거지이고, 들개도 돌아다닌다고 했다. 하지만 이제 노스엔드와 정면으로 맞서야 할 의무가 생겼다.

"거기 가서 만조 수위보다 더 높이 쌓여 스태닉 만까지 뻗어 있는 자갈제방에 서봐라. 그러면 어부들이 들어오고 집들이 들어서기 전에 스토닝의 지형이 어땠는지 알 수 있을 거다. 거기 가서 바다를 바라보고, 주위를 둘러보고, 모래언덕 너머 습지에 가봐라. 그럼 우리 지역이 어떤 땅 위에 건설되었는지 알 수 있을 테니까. 네 발 아래 있는 자갈들이랑 네 얼굴에 흩날려오는 물보라를 느껴봐. 그러면 우리보다 먼저 이 땅에 정착한 사람들이 어떤 느낌이었을지 짐작할 수 있을 거다. 조금씩 우리 마을이 이루어진 거다, 지미. 이런 사람들 손으로…."

그는 손을 내밀더니 내 손 하나를 끌어갔다. 그가 말한 건 우리의 손이었다. 젊은 사람과 나이든 사람. 하지만 내가 본 것은 그의 거친 손이었다. 굳은살이 박히고 담뱃진에 얼룩졌으며, 오랜 노동으로 손톱은 두꺼워지고 손가락은 뭉툭해져 있었다. 샌더스 아저씨는 그저 우리 마을의 집들을 수리하는 사람이 아니었다. 그는 과거의 수호자이고 그 이야기를 다음 세대에 전달하는 사람이었다.

"이제 문 닫고 집으로 가자."

그가 말했다.

우리는 작업하는 동안 생긴 폐기물과 연장을 그의 수레에 실었다. 그가 문단속을 하고 나자 함께 출발했다. 나는 수레에 실은 것들이 떨어지지 않도록 옆에서 걸었다.

프린터 광장으로 들어서서 아래쪽 모퉁이를 돌았다. 그곳에 샌더스 아저씨의 작업실이 있었다.

"자, 우리가 걷고 있는 길이 뭐라고 했지?"

그가 발로 포장도로를 구르며 물었다.

"바닷물에 밀려서 쌓인 자갈 제방이요."

"그럼, 저 너머는?"

그가 집들과 미들스토닝 가에 있는 가스공장을 가리켰다.

"염분이 있는 습지요."

그는 아무 말도 하지 않았다.

"다 됐다."

수레를 안전한 자리에 세우고 연장과 연장상자를 창고에 넣고 나서 그가 말했다.

나는 조용히 그곳을 떠나며, 노스엔드의 거리와 골목길 아래에서 가려지고 잊혀져 있던, 그리고 내가 걷고 있던 자갈 제방을 생각했다. 바람을 맞으며 해안가 공터까지 걸어가서 바다의 야성적인 어둠 너머 멀리 보이는, 강풍을 피해 해변으로 끌어올려진 배들의 불빛을 응시했다. 그리고는 파도를 향해 내가 가지고 온 자갈을 던졌다.

나는 자갈 제방의 맨 위쪽길인 프로우 가를 따라 힘겹게 걷다가는 중간쯤에서 컴퍼스 가로 꺾어 바람에 날리다시피 우리집 대문까지 내달렸다.

"지미니? 지미… 네 저녁밥은 부엌에 준비해 놨다. 외할머니는 위층에 계시고. 난 위원회 회의에 가봐야 되니까 데워서 외할머니랑 같이 먹어라."

엄마가 나가고 나자, 나는 저녁밥을 지하실에 가지고 가서 흐린 불빛 아래서 먹었다. 바닥의 벽돌을 힘들게 뽑아낸 후, 그 자리에 있는 회색 자갈을 쳐다보면서.

저녁을 먹는 동안, 파도가 해변에 부딪힐 때마다 내 머리 위에서는 전등불빛이 희미하게 흔들렸다. 내가 먹은 것은 비프 스튜, 양배추, 으깬 감자요리였다. 하지만 그때 나는 추위에 웅크리고 앉아 오두막에서 겨울 대구를 먹고 있는 어부였다. 떠내려온 나무로 불을 피우고 꼬챙이에 그것을 꿰어 불에 구운 것이었다. 제임스 선장이나, 샌더스 아저씨, 엄마, 심지어 외할머니보다도 먼저 살았던, 노스엔드가 시작되던 무렵의 어부였다.

"지미? 지미!"

외할머니가 위층에서 나선형 계단을 내려오고 있었다. 외할머니는 부쩍 외로움을 타고 겁이 많아졌다. 나는 접시를 숨겨놓고 위층으로 올라갔다. 외할머니는 복도를 헤매면서 현관 쪽으로 가고 있었다. 방향감각을 잃은 듯했다.

"외할머니! 외할머니!"

외할머니를 부르는 내 목소리는 크다기보다는 날카로웠다. 너무 큰소리로 부르면 외할머니가 놀라기 때문이다.

"거기 있었구나, 우리 지미!"

외할머니가 돌아보며 말했다.

"집에 나 혼자 있는 줄 알았는데."

"지하실에 있었어요."

이유는 말하지 않았다.

"코코아 좀 만들어주실래요?"

"그러마. 얼른 올라오너라. 같이 있자. 온종일 뭐하고 지냈는지 얘기 좀 해주렴."

나는 앵커 가의 그 집 지하실에서 있었던 일, 그리고 노스엔드가 생기기 전에 이곳이 어땠는지를 얘기해주었다.

다 듣고 난 외할머니가 말했다.

"사람들을 정복하지 않으면, 땅을 정복하는 법이지. 보통은 두 가지 모두지만 말이다. 여기 좀 봐라."

외할머니가 구독하고 있던 『데일리 텔레그라프』의 첫 면을 가리켰다. 흑인 몇 명이 백인농부 가족을 살해했다는 기사가 실려 있었다. 외할머니가 살았던 사우스 로디지아에서 생긴 일이었다. 느닷없이 외할머니가 이렇게 말했다.

"늙은 것도 슬프지 않고 죽은 것도 슬프지 않은데, 네가 어른이 되었을 때 내가 없을 거라고 생각하니 슬프구나."

그 후 어느 날, 샌더스 아저씨는 줄리어스 시저가 우리 해변에 상륙한 사건에 대해 얘기해 주었다.

"그 사람들이 정확히 어느 지점으로 상륙했는지는 아무도 몰라. 하지만 노련한 병사들을 이끌고 자갈제방 위로 올라온 건 확실하지. 그 당시 이곳 사람들은 상대적으로 원시적이었겠지. 로마인들은 남자들을 죽이고 일부는 잡아갔어. 그리고는 그 사람들을 해변에 끌고 가서 십자가와 말뚝에 묶고 못 박았단다. 십자가랑 거기에 매달린 사람들은 모두 사라졌지만, 사람들의 신음소리와 비명소리는 아직도 재갈매기의 울음소리에 남아있지. 지미, 너도 그 사람들의 비명, 아니 그런 비명과 비슷한 소리를 해변 어디에서나 들을 수 있을 거다."

나는 외할머니에게 들은 얘기를 그에게 해주었다. 외할머니가 죽음에 대해 한 얘기가 아니라, 정복자가 되는 것에 관해.

"어찌 됐든 우리는 침략자야. 뭐라고 변명해도 마찬가지지. 잘 듣고 잘 봐라. 그러면 내가 무슨 말을 하는지 언젠가는 알게 될 거다."

귀를 기울여보니 해변에서 과연 울음소리가 들렸다. 그리고 그 후로도 여러 번 들을 수 있었다. 앞바다를 빠르게 날아다니는 가마우지의 희미한 울음소리가 내게는 죽은 사람들의 마지막 작별인사로 들렸다.

어느 날 나는 항상 다니던 내 영역을 벗어나서 로우 가를 건너 리젠츠 가를 따라 내려갔고, 그 다음에는 웨스트 가를 걸었다. 그리고 넓은 도로로 들어섰다. 그 길은 교회 도로라 불렸는데, 교회라고는 보이지 않았다.

걷다 보니 길이 점점 넓어져 18세기의 오두막들이 늘어선 역사속의 거리로 변해갔다. 나는 그 길이 오래 전에 염분이 있는 습지를 가로질러 건설되었다는 것을, 그리고 우리 지역의 가장 오래된 구역인 어퍼스토닝으로 이어졌다는 것을 깨달았다. 구시가지에서 지금은 노스엔드가 된 신시가지를 향해 뻗어 있는 최초의 대로에 내가 서 있었던 것이다.

그곳은 집들이 들어서기 오래 전부터 있었고, 사람들이 낮은 지대를 따라 점차 몰려오기 시작하면서, 나무들이 크게 자라고 어부들이 고기를 잡아 내가 지금 가고 있는 길로 들어오면서, 그리고 행상인들이 생기면서 길이 닦였을 것이다.

나는 과거와 현재가 공존하는 길을 걷고 있었다. 그날 나는 과거로 안내하는 표지판을 읽으면서 마법의 길을 발견했다. 그것은 왕과 왕비도 아니고, 조약체결자도 아니고, 군대도 아니었다. 이름과 날짜는 오래 전에 잊혀졌지만, 샌더스 아저씨의 이야기를 듣고 내가 생명을 부여한 사람들, 그 사람들이 건설한 좁은 길이었다. 길 끝에서 나는 어퍼스토닝에 있는 세인트메리 교회로 들어가는 입구를 발견했다. 그것을 보니 왜 교회 도로라는 이름이 붙었는지 알 것 같았다. 우리 마을의 형태는 내 머릿속에서 점차 확장되며 넓어지고 있었고, 과거의 역사도 살아나고 있었다.

다시 돌아오다가 나는 숨이 멎을 듯한 충격으로 걸음을 멈췄다. 집들 사이로 초기 자갈제방에 둘러싸여 모래언덕이 멀리 펼쳐져 있었던 것이다. 골프장도 보였다. 그리고 그 너머에 타넷의 석회절벽도 있었다. 그 위에 클립튼빌이 지어졌고, 그 아래로는 램스게이트 항구가 있었다. 나는 그 자리에 서서 유심히 바라봤다. 오래 전, 내 암흑시절이 시작되기 훨씬 이전에 내가 저 너머에 살았다. 그리고 그때 그 일이 일어났다. 내가 아무리해도 기억할 수 없는, 하지만 반드시 알아야 하는 그 일이. 역사를 공부하며 세월을 거슬러 올라가는 길을 알고 보니, 그 일이 어두워 보이지만은 않았다. 거리도 멀지 않았다.

어느 날 나는 과거로 돌아가서 과거의 진실 ― 내가 태어나기 전에 일어난 일과 그 후에 일어난 일들 ― 을 알아낼 수 있을지도 모른다는 생각이 들었다. 그러면 내 아빠를 찾는 일이 전혀 불가능한 일이 아닐 터였다.

실현할 가능성이 아무리 희박하더라도, 버릴 수 없기 때문에 결코 사라지지 않는 희망이 있다. 피츠로이 광장 부근에 사는 개러거 자매들처럼 말이다. 외할머니 말로는 그들은 제1차 세계대전 때 전쟁에 나간 남동생이 언젠가는 돌아올 거라 아직도 믿고 있다고 한다. 이프르 평원에서 전사한 그는 지금쯤 한 떨기 붉은 양귀비꽃으로 자라고 있을 텐데 말이다.

"안 그러면 그 사람들이 무슨 희망으로 살아가겠니, 지미."

외할머니 말이었다.

까마득히 먼곳을 바라보던 내 시선이 모래언덕으로 돌아왔다. 교회 도로에서 보니 그곳은 더 이상 무시무시한 곳이 아니었다. 이제 나의 지평을 넓혀야 할 시점이 다가오고 있었다.

〈'파도소리 듣기'로 이어집니다〉